AF355518

Friedrich Glauser

Friedrich Glauser-Krimis

e-artnow 2018

Edgar Wallace
Edgar Wallace-Krimis: 78 Titel in einem Band

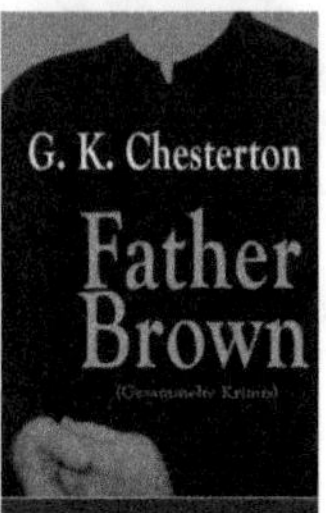

G. K. Chesterton
Father Brown (Gesammelte Krimis)

Arthur Conan Doyle
Sherlock Holmes: 40+ Kriminalomane & Detektivgeschichten

Friedrich Glauser
Matto regiert: Kriminalroman

Alexandre Dumas
Gabriel Lambert

Matthias Blank
Der Mord im Ballsaal

Alfred Schirokauer
Alarm

Friedrich Glauser
Der Chinese

Friedrich Glauser
Gourrama: Roman aus der Fremdenlegion

Matthias Blank
Ein seltsamer Zeuge

Friedrich Glauser

Friedrich Glauser-Krimis

Der alte Zauberer, Der Hund, Der Schlossherr aus England, Verhör, König Zucker, Die Hexe von Endor, Der erste August in der Legion, Totenklage, Beichte in der Nacht

e-artnow, 2018
Kontakt: info@e-artnow.org

ISBN 978-80-273-1291-7

Inhaltsverzeichnis

Der alte Zauberer

Von der Bahnstation bis zur Abzweigung, die nach Waiblikon führte, war die Strasse noch asphaltiert, und Wachtmeister Studer fluchte nicht allzusehr, obwohl es vom Himmel schüttete und ein durchaus unangenehmer Herbstwind pfiff. Ausser dem Wetter störte den Wachtmeister einzig die »Rösti«, die seine Frau ihm am Morgen vorgesetzt hatte. Denn auf die »Rösti« am Morgen hielt er, der Wachtmeister Studer. Sein Vater, der im Emmental Bauer gewesen war, hatte sie am Morgen gegessen, sein Grossvater auch; warum sollte er eine Ausnahme machen? Aber dass man alt wurde, war eben eine Tatsache, die Verdauung funktionierte nicht mehr wie früher, man bekam Sodbrennen von der »Rösti«. Studer schob dies auf das schlechte Fett, das seine Frau wohl der Sparsamkeit wegen gebraucht hatte. Irgend so ein modernes Geschlarpf war wohl das Fett. Er trappte mit den dicken Sohlen durch die Pfützen, zog den Gummimantel enger an den Bauch. Nicht einmal rauchen konnte man bei diesem Wetter.

Da war die Abzweigung, sie war gerade breit genug, dass ein Güllenwagen durchfahren konnte, rechts ging es steil bergab in ein Bachbett, links stieg ein triefender Wald in die Höhe. Der Wachtmeister dachte an Dinge, an die man eben so denkt, wenn es schüttet und wenn man friert: an einen Jassabend, an seine Amtsstube, an seinen Sohn, der als Setzer bald ausgelernt hatte. Studer hatte ein dickes, rotes Gesicht, das jetzt ein wenig bläulich angelaufen war, und einen vertrauenerweckenden Schnurrbart. Zwischen den vom Rauchen braungewordenen Schneidezähnen spuckte er kunstgerecht, wie ein Achtjähriger, in weitem geradem Strahl, und der Regen war machtlos gegen diese Kunst, und der Wind auch: Das freute Studer. Dass ihm hingegen der Regen die Ärmel herab in die Taschen lief, das ärgerte ihn wieder, so dass er nicht recht wusste, welches Gesicht er schneiden sollte. Es war überhaupt schwer, bei diesem Wetter seinen eigenen Willen durchzusetzen, besonders was das Gesichterschneiden betraf, denn der Regen fuhr ihm manchmal mit seinen nassen Fingern in die Augen, und die breite Krempe des Hutes war ein ungenügender Schutz gegen derartig böswillige Attacken.

Die Strasse wurde steil, Studer fluchte ein wenig, schüttelte den Kopf, dass die Tropfen von seinem Hutrand tangential abflogen. Es war ja schliesslich, dachte er, nicht die Schuld des kantonalen Polizeidirektors, dass er hier in der Nässe herumvagieren musste. Sonst gab man ja dort oben auf anonyme Briefe nicht viel, aber hier schien der Fall doch etwas anders zu liegen, und das Ganze war eine etwas kohlige Geschichte. Wo man da anpacken sollte, war nicht ganz klar, entweder war das Ganze ein Versuch, die Behörde zu blamieren, und da musste man doppelt vorsichtig sein, oder es war etwas ganz Grosses dahinter, ein Sensationsprozess vielleicht, und dann kamen die Reporter von den ausländischen Zeitungen, und man bekam ein wenig internationalen Ruhm weg. Das war nicht zu verachten. Mein Gott, man hatte es ja nicht nötig, man war ja sonst schon in den Fachkreisen bekannt, in Wien besonders, in Paris auch; es hatten sich da ein- oder zweimal ziemlich schwierige Internationale (halb Spione, halb Einbrecher) in der Schweiz wie in einer Mausefalle gefangen. Das sollte doch genügen, besonders wenn die Pensionierung in erreichbarer Nähe stand – noch fünf Jahre … fünf Jahre wird man doch noch aushalten? Aber – seinen Namen zu lesen, im »Journal« zum Beispiel, mit schmeichelhaften Beiwörtern, das war nicht zu verachten. Etwa so: »Le distingué inspecteur de la sûreté Studer, dont le talent remarquable est bien connu dans les milieux policiers…« und vielleicht noch seine Photographie dazu. Ja, die Franzosen hatten es los, in der Schweizer Presse war man sparsamer mit lobenden Beiwörtern.

Da kam rechts vom Wege ein Heuschober in Sicht. Ein wenig unterstehen kann man, dachte Studer und fühlte dabei nach seiner Brusttasche. Gut, dass ihm die Frau noch Kognak gerüstet hatte, der würde jetzt gerade lau sein von der Körperwärme, und in der zerfliessenden Sintflut ringsum wäre eine Stärkung doch nicht zu verachten. Studer ging in den Heuschober, das Heu war trocken, er nahm einen Büschel, wischte sich die nassen Schuhe ab, trocknete die Hände an einem sauberen Taschentuch und zog den Brief aus der Tasche, der den Polizeidirektor so aufgeregt hatte. Es stand wenig darin:

»Der Bauer Berthold Leuenberger in Waiblikon begräbt seine vierte Frau. Er ist sechzig Jahre alt, die drei letzten Frauen sind innerhalb von drei Jahren gestorben. Es waren immer junge. Er sagt, das Wasser bei ihm auf dem Hof ist schlecht. Viele meinen etwas anderes. Wann wird das Gericht endlich einschreiten? Wenn das Wasser schlecht ist auf seinem Hof, warum ist er nie krank geworden, noch sein Vieh, Knecht und Gesinde? Jetzt gehet er wieder um, der Bauer, wie ein brüllender Löwe, und suchet, wen er verzehren könne. Aber Gottes Gericht ist über ihm, wenn ihn das Gericht der Menschen vergisst.«

Die Schrift war verstellt, das Papier grob, längliche Rechtecke überspannten es wie ein feines Netz. Nach dem Schluss des Briefes musste ihn ein »Stündeler« geschrieben haben, ein Bibelkundiger. In drei Jahren drei Frauen, das war merkwürdig. Aber die Totenscheine mussten doch in Ordnung sein, Studer hatte mit dem Polizeidirektor im Telephonbuch nachgesehen und den Namen eines Arztes gefunden, der als gewissenhaft bekannt war. Dieser Arzt war früher am Spital gewesen, die Polizei hatte bei Unfällen viel mit ihm zu tun gehabt, der Mann war untadelig. Aber man weiss ja, wie es in einer Landpraxis zugeht, man hat nicht viel Zeit, wenn man weit herum Besuche machen muss... und irren ist ja bekanntlich menschlich.

Studer stapfte weiter, ganz wenig hellte sich das Wetter auf, das heisst der Regen hörte auf zu fliessen, dafür senkte sich ein dicker, weisser Nebel über das Land. So dicht war dieser Nebel, dass Studer die Häuser zuerst gar nicht erblickte, aus denen der Weiler Waiblikon bestand. Ein Junge mit halblangen Hosen, die bis zur Mitte der nackten Waden reichten, die Füsse in Holzschuhen, stapfte an ihm vorbei. »Wo ist die Wirtschaft?« fragte Studer. Der Junge glotzte zuerst, dann deutete er mit einer schmutzigen Knabenhand geradeaus und wies nach links, hob dann fünf gespreizte Finger. »Bist du stumm?« Der Junge nickte – also das fünfte Haus links, dachte Studer und stapfte weiter. Das Gastzimmer, das an den kleinen Laden stiess, war klein, nieder und finster. Es musste doch bald Mittag sein. Studer zog den triefenden Mantel aus, zog die Weste straff über seinen Bauch, zog noch den Rock aus, dessen Ärmelenden durchweicht waren, und setzte sich. Dann zog er die Uhr aus der Tasche, eine flache, goldene Uhr, die er an seinem zwanzigjährigen Dienstjubiläum geschenkt erhalten hatte; sie zeigte zehn Uhr. Es war früh. Er hatte Zeit. Lange blieb die Stube leer, kein Mensch zeigte sich, es herrschte in ihr jener ein wenig ekelerregende Geruch (auf nüchternen Magen ist er noch schwerer zu ertragen) von abgestandenem Bier und kaltem Pfeifenrauch. Endlich erschien ein gähnendes Mädchen, das unwillig die Absätze seiner Finken auf dem Boden nachschleifte. Studer bestellte einen Dreier Roten und eine Portion Hammen. Das Fleisch war gut, er bestrich es dick mit Senf, auch der Wein war nicht schlecht. Die Stube war gut geheizt, die nasse Luft von draussen vermochte nicht durch die Doppelfenster zu dringen. Dem Kommissar wurde wohl, seine Augen bekamen einen trockenen und klaren Glanz, und er überlegte, wie er sich am besten an das Mädchen heranmachen könne. Diese Serviertochter musste einmal in der Stadt gedient haben, sie hatte verraufte Dauerwellen und trug ein kunstseidenes, schon ein wenig brüchiges Kleid. Studer hätte es als einen psychologischen Fehler empfunden, eine Dorfmaid zu einer »Consommation«, wie sie in Genf sagten, einzuladen, hier konnte man es riskieren. Das Mädchen bügelte in der Nähe des grossen steinernen Ofens, der von der Küche her geheizt wurde, gestärkte Schürzen. Studer klopfte auf den Tisch. Er war der biedere alte Handlungsreisende, der sich gern eine kleine Zerstreuung gönnt, obwohl die Zerstreuung hier etwas Überwindung kostete. Als das Mädchen mürrisch näher kam, fragte er verlockend, ob sie nicht auch etwas nehmen wolle, es sei so kalt draussen. Das Mädchen schwärmte für Wermut, es holte die staubige Flasche vom Wandbord, sagte: »Excusez« und »wenn's erlaubt ist« und drängte seine Magerkeit ziemlich dicht an den Wachtmeister. Und das Gespräch entspann sich. Studer liess sich Zeit (man muss sich immer Zeit lassen); er reise in Düngemitteln, besonders Thomasschlacke sei jetzt sehr preiswert zu kaufen, ein ausgezeichnetes Phosphordüngemittel, aber er wolle zuerst ein wenig Bescheid wissen über die Leute in der Gegend, sein Auto habe er am Bahnhof gelassen, denn der Weg sei doch gar zu schlecht. Und er plätscherte und plätscherte, und das Mädchen langweilte sich und gähnte. Das war das Richtige, wenn sie gähnte, so ehrlich gähnte, dann glaubte sie ihm seine Geschichte. Und vorsichtig begann er, von den Bauern der Gegend zu reden und zu fragen, wer wohl den grössten Hof habe und welche die besten Abnehmer seien, aber er wolle nur von solchen wissen, die Geld hätten im Haus. Und man habe ihm besonders den Berthold Leuenberger gerühmt, der habe so einen grossen Hof, aber grosse Höfe seien meist verschuldet – ob man etwa bei diesem anklopfen könne? Und was das für ein schönes Kleid sei, das die Jungfer da anhabe, man sehe doch gleich, dass sie nicht von hier stamme, und gute Manieren habe sie, nur wie sie das Glas halte. Das kam alles in einem leise einschläfernden Redestrom, besonders die Komplimente, denn Studer hatte bemerkt, wie ein leises Erschrecken durch den mageren Körper neben ihm ging, als er den Namen Leuenberger nannte. Er säbelte an seinem Schinken herum. Ja, also, dieser Leuenberger, ob es sich wohl empfehle, ihn zuerst zu besuchen? Komme er öfters in die Wirtschaft? In die bleichen Augen des Mädchens neben ihm kam ein seltsames Flimmern. Der Leuenberger habe den Leichenschmaus gestern bei ihnen gehabt.

»Leichenschmaus?« fragte der Wachtmeister, wer denn da gestorben sei.

»Seine Frau.«

Dann sei es wohl nicht günstig, ihn heute zu besuchen. Das Mädchen stiess ein pfeifendes Lachen aus, leerte das Glas, fragte zutraulich, ob es ihr erlaubt sei, noch eins zu trinken; der Wachtmeister nickte, das kam sicher gut, wenn diese Trucke halb betrunken war.

Und bohrte weiter. Also, der Leuenberger habe den Leichenschmaus hier gehabt, wie alt er denn sei, ob er wohl wieder heiraten wolle? Das Mädchen zierte sich. Oh, es werde sich schon eine finden, die nicht alles glaube, eine Couragierte. Es stellte sich heraus, dass der Leuenberger schon zu Lebzeiten seiner Frau oft in der Gaststube seine Abende verbracht hatte, und dass eine Frau noch glücklich bei ihm werden könne. Was ist das für ein Mensch, dachte der Wachtmeister, dieser Bauer, hat nicht genug an vier Frauen, die er unter den Boden gebracht hat, nein, er schafft auf Vorrat, während die letzte noch am Leben ist, sorgt er schon für die folgende. Fast wäre ihm die Frage herausgefahren, ob sie denn nicht Angst hätte, über den Frauen des Leuenberger walte doch kein guter Stern, aber er schluckte die Bemerkung noch rechtzeitig hinunter, untersuchte aufmerksam das Deckblatt seines Stumpens (er hasste es, diese Rauchware am falschen Ende anzuzünden) und schwieg. Denn jetzt war Schweigen am Platz. Der Redestrom rann von selbst, wie aus einem angestochenen Fass, der Wermut hatte seine Wirkung getan. Nur nicht unterbrechen. Er erinnerte sich dunkel, dass ihm ein alter Untersuchungsrichter zu Beginn seiner Laufbahn diesen Rat gegeben hatte: sich unbemerkbar zu machen, wenn der andere einmal loslegt. Aber den Rat brauchte er nicht mehr, er wusste, bei Zeugenverhören, bei fälligen Geständnissen war Schweigen ein so starkes Druckmittel, dass die mittelalterlichen Foltermethoden dagegen zu einem einfachen Kinderschreck zusammenschrumpften.

Und er erfuhr genug, der Wachtmeister, er erfuhr genug, um sich ein ziemlich gelungenes Bild von diesem Leuenberger zu machen. Das Mädchen schilderte ihn ganz gut, als einen grossen, mageren Mann, mit noch dunkelbraunen Haaren trotz seinem Alter. Glattrasiert. Mit seiner ersten Frau hatte er vierzig Jahre zusammengelebt. Das Ehepaar hatte keine Kinder gehabt. Dann war die Frau an einer Lungenentzündung gestorben, vor zehn Jahren. Sie war fromm gewesen, den Bauer aber hatte man nie in der Kirche gesehen, auch nicht in der »Stunde«. Nach dem Tode der Frau war er allein geblieben und hatte den Hof bewirtschaftet mit einer Magd und drei Knechten. Übrigens habe er einen schlechten Ruf, als stehe er mit dem Teufel im Bunde. Das Mädchen lachte und liess Goldplomben sehen; sie glaubte nicht daran, aber Tatsache sei, der Leuenberger habe viel Zulauf, von weit herum kämen Leute, um ihn zu befragen, wenn Krankheit im Stall sei, auch bei Menschen, wenn der Doktor nicht mehr zu helfen wisse. Er stünde sonst gut mit dem Doktor, der Leuenberger, sagte das Mädchen; bei den Krankheiten seiner Frauen habe er immer den Arzt beigezogen, den Doktor Pfister, der sei jedesmal ein-, zweimal hier heraufgekommen, der Leuenberger habe ihn gerufen, aber der Arzt habe nichts Rechtes finden können. Darmkatarrh, bei allen dreien, einmal habe er sogar an Typhus geglaubt, bei der zweiten Frau, aber er habe es dann doch nicht kontrollieren können, denn da sei die Frau schon gestorben gewesen. Ja, der Leuenberger sei arg verhasst, besonders bei den Frommen, und von diesen gehe die Sage aus, er stünde mit dem Teufel im Bunde; als ob es so etwas gebe, einen Teufel. Das Mädchen stiess wieder ihr pfeifendes Lachen aus, sie sei aufgeklärt, sagte sie;

bevor sie in dies Kaff gekommen sei, habe sie eine gute Stelle gehabt in der Stadt, und jetzt müsse sie hier unter dem Mond leben, bei den »Ruechen«. Aber der Leuenberger, das sei so der Beste hier herum, immer manierlich, immer »Fräulein Rosa« sagte er, und einmal habe er sogar gefragt, ob sie nicht seine Frau sein wolle, wenn er wieder Witwer sei. Warum nicht? Sie glaube doch nicht alles, was die andern da erzählen, und Angst habe sie keine. Als Frau vom Leuenberger hätte sie dann keine Sorgen mehr, es ginge ihr gut, und der Leuenberger habe ihr versprochen, sie dürfe nach Bern fahren, wann sie wolle, er habe schon lange daran gedacht, sich ein Auto anzuschaffen. Und wenn sie dann so ihre ehemaligen Freundinnen besuchen könne und triumphieren über sie, da nehme sie es noch gern mit dem Teufel auf. Aber jetzt müsse sie in der Küche helfen, es wundere sie überhaupt, dass die Wirtin noch nicht gekommen sei, sie zu holen, sie müsse das Mittagessen kochen, ob der Herr auch hier essen wolle? Ja, sagte Studer, gegen halb eins werde er zum Essen kommen, er wolle jetzt zuerst ein wenig bei den Leuten anklopfen, wegen den Düngemitteln.

Der Mantel war trocken, draussen bemühte sich eine schwindsüchtige Sonne, den milchigen Nebel zu trinken, es gelang ihr schlecht, es war zuviel da; sie gab es auf, von der Anstrengung war sie ein wenig rot geworden. Wachtmeister Studer schritt durch die wenigen Häuser, die rechts und links von der Dorfstrasse lagen, er trat hier ein, trat dort ein, zeigte eine biedere Miene und pries Thomasmehl an. Manchmal, wenn die Frau allein daheim war und der Mann fort, im Wald beim Holzen, wurde er in die Küche gebeten, es war nicht schwer, die Frau auf das gewünschte Thema zu bringen. Aber aus allen Gesprächen, die Studer an diesem Morgen führte, konnte er nur zwei ganz unwägbare Gefühle herausdestillieren: die Furcht, die alle Frauen vor dem Leuenberger hatten, und die Überzeugung, dass der Leuenberger drei Frauen umgebracht hatte. Der anonyme Brief war somit erklärt, aber einen Menschen auf Gerüchte hin zu verhaften, das ging nicht. Studer wurde unsicher. Weibergetratsch, dachte er und sah seinen schönen Sensationsprozess zerfliessen, wie den Nebel vor ihm, der gerade jetzt zwei glänzendrote, zierliche Bäumchen freigab. Sie glühten in der Sonne wie flüssiges Erz, und durch eine sonderbare Gedankenverbindung musste Studer an die Hölle denken, so, wie er sie sich als kleiner Bube vorgestellt hatte.

Sie hatten ihm genug vom Teufel vorgeschwatzt, die Weiber, den ganzen Morgen lang. Schon als Bub sei der Leuenberger ein gar merkwürdiger gewesen« und habe mehr gesehen als andere Leute. Eine uralte Grossmutter hatte sich erinnert, dass der Berthel, damals erst elfjährig, am Tag der zehntausend Ritter gegen Abend atemlos heimgekommen war, auf der Schwelle sei er zusammengebrochen, und in der Nacht habe er dann gefiebert. Im Fieber habe er immer von einem schwarzen Mann erzählt, der sei auf einem schwarzen Ross über den Galgenhubel geritten. Und der Ritter, der Mann auf dem Ross, der habe keinen Kopf gehabt, aber er habe dem Jungen immer mit der Hand gewinkt. Seit diesem Tage sei der Leuenberger verändert gewesen. Er habe immer viel gelesen, die dicken Bücher, die sein Vater gehabt habe, sein Vater sei auch ein Kluger gewesen, der habe das Vieh besprechen können, und der Grossvater Leuenberger auch. Sie seien vor Generationen hier eingewandert, die Leuenberger, niemand habe gewusst, woher sie gekommen seien.

Kein Sektionsprotokoll, keine richtiggehende Anzeige. Studer nannte sich einen Idioten. Er hätte doch wenigstens, bevor er hier heraufkam, sich an den Arzt wenden können, der die Frauen behandelt hatte, und diesen fragen, ob ihm nichts aufgefallen sei. Es war dem Wachtmeister ungemütlich zumute, er fröstelte (ob er sich wohl diesen Morgen bei dem Sauwetter erkältet hatte?), fühlte sich hin und her gerissen: Sollte er einfach ins Wirtshaus zurückgehen, dort zu Mittag essen und dann sang- und klanglos wieder nach Bern zurückkehren? Aber es hielt ihn etwas zurück. Man blamiert sich nicht gern, wenn man einmal so lange Dienst getan hat. Und sollte er vor diesem Leuenberger einfach ausreissen? Ganz dunkel, und ohne dass er es hätte formulieren können, kam ihm die Überzeugung, dass das Frösteln einfach ein Zeichen der Angst sei. Was Erkältung! Er hatte schon oft, in noch ärgerem Wetter, stundenlang auf der Strasse irgendeinem aufpassen müssen. Furcht vor dem Leuenberger! Er stampfte wütend vorwärts, aber so blindlings, dass die Sohle in eine Wasserlache klatschte und das Wasser an seinen Hosen in die Höhe spritzte. Den Leuenberger wollte er doch noch sehen. Was Teufelsvisionen, das war Mittelalter, und jetzt gehörte es ins Gebiet der Irrenärzte und der psychiatrischen Gutachten. Den Leuenberger wollte er noch kennenlernen!

Da war sein Hof. Studer stellte fest, dass er geträumt haben müsse, denn die roten Bäumchen waren jetzt gerade neben ihm, also war er kaum zehn Schritte vorwärts gekommen. Er nahm einen Anlauf, die nassen Hosen scheuerten an seinem Knie. Rechts von ihm breitete sich ein riesiger Obstgarten aus, alte Bäume, stellte Studer fest, aber vor noch nicht langer Zeit frisch gepfropft. Und dieser Obstgarten liess eine dunkle Erinnerung in ihm auftauchen. Obstbäume – Schädlinge – Schädlingsbekämpfung.

Was brauchte man zur Schädlingsbekämpfung? Arsenite? … Vor der Tür des Hauses blieb Studer einen Augenblick stehen. Ein Giftprozess, bei dem er Zeuge gewesen war, ging ihm durch den Kopf. Was waren doch die Symptome von Arsenvergiftung? Durchfall? Ja, was hatte nur der Experte gesagt? Es sei manchmal schwer, eine Arsenikvergiftung festzustellen; die Ähnlichkeit mit anderen Darmkrankheiten sei gross. Nur die chemische Analyse der inneren Organe könne Sicherheit geben. War da der Angriffspunkt? Aber warum hatte dieser Leuenberger (wenn er ein Giftmörder war, und das war doch nicht bewiesen), warum hatte er dann seine Frauen ermordet? Es waren doch alle arme Meitschi gewesen, hatten sie ihm erzählt. Er hatte doch nichts davon. Warum? Er stiess die Tür auf, der Wachtmeister Studer, legte sein Gesicht in biedere Falten und trat in die Küche. Sie war leer. Im Zimmer nebenan hustete jemand, Studer tappte laut auf den Fliesen, nebenan stand jemand auf, die Verbindungstür wurde aufgerissen, in ihr stand ein grosser, alter Mann und blickte auf den Eindringling.

»Was wollt Ihr?« fragte der alte Mann. Studer war in seiner Rolle, er redete ölig von Thomasschlacke und Düngemitteln, und ob er den Bauern vor sich habe. Und während er redete, hatte er Mühe, dem andern in die Augen zu sehen. Es war schwierig, sehr schwierig, die Lider nicht niederklappen zu lassen, dem Blick des andern standzuhalten. Eine alte Redensart ging dem Wachtmeister durch den Kopf: »Der kann auch mehr als Brot essen.« Und während Studer weiterplauderte, kroch ihm eine feuchte Angst den Rücken hinauf, nistete sich im Nacken ein, füllte den Kopf aus, brachte ihn fast zum Platzen, die Augen tränten, er musste den Blick niederschlagen, und dann schwieg Studer.

Der andere wartete, wartete eine geraume Weile. Dann kam von der Tür eine merkwürdig durchdringende Stimme, einen Ton hatte diese Stimme, der Erschütterungen im Körper auslöste, nicht unangenehme, so wie ein leichter elektrischer Strom. »Tretet näher«, sagte die Stimme. »Ihr seid willkommen. Habt kein freundliches Wetter gehabt, um auf den Berg zu kommen.« Pause. »Und zu mir zu kommen, um Eure Düngemittel anzupreisen. Es wird wohl nicht so sehr pressieren. Ihr bleibet zum Essen bei mir, hab' gern einen Gast von Zeit zu Zeit, man hört etwas von der Welt, und gerade jetzt seid Ihr willkommen, jetzt wo ich im Leid bin.«

Wachtmeister Studers Verstand hatte plötzlich jegliches exakte Arbeiten vergessen. Ich mache mich lächerlich, dachte er, während er seinen rundlichen Körper an dem sehnigen des andern vorbeidrückte. Ein helles, warmes Zimmer, die Sonne spritzte viel flüssiges Gelb durch die kleinen Scheiben der Fenster. Es ging wirr zu im Kopf des Wachtmeisters, so einen habe ich noch nicht getroffen, so einen habe ich noch nicht getroffen, dachte er ununterbrochen und fühlte sich als blutiger Anfänger, ohne Überlegenheit, winzig klein, wie ein Büblein in der Schule vor dem Lehrer. Der macht mit mir, was er will, dachte er noch. Studer, Studer, sagte er zu sich selbst, wärst du ins Wirtshaus gegangen, hättest dort gegessen und wärst dann heimgefahren. Studer, was ist mit dir los! Du hast doch schon andere Leute gebodigt, wirst du Angst haben vor so einem Bauer? Du wirst alt, Studer, lass dich pensionieren.

Der Leuenberger war gemütlich; er schien sich glänzend zu unterhalten bei diesem stummen Spiel. »Natürlich«, dachte Studer, »der ist nicht auf meinen vorgeschützten Beruf hereingefallen. Der hat mich gleich erkannt als der, der ich bin. Und so sicher ist er … eine unerschütterliche Sicherheit.« Der alte Leuenberger benahm sich untadlig, machte nicht zuviel Worte, nötigte den Gast auf die Bank am Fenster, setzte sich ihm gegenüber, schwieg. Schwieg lange.

Studer nahm einen Anlauf. »Ihr seid also im Leid?« fragte er, so harmlos als möglich, und auf einen kurzen Augenblick hob er die Augen. Unerträglich, was dieser alte Bauer für einen Blick hatte. Es sah aus, als seien seine Augen aus einem matten Stein, nur dort, wo die Pupillen sassen, drangen zwei spitze Strahlen hervor, anders konnte man das wohl nicht nennen, die trieben einem das Wasser in die Augen. Und Studer klappte wieder mit den Lidern.

»Ja«, sagte Leuenberger, »meine Frau ist gestern begraben worden. Sie ist zu Verwandten gefahren, hat wohl etwas Unrechtes gegessen, sterbend haben sie mir die Leute ins Haus gebracht. Der Doktor hat sie kurz vorher gesehen, kurz vor ihrem Tode. Ein Darmfieber. Ja.« Und Leuenberger schwieg wieder. Er hatte die Hände vor sich auf dem Tisch gefaltet, langfingrige Hände, stellte Studer fest, mit gekrümmten Nägeln daran, gelblichen Nägeln, gewölbt.

In der Küche lief jemand herum. »Rösi«, rief Leuenberger, ganz sanft, es klang wie das Mauzen eines Katers; ein junges Mädchen erschien. »Lauf in die Wirtschaft und sag dort, sie sollen nicht auf den Herrn warten, der Herr isst hier.« Schweigend ging das Mädchen. Auch sie hatte den Blick nicht gehoben.

»Also«, sagte Leuenberger und blickte auf die alte Tischplatte, »Ihr wollt mir Kunstdünger verkaufen ... oder?« Wenn er die Augen gesenkt hielt, war sicher nichts Besonderes an diesem Bauer, er war ein alter Bauer, wie andere auch, mit einem runden, samtenen Käppchen auf dem Kopf, das mit bunten Seidenblumen bestickt war. »Welche von seinen Frauen hat ihm jetzt das Käppchen gestickt?« dachte der Wachtmeister, und zugleich sollte er antworten, und wieder war dies unangenehme Gefühl im Nacken da, am ehesten erinnerte es noch, dies Gefühl, an den Eindruck, den man in einer Schlägerei hat: Man hat sich nach vorn zu wehren, und plötzlich bekommt man die Warnung, so als ob man Augen hinten im Kopf hätte, hinter dir steht einer mit aufgezogenem Gummiknüppel ... und jetzt schlägt er. Furchtsam sah sich der Wachtmeister um. Hinter ihm war ein unschuldiges, niederes Fenster, niemand blickte durch die Scheiben, vor ihm sass ein alter Mann mit gefalteten Händen. Von nirgends her drohte Gefahr. Und doch war es unheimlich in diesem sauberen Bauernzimmer – und ganz schnell schickte der Wachtmeister einen Blick ringsum. Ein alter Schrank, in einer Ecke der breite Ofensitz, ein Bord an der Wand, alte Bücher darauf. Studers Blick blieb an den Büchern haften. Leuenberger sah auf, folgte der Richtung, nickte, sagte, als müsse er eine Frage beantworten: »Alte Bücher, ja, vom Urgrossätti, Bücher, die man nicht mehr findet, mit handschriftlichen Bemerkungen. Ich zeig' sie nur nicht gern.« Und wieder das Schweigen. Draussen, in der Küche, das scheue Klappern von Holzböden, das Mädchen musste zurück sein. Pfannen rasselten. Wasser lief. Ein Hahn krähte vor dem Fenster. »Und nicht einmal ein Sektionsprotokoll«, dachte der Wachtmeister, »wie kann man an diesen Menschen herankommen, das Spiel beginnen.« Es kam ihm ein dummer Vergleich in den Sinn, aber er wurde ihn nicht los: Wie beim Jassen, musste er denken, der Gegner hat die Hände voll Trümpfe, er trumpft, trumpft, er hofft, den Match zu machen, nur eine falsche Karte hat er, und beim vorletzten Stich hat man noch zwei Asse in der Hand, welches soll man verwerfen? Verwirft man das falsche, ist man der Lackierte. Auch hier: Der andere hatte alle Trümpfe, aber eine falsche Karte hatte er, das Gefühl hatte Studer deutlich, und er musste verwerfen, verwerfen. Wenn er nicht die richtige Karte behielt, dann war alles verspielt, sein ganzes Leben war nichts wert, hier war ein Kampf, auf seinem Boden eigentlich, er war doch auch ein Bauernsohn! Gott, die Internationalen! So klug waren sie nicht, und die grossen Kanonen kamen ja nie in die Schweiz. Aber dieser Bauer, dieser Leuenberger, der reizte ihn, dem musste er es zeigen. Und dabei hatte das Spiel doch kaum begonnen, und wo war der Einsatz? Diesmal war es nicht ein halber Liter Fendant, es ging um mehr. Ganz geistesabwesend zog Studer sein Taschentuch aus der Tasche und wischte sich die Stirn. Er schwitzte.

Dieses Schweigen in dem kleinen Zimmer! Es war nicht zum Aushalten. Und dann wurde es auch noch dunkel draussen, der Nebel hatte sich wohl wieder eingefunden, nein, es regnete, ganz leise plätscherte es gegen die Scheiben. Ihm gegenüber der sanfte alte Mann mit dem Samtkäppli und den gestickten Blumen. Und da spielte der Bauer den ersten Trumpf aus:

»Ihr habt Euch gar viel um mich interessiert, Herr«, sagte er, mit einer so stillen, unbeteiligten Stimme, und ganz ruhig blieb er dabei, einen Moment nur blitzten die Strahlen aus den versteinten Augen. »Was meint Ihr?« fragte Studer unbedacht und hätte das Wort so gerne wieder eingefangen, er hätte schweigen sollen, Schweigen war das Beste, was hatte der alte Untersuchungsrichter gesagt? Und er seufzte, denn er dachte: »Untersuchungsrichter haben gut reden, die sitzen in ihrem Büro, wir haben die Vorarbeiten getan, sie thronen hoch oben, sie haben Autorität. Ich möcht' einen Untersuchungsrichter an meiner Stelle sehen.« Aber der andere schien das Spiel auch zu kennen, denn auf die Frage des Wachtmeisters schwieg auch er und blickte nur still und ruhig auf seine gefalteten Hände. Dann sagte der Leuenberger mit seiner tönenden Stimme: »Ja, drei Frauen hab' ich verloren in den letzten Jahren, es muss ein Fluch sein auf meinem Hof«, und schielte lauernd zu seinem Gast, wie das Wort »Fluch« wirken werde. Aber nun hatte der Wachtmeister etwas gelernt, das Taschentuch behielt er zwar in Händen, aber er verschränkte die Finger darüber und nickte scheinheilig.

Das Mädchen brachte das Essen, es war Speck, Sauerkraut, Erdäpfel. Die Männer assen schweigend. In der Küche trampten die Knechte, der Wachtmeister hörte, wie sie absassen, hörte das Klappern der Löffel in den Tellern, spitzte die Ohren, ob er nicht ein Wort erhaschen könne, durch die angelehnte Tür. Die Knechte assen schweigend, Stühlerücken, sie klapperten hinaus, das Mädchen kam ins Zimmer, räumte den Tisch ab, stellte eine Flasche »Brönnts« auf den Tisch, zwei Gläser, verliess wieder das Zimmer. Das waren keine Schnapsgläser, das waren Weingläser. Der Leuenberger füllte die Gläser, trank das seine mit einem Ruck leer, der Wachtmeister folgte dem Beispiel, er hätte am liebsten einen langen Fluch hinausgeschmettert, aber mitten drin wäre ihm der Atem ausgegangen. Das war ja Salpetersäure! Der Leuenberger verzog keinen Muskel im starren Gesicht. »Ein gutes Schnäpslein«, sagte er, und es schien dem Wachtmeister, als grinse er auf den Stockzähnen. Und dann spielte er den zweiten Trumpf aus: »Was hat sich die Polizei in Bern um meine Angelegenheiten zu kümmern, dass sie einen Wachtmeister zu mir heraufschickt? Hab' ich etwas verbrochen?« War es der Schnaps, der zu wirken begann, war es der offenkundige Hohn, plötzlich war Studer ganz klar »im Grind«, wie er sagte. Die Ängstlichkeit war plötzlich fort, er fühlte plötzlich ganz deutlich, der da gegenüber ist reif, jetzt ihm nur Zeit lassen, jetzt mit ihm saufen den ganzen Nachmittag lang. Noch einmal verwirrten sich seine Gedanken, ganz kurz, er dachte an seine Gesundheit: Bei deinem Herzen, dachte er, kann es dich einen Schlag kosten. In Gottes Namen, dachte er weiter, die Kinder sind fast erwachsen, die Alte hat die Pension, war wieder klar, zog das Schnupftuch, tat verlegen, schneuzte sich, bevor er antwortete, und liess seine Antwort ganz kläglich klingen: »Oh, gegen Euch hat man apartig nichts, aber es sind natürlich immer böse Mäuler um den Weg, und wir haben da einen Brief empfangen, der...« Er zögerte scheinbar, dann zog er den Brief aus der Tasche und legte ihn vor den Bauer hin.

Jetzt zog der Bauer das Schnupftuch, hielt es einen Augenblick wie zögernd in der Hand, dann kam die Brille zum Vorschein, er putzte die Gläser, mitten in diesem Geschäft störte ihn der Wachtmeister: »Rauchet Ihr?« und hielt ihm eine längliche Tasche voll brandschwarzer Toscani hin. Leuenberger sagte: »Ich danke auch...«, wählte eine, legte sie neben sich, putzte die Brille fertig, setzte sie umständlich auf; da hatte Studer schon ein Streichholz angebrannt, bot dem Bauern Feuer, das Zündholz verbrannte dem Wachtmeister schon die Finger, er hielt aus (dunkel fühlte er, hier kam es auf solche Kleinigkeiten an, auf Unbeteiligttun, auch wenn man sich die Finger verbrennt), endlich brannte die Zigarre, Leuenberger spie sittsam Rauchschwaden aus, wie eine wohlerzogene Lokomotive, goss die Gläser voll, schluckte die Salpetersäure und beobachtete dabei den Wachtmeister. »Un homme averti en vaut deux«, dachte Studer und ärgerte sich, dass ihm heute soviel Welsches im Kopf herumspukte. Aber er trank das Zeug gelassen aus, schnalzte dann sogar mit der Zunge, und jetzt war er es, der sagte: »Ein gutes Schnäpslein.« Der Leuenberger beugte sich über den Brief. Er studierte ihn lange und aufmerksam, schob ihn dann zurück. »Ja«, sagte er, »es gibt böse Leute auf dieser Welt.« Wieder das Schweigen. Der Regen pritschelte an die Scheiben, es war ein schmutziges Dämmerlicht im Zimmer. Die Männer rauchten. Wenn nur nicht diese Stille über dem Hof gewesen wäre. Studer fühlte, wie ihn die Gefahr wieder im Rücken bedrohte, darum sagte er, und es klang mehr wie eine nebensächliche Feststellung: »Den Frauen wird's nicht wohl sein in der nassen Erde auf dem Friedhof, bei dem Wetter.«

»Was gehen mich die Frauen an, mein Grossätti hat sechse begraben.«

»Die richtige Blaubartfamilie«, sagte der Wachtmeister, und kaum waren die Worte heraus, hätte er sich mit den Fäusten an den Kopf kläpfen können. Solche Dummheiten zu sagen. Aber die Antwort war scheinbar doch richtig gewesen, denn der andere bekam einen sonderbaren Tick in die Mundwinkel, man konnte es gerade noch sehen, die Mundwinkel zitterten. Jetzt nahm Studer die Flasche vom Tisch und goss die Gläser voll, es war gegen die Etikette, er wusste es, aber jetzt scherte er sich den Teufel um die Etikette, er musste den andern teig machen, teig wie eine Birne, die man in der Hand zerquetscht. »Zum Wohl«, sagte er, der Bauer zögerte, dann trank er, und wieder war es Studer, der sich zu bemerken erlaubte: »Ein gutes Schnäpschen.«

Da stand der Leuenberger auf, drehte das Licht an. Fast hätte der Wachtmeister durch die Zähne gepfiffen, die Augen des andern waren gar nicht mehr steinern, sie schwammen, die Augen, sie waren feucht! Dass er jetzt das Schweigen bewahrte, rechnete sich der Wachtmeister später hoch an, obwohl ... Der Leuenberger setzte sich nicht wieder, mit einer merkwürdig brüchigen Stimme sagte er, er habe draussen noch einen besonders guten Tropfen, ob er den noch holen dürfe? Sonderbar untertänig fragte er dies. Der Wachtmeister nickte. Er tat gut gelaunt, obwohl es ihm plötzlich kotzübel wurde und schwarz vor den Augen. Er biss die Zähne zusammen, schneuzte sich, dass ihm schier der Kopf platzte, »nur jetzt nicht abgehen«, dachte er, »sonst hat das Ganze keinen Sinn gehabt, aufpassen jetzt!« Er schrie es sich innerlich zu. Und es half. Der Leuenberger ging hinaus, er blieb lange fort, der Wachtmeister wäre gern hinausgegangen, um sich zu erleichtern, er hielt aus, wie ein Soldat auf verlorenem Posten.

Endlich kam der Bauer wieder ins Zimmer. Er hielt eine kleine Flasche in der Hand, sie war verstaubt. Aber sie war schon entkorkt; der Bauer hielt sogar noch den Pfropfenzieher mit dem Korken daran in der Hand. War es dieser Umstand, der dem Wachtmeister verdächtig vorkam? Er hätte es später nicht sagen können. Aber der Leuenberger machte eine zweite Dummheit, er sagte nämlich: »Ich hab' genug getrunken, probiert ihn allein, Herr.« Jetzt hat er die Farbe verraten, die Farbe der falschen Karte, fast hätte es der Wachtmeister hinausgebrüllt, aber so nahm er nur dem andern die Flasche aus der Hand und den Pfropfenzieher, drehte sorgfältig und langsam den Korken ab, verschloss die Flasche, steckte sie in die Tasche, in dieselbe Tasche, in der er die Toscani trug, und sagte mit ganz neutraler Stimme (jetzt war er wieder der Fahnder-Wachtmeister Studer von Bern, eine Amtsperson): »Die Flasche will ich lieber dem Gerichtschemiker mitbringen.« Einen Augenblick stand der Leuenberger noch kerzengerade, dann hockte er ab, stützte den Kopf auf eine Faust und stierte auf den Tisch.

»Es war doch nur wegen dem Fliegen können«, sagte er, wie aus einem Traum heraus.

Der Wachtmeister schwieg. Wollte der da Komödie spielen? Der sollte jetzt ausspucken, und wenn auch keine Zeugen für das Geständnis da waren, jetzt konnte man doch die Exhumation beantragen, jetzt hatte er, der Wachtmeister Studer, doch das richtige As behalten – aber um Gottes willen kein Wort reden! Ein wenig Mitleid hatte er mit dem Mann, vielleicht war er doch ein wenig verrückt gewesen? Aber gerade in das Mitleid hinein stachen ihm wieder die seidengestickten Blümlein auf des Bauern Samtkappe in die Augen. Die Finger, die das gestickt hatten, die waren verfault, die hatten sich vielleicht im Todeskampf gebogen, und niemand hatte ihnen geholfen, den Fingern. Er war wohl auch beschwipst, der Wachtmeister, dass ihm solche Gedanken kamen. Jetzt sprach der andere wieder: »Ja, wegen dem Fliegen. Der Grossätti hat es doch in seinem Buch geschrieben gehabt, nach der siebenten toten Ehefrau da bekommt man die Gewalt, da kann man fliegen. Ihm ist's fast gelungen, aber die siebente hat ihn überlebt. Sonst ... sonst hätte er fliegen können.«

»Aber Mensch«, brüllte ihn der Wachtmeister an (er brüllte wirklich, so etwas Verrücktes, und der viele Schnaps den ganzen Nachmittag). »Aber Mensch, und die Alpenflüge? Auf jedem Flugplatz kannst du doch fliegen.«

Da blickte ihn der Leuenberger unendlich überlegen an, seine Augen versteinten wieder, das alte Leuchten durchstach die Pupillen, und ganz leise, mit seiner alten, tönenden Stimme sagte er: »Und die Unsterblichkeit? Kann ich die mir auch auf dem Flugplatz kaufen? Es heisst: Und wirst fliegen können bis ans Ende der Tage der Welt, und nichts wird dir verborgen sein.« Er sprang auf, holte eins der alten Bücher vom Wandbord, schlug es auf. Mühsam entzifferte der Wachtmeister die altertümliche Handschrift. Ja, da stand es. »Bis ans Ende der Tage.«

Er nahm das Buch unter den Arm. »Komm jetzt mit, Leuenberger«, sagte er sanft. »Das andere wird sich finden.«

Sie zogen den Berg hinab, durch das stille Dorf. Der Leuenberger wehrte sich nicht. Im kleinen Städtchen lieferte ihn der Wachtmeister ins Bezirksgefängnis ein, nach einer telephonischen Unterredung mit Bern.

Aber der Wachtmeister Studer kam um seinen wohlverdienten internationalen Ruhm, das »Journal« brachte weder sein Bild noch eines jener schmeichelhaften Beiwörter, die von den Franzosen so gut beherrscht werden; denn der Leuenberger erhängte sich in der gleichen Nacht in seiner Zelle. Und niemand weiss, ob seine Seele nicht doch das Fliegen gelernt hat.

Der Hund

Ich weiss ja nicht, wo Sie arbeiten und was Sie für Ansichten haben, junger Mann ... – Ja, ein kleines Helles, Jungfer ... – Aber gerade heute ist es mir so recht einsam zumute. Witze haben wir uns genug erzählt, all die letzten Abende, und der Dritte, der sonst mit uns einen Zuger gemacht hat, ist heute auch nicht da. Soll ich Ihnen einmal eine ernste Geschichte erzählen? Natürlich, Sie glauben, dass wir Reisende es immer leicht haben, aber einmal bin ich durch Zufall in eine komplizierte Affäre hineingerissen worden, und das war unangenehm. Denn so etwas stört bei der Arbeit, Und wenn wir nicht immer auf dem Sprung sind und die Kunden bearbeiten, dann kommt ein Jüngerer und stösst uns beiseite.

Nein, Komplikationen liegen mir gar nicht. Ich bin dick und gemütlich, das kann ich sagen, habe auch nie jemandem etwas zuleide getan. Aber die Geschichte, die ich Ihnen erzählen will, hat mich doch eine ganze Zeitlang aus dem Gleichgewicht gebracht, und ich frage mich noch heute, ob ich da nicht etwas hätte verhindern können. Auf alle Fälle hat sie mich vom Heiraten endgültig kuriert ... Und auch von den möblierten Zimmern. Dinge können einem da passieren! ...

Ich habe Ihnen ja schon erzählt, dass ich für eine Zigarettenfabrik reise, für eine bekannte Marke, aber die Direktoren wollen eben auch auf ihre Rechnung kommen. Nun, ich habe es mir vielleicht ein wenig zu wohl sein lassen in Zürich, war nicht genug hinter den Kunden her, ein paar haben reklamiert, der Reisende sei nicht zur rechten Zeit vorbeigekommen, ihr Vorrat sei aufgebraucht. Mehr ist nicht nötig gewesen. Der Direktor hat mir die Kutteln geputzt und mir einen andern Rayon gegeben. Irgend so ein kleines Kaff, von dem aus ich die Krämer der Umgebung hätte besuchen sollen. Froh war ich, dass er mich nicht entlassen hat, aber ich verstehe das Geschäft, es war also mehr eine Art Strafversetzung; denn ich bin schon Jahre und Jahre in der Branche und sonst ganz brauchbar. Es war ein wüstes kleines Dorf, in das ich gekommen bin. Es ging auf den Abend zu, und ich war müde; denn ich bin den ganzen Tag mit dem Töff herumgefahren. Zuerst bin ich in eine Wirtschaft gegangen, habe etwas gegessen und so nebenbei den Wirt gefragt, wo hier ein möbliertes Zimmer frei sei. »Gehen Sie zum Notar Schneider«, hat er gesagt, »der sucht schon lange einen Mieter. Aber es sind ungemütliche Leute. Irgend etwas stimmt nicht bei ihnen. Man weiss nicht was. Eine Garage haben sie auch, wo Sie Ihr Motorrad einstellen können, und die Emma, das ist die Stieftochter vom Notar, ist ein flottes Meitschi. Man mag sie gern hier.«

Ich fuhr also zum Notar. Eine Jungfer machte mir auf. Ein währschaftes Meitschi, mit einem Gesicht ... Und die Augen! ... Ich muss an ein junges Pferd denken. Sie trägt einen unordentlichen Haarknoten im Nacken ... Sie hat mir gleich gefallen. Dann hat sie mir das Zimmer gezeigt. Es war ganz anständig, mit Diwan und einem grossen Schrank. Fünfzig Franken im Monat ... Und das Frühstück könne ich auch haben, wenn ich wolle ... Ich war sehr höflich.

»Frühstück nehme ich schon gern«, sag' ich, »aber ich muss etwas essen, was vorhält, weil ich bis Mittag zu tun habe und das Töffahren hungrig macht. Speck und Eier möcht' ich. Über den Preis werden wir uns schon einigen«, meine ich. Dann zahl' ich die fünfzig Franken, das Meitschi gibt mir den Hausschlüssel und sagt noch, ich solle doch leise machen, wenn ich spät heimkomme; denn die Mutter sei herzkrank und erschrecke leicht, wenn man die Türen zuschlage. Ich antworte: Sie brauche keine Angst zu haben, wir schweren, dicken Männer seien manchmal viel leiser als die jungen, mageren Fisel, die so ungeschickt sind, dass sie an keinem Stuhl vorbeikönnen, ohne ihn umzuschmeissen. Da hat sie lachen müssen, die Emma. Schöne Zähne hat sie gehabt, wissen Sie: so breite ... Vielleicht war das ein Grund mehr, dass sie wie eine junge Stute ausgesehen hat – und ich habe Pferde gern.

Beim Wirt habe ich noch einen Zweier getrunken, Zeitungen gelesen (es war grad niemand da, der einen Jass hat klopfen wollen), und ich hab' angefangen, mich mit meiner Strafversetzung auszusöhnen. Das Haus, in dem ich wohnen sollte, hat mir zwar nicht so recht gefallen, es sah aus, wie eben ein verschuldetes Haus aussieht. Und die Luft drin hat mir doch ein wenig den Atem verschlagen, wie ich die Stiegen hinauf bin. Aber ich hab' mir gedacht, das ist nur

Einbildung. Man muss sich wieder an die Atmosphäre der Dorfhäuser gewöhnen, wenn man aus der Stadt kommt. Da gibt's nichts anderes.

Um zehn Uhr bin ich heimgegangen. Mein Töff hatte ich in die Garage gestellt, ich hab' die Haustür leise aufgesperrt, und da seh' ich die ganze Familie unter einer Petroleumlampe um einen runden Tisch im Zimmer sitzen. Die Türe zum Gang ist weit offen, die Emma liest in einem Buch, der Notar, ein dürrer, alter Mann mit einer unregelmässigen Glatze, die aussieht, als hätten ihm die Ratten hier und dort ein Büschel Haare herausgenagt, tut nichts; er hockt nur da und starrt auf seine Nägel. Ein wenig im Schatten, zwischen der Jungfer und dem Alten, sitzt ein gebücktes Weiblein, mit gebleichten Haaren. Die hält ein Strickzeug in der Hand, und die Nadeln bewegen sich so langsam, dass es aussieht wie eine Zeitlupenaufnahme im Kino. Die drei haben mich nicht kommen hören. Ich mache die Türe leise zu, aber wie ich weitergehe, knarren meine Stiefel. Sie können es mir glauben oder nicht: Ich kann Schuhe kaufen, wo ich will, immer knarren die Sohlen. Schon als ich klein war, ist es so gewesen, es ist eine Art Fluch, der über meinem Leben liegt, diese knarrenden Schuhe; aber daran kann man eben nichts ändern.

Der Notar schaut auf, die Emma kommt auf mich zu, nimmt mich an der Hand und zieht mich ins Zimmer. Dann stellt sie mich vor. Der Alte knurrt mich an, die Mutter reicht mir zwei Finger. Und dann kann ich wieder gehen. Die Emma lächelt mir nach. Herzlich war die Begrüssung nicht.

Wie ich schon im Bett liege und das Elektrische ausgedreht habe, merke ich, dass ich durstig bin. Ich zünde wieder an, aber das Wasser in der Flasche ist abgestanden, und das Glas ist mit kleinen Blasen tapeziert. Bei einem grossen Hellen mag ich das nicht ungern sehen – aber beim Wasser!... Nein! Da wirkt es wie ein Brechmittel auf mich. Also geh' ich mir frisches Wasser holen, denk' ich, ziehe den Schlafrock an, schlürfe in die Pantoffeln und gehe auf die Suche nach dem Wasserhahnen. Im Gang hat eine rötliche Birne gebrannt. Wissen Sie, eine von den halbausgebrannten Kohlenfadenlampen. Ich probiere ein paar Türen, aber entweder waren sie verschlossen oder es waren Schlafzimmer. Schliesslich komme ich vor eine Türe, eine kleine, niedere Türe, wie für einen Wandschrank. Das wird das richtige sein, denk' ich mir. Aber es steckt kein Schlüssel im Schloss. Und eine Klinke ist auch nicht vorhanden. Ich will schon weitergehen, da hör' ich hinter der Türe ein Winseln, wie von einem eingesperrten Hund. Eine Bieridee! denk' ich. Ein Tier in einer finsteren Kammer einzusperren! Das muss ich dem Notar sagen; denn das Einsperren verdirbt die Hunde; ich habe die Erfahrung selbst gemacht, mit einem Schäferhund, den ich immer einsperrte, wenn ich fort musste. Das Winseln wird stärker, wie ich da vor der Türe stehe. Da rufe ich ein paar tröstende Worte durch das Holz: Braver Hund! oder so ähnliches; denn das Tier tut mir leid. Dann suche ich weiter, und plötzlich steht der alte Notar vor mir, faucht mich an und sieht aus wie ein Kater, den man in seinen Liebesangelegenheiten gestört hat. Ich soll hier nicht herumspionieren; was hier vorgehe, gehe mich gar nichts an – und dann sagt er noch, zum Abschluss gewissermassen: »Verstehen Sie, ich sage die Sachen gerade heraus, damit die Leute wissen, woran sie sind.«

Ich denke mir mein Teil, setze mein öligstes Kundenlächeln auf und frage ihn, wo ich frisches Wasser finden kann.

»Im untern Stock«, knurrt er böse. »Und machen Sie nicht zuviel Krach! Meine Frau ist sehr schreckhaft.«

»Das weiss ich schon«, sage ich und wünsche ihm eine gute Nacht. Der alte Kracher gibt mir keinen Bescheid, humpelt davon. Am liebsten hätt' ich ihm eine geklepft...

Wie ich dann wieder im Bett liege, kann ich nicht einschlafen. Ich höre Flüstern im Gang, dann dreht sich ein Schlüssel in einem Schloss, das Winseln wird deutlicher, es klingt bösartig – ein Schrei steigt auf, ein langgezogener Schrei, und es klatscht. Ein Riemen wird geschwungen, ein Riemen knallt auf einen Körper, der Schrei wird stärker ...Misch dich in deine Angelegenheiten! denk ich. Nach und nach wird der langgehaltene Schrei schwächer, wandelt sich wieder in ein Winseln. Und endlich verstummt auch dies. Ich kann einschlafen.

Sie wissen ja, wie das ist, wenn man schläfrig ist oder Zahnweh hat oder Bauchweh. Dann will das Mitleidsgefühl nicht mehr recht funktionieren. Man hat genug mit sich selbst zu tun und nur Gleichgültigkeit übrig für die Leiden seiner Mitkreaturen.

Am nächsten Morgen hat mir die Jungfer Emma pünktlich mein Frühstück gebracht. Der Kaffee war stark und ohne Zusatz gekocht – das riecht so ein alter Hotelwanderer wie ich auf fünf Schritte –, auch die Eier waren frisch und der Speck richtig gebraten. Ich hab' mich ein wenig geniert vor dem Meitschi; denn ich seh' nicht schön aus am Morgen, unrasiert, mit einem verschlissenen Nachthemdkragen. Dazu kommt noch, dass meine Glatze gut zu sehen ist, wenn ich meine Haare nicht auf eine bestimmte Manier gestrählt habe. Die Emma sieht müde aus, immer wieder habe ich an ein Pferd denken müssen, wenn ich sie sah. Aber an ein Pferd, das man zu früh an die Deichsel gespannt hat und zu schwer hat ziehen lassen. Sie hat das Tablett mit dem Frühstück abgestellt und wieder fort wollen. Aber ich habe sie doch gefragt – denn ich bin neugierig, und meine Neugier ist stärker als meine Eitelkeit –: »Warum sperren Sie eigentlich Ihren Hund ein?« – Sie antwortet nichts. Zwei Falten zerschneiden die Haut um den Mund. Und sie sieht plötzlich alt und böse aus. Dazu schaut sie zum Fenster hinaus, obwohl dort nur ein Schornstein zu sehen ist. Der gehört zu einer Fabrik, wie sie jetzt überall auf dem Lande aus dem Boden schiessen: irgend so eine Hackmaschine für Murtenchabis. Dann geht die Emma fort und schletzt die Türe, trotz der herzkranken Mutter.

Wie ich dann die Stufen hinuntergegangen bin, ist mir die Mutter begegnet. Verfallen hat sie ausgesehen – verfallener als der Notar ... Rote Augen, Verzweiflung im Gesicht: Die Verzweiflung ist darauf gesessen, wie eine Maske. Nein, schon damals habe ich mir gedacht, dass nicht alles stimmt in diesem Hause.

Am Abend bin ich dann noch in die Wirtschaft gegangen, trotzdem ich müd' war wie ein Hund. Den ganzen Tag im Regen herumgefahren, auf diesen verfluchten Strassen, auf denen an jeder Biegung ein Karren voll Mist steht und den Weg versperrt und die Rueche meinen, die Strassen gehören ihnen. Dazu die Krämer in den kleinen Dörfern, die jeden Reisenden empfangen, als gehöre er einer Einbrecherbande an und wolle auskundschaften, wo ihr Geld sei. Man muss freundlich lächeln, wie ein Grossrat vor den Wahlen, um es ja mit niemandem zu verteufeln. Beim Wirt also, während wir einen Zuger schmettern, frag' ich so nebenbei, ob denn der Notar einen Hund habe. »Hund?« fragt der Wirt ... »Nein. Der Schneider kann doch Tiere nicht leiden. Meinem Barry hat er einmal einen Fusstritt gegeben, nur weil der Hund ihm die Hosenbeine beschnüffelt hat ...«

Wir spielen weiter, und der Wirt erzählt so nebenbei:

Ja, der Notar habe es schwer. Früher sei er in der Stadt gewesen und habe dort eine gute Praxis gehabt, aber da sei eine dunkle Geschichte gewesen mit seiner jetzigen Frau. Das sei nämlich e G'schydni, und der erste Mann sei in einer Anstalt versorgt worden, weil er getrunken habe. Man habe den Notar beschuldigt, dass er bei der Internierung mitgeholfen habe, weil die Frau Geld gehabt hätte. Er, der Wirt, glaube das nicht, aber abstinent sei der Notar auf alle Fälle. Darum sei er auch so verhasst bei den Bauern rund herum, sie gingen nur zu ihm, wenn es unbedingt nötig sei, und zahlen täten sie erst, wenn der Schneider sie betreiben lasse. Er habe auch schon Hypotheken auf das Haus genommen und sicher das letzte Geld der Frau hineingesteckt.

Wie ich heimkomme, sitzen die drei wieder stumm um den Tisch, wie am gestrigen Abend. Der Alte fährt auf und sieht mich böse an, weil meine Schuhe knarren. Nur die Mutter bleibt ruhig hocken und strickt, strickt so langsam, dass ich in Versuchung komme, die Feder aufzuziehen, damit das Stricken ein wenig gleitiger läuft. Wenn Sie meine Grossmutter hätten stricken sehen – und daneben diese alte Frau!

Nur die Emma steht auf und fragt, ob nichts fehle in meinem Zimmer. Und sie wolle morgen sicher nicht vergessen, mir warmes Wasser zum Rasieren zu bringen. Vor einer Viertelstunde habe sie die Flasche mit frischem Wasser gefüllt. Ich danke ihr freundlich.

Mitten in der Nacht wache ich auf, weil etwas an meiner Türe kratzt. Ich will schon aufstehen, um nachzuschauen, was es denn gibt, da höre ich ein böses Geflüster im Gang. Die

Stimme der Emma und noch eine. Und dann eine Art Ringen und heftige Atemzüge. Ich will gerade in meine Hosen fahren, da wird es draussen still. Mira! denk' ich. Vielleicht ist es die alte Frau, die nicht stricken kann … Sie kann wohl auch nicht schlafen. Drehe mich auf die andere Seite und schlafe wieder ein. So im Einschlummern höre ich wieder das Winseln und das Riemenklatschen, aber wenn man am Tage fünfhundert Kilometer auf schlechten Strassen gemacht und sich die Kehle wundgeredet hat, interessiert einen wenig mehr.

Die nächsten Tage ist nicht viel passiert. Die Emma hat mir am Morgen immer mein Frühstück gebracht. Sie hat wohl gemerkt, dass ich sie gerne mag, denn sie ist immer daneben stehen geblieben, während ich im Bett, wie ein Prinz, gefrühstückt hab'. Einmal hab' ich sogar ihre Hand genommen und recht lang gehalten – sie hat sie mir nicht entzogen. Dann hat sie angefangen zu weinen, so ein trockenes Aufschlucken ohne Tränen, und ich dummer Kerl bin so verlegen geworden, dass ich nichts zu sagen gewusst habe. Wenn ich sie damals gefragt hätte … Sie hat dann richtig vergessen, das Frühstückstablett mitzunehmen.

Das Wetter ist immer gleich geblieben. Geregnet hat es, und ich hab' aufpassen müssen, damit ich nicht ausgleite mit meinem Karren. Aber nachgedacht hab' ich doch. Das Meitschi muss das Haus verlassen! Weggehen von den beiden Alten! Die ganze Luft in dem Haus ist vergiftet, hab' ich mir gesagt. Mir schadet es nichts: Erstens, weil ich nur dort schlafe, und zweitens, weil ich robust bin. Gern hätt' ich die Emma eingeladen, einmal am Abend mit mir spazieren zu gehen. Aber bei diesem Wetter … An was für Kleinigkeiten manchmal ein Schicksal hängt. Wenn es damals Juni gewesen wäre, statt November, so wäre vielleicht alles gut gekommen …

Und dann hat mir der Wirt einmal erzählt, dass der Notar mit seiner Stieftochter Arm in Arm spazieren gehe …, die beiden seien sehr zärtlich zueinander. Da habe ich mir den Mann richtig angeschaut. Er war gar nicht so alt, höchstens vier bis fünf Jahre älter als ich, und vielleicht wartete er nur auf den Tod seiner Frau; die Frau könnte ja seine Mutter sein. Und herzkrank war sie auch … Wie ich das hab' festgestellt, bin ich kühler gegen die gute Emma geworden. Es ist mir vorgekommen, als sei sie nicht mehr so sauber, wie ich sie mir vorgestellt hatte … Das merkte sie und wurde reizbar. Wenn ich zum Beispiel am Abend heimgekommen bin und die drei wie Wachsfiguren unter der Lampe gesessen sind, hat sie immer für ihren Stiefvater ein böses Wort gefunden, sobald ich die Stufen hinaufgestiegen bin, so dass mir schliesslich der Alte richtig leid getan hat und ich seine Partei gegen die Stieftochter genommen habe. Überhaupt, diese Ehe! Ich hab' ja nie viel davon gesehen, höchstens am Sonntag, wenn ich daheim blieb, weil mir der ewige Hock in der Wirtschaft verleidet war. Natürlich werden Sie mir sagen, ich hätte auch wegfahren können in die nächste Stadt. Aber was dort tun? Einen öden Film ansehen? Ich hab' nichts übrig für die schönen Weiber auf der Leinwand … Sie sind so flach! Wenn ich sie bewundern soll, komme ich mir vor wie ein Vierzehnjähriger, der aus einem französischen illustrierten Blatte ein paar Weiber ausgeschnitten hat und sie versteckt, um sie am Abend vor dem Schlafengehen anzustieren.

Ja, die Ehe der beiden! An einem Sonntagnachmittag hab' ich sie zusammen sprechen hören. Das war auch das erste Mal. Ich stand oben an der Treppe und wollte gerade fortgehen. Die beiden Alten sassen im Wohnzimmer am runden Tisch, und der Mann sagte: »Das beste wäre doch, ihn fortzuschaffen.« – »Nein«, antwortete die Frau mit weinerlicher Stimme. Und wirklich, es hat so getönt wie das Winseln in der Nacht. »Nein, das gibt's nicht! Ich hab' ja sonst nichts auf der Welt. Die Emma will ja auch fort von mir. Und du bist auch den ganzen Tag nie daheim, und wenn du einmal da bist, so langweilst du dich mit mir. Oh, ich weiss schon, die Emma gefällt dir viel besser, und du willst sie nicht gehen lassen, obwohl sie eine schöne Stelle haben könnte, bei ihrem Onkel in Rom. Ich weiss ja nicht, was ihr beide hinter meinem Rücken tut, aber meinen einzigen Trost lass' ich mir nicht nehmen. Und wer kann wissen, wie man ihn behandeln wird? Hier hat er doch wenigstens mich. Wer weiss, ob sie ihn nicht einfach umbringen im Spital.«

Ich dummer Esel hab' gemeint, sie spricht noch immer von einem Hund.

Dann sind noch vierzehn Tage vergangen, es war schon um Weihnachten herum, als die Katastrophe passierte. Mit dem Wirt, dem dicken, habe ich gute Freundschaft geschlossen. Es war so ein Mensch in meiner Art: ruhig, dick und freundlich. Und wir mussten beide dasselbe tun, immer ein freundliches Gesicht schneiden, um keine Kunden zu verlieren. Der Kari also, der Wirt, hat sich an einem Abend zu mir gesetzt und gesagt: »Ich weiss nicht, was bei deinen Wirtsleuten los ist, aber etwas wird sicher in der nächsten Zeit passieren. Letzthin ist die Emma aus dem Haus gelaufen, weinend, mit verstrubbelten Haaren, in Filzpantoffeln. Und die Mutter hinter ihr her. Und irgend jemand im Haus hat geschrien wie ein Tier, das man metzgen will. Der Notar war's nicht, den hab' ich gesehen aufs Bezirksamt gehen.« – »Ach«, sag' ich, »das wird der Hund gewesen sein; ich höre ihn jede Nacht winseln.« – »Also«, hat der Kari gesagt, »wenn es etwas gibt, musst du mir es zuerst erzählen, das bist du mir schuldig, als deinem alten Freund.« Ja, der gute Kari! Er war die ungedruckte Zeitung vom Dorf; ein Wirt muss so etwas machen, dann hat er immer genug Kunden. Ich hab's ihm versprochen.

Es war in der Nacht vom Samstag auf den Sonntag. Mir ist es in den letzten Tagen auch aufgefallen, wie aufgeregt die Emma war. Nie ist sie mehr am Morgen neben meinem Bett stehen geblieben, um mit mir z'brichte...

In dieser Nacht bin ich also gegen zwei Uhr aufgewacht von einem wüsten Krach vor meiner Zimmertür. Ich fahr' in die Hosen und reiss' die Tür auf. Da seh' ich einen Bub, rote Haare und schmutzige, zerrissene Hosen, der hat sich an der Hand von der Emma festgebissen. Die immer verschlossene Tür, hinten im Gang, ist offen, aus den Angeln gerissen und hängt nur noch am Schloss. Ich seh' die Emma, sie hält in der rechten Hand eine Hundepeitsche und schlägt auf den Buben los; aber der ist wie ein junges Tier, tritt und strampelt mit den Füssen, und seine Zähne lassen die Hand, in die er sich verbissen hat, nicht los. Ich muss schon sagen, das Ganze hat mich aufgeregt. Ich bin näher getreten, hab' dem Buben die Hände von hinten um den Hals gelegt und die Daumen gerade vor den Ohren fest angesetzt – und dann gedrückt, bis er losgelassen hat. »Wer ist denn das?« hab' ich ganz dumm gefragt. – »Mein Bruder!« sagt die Emma. Sie trägt einen blauen Morgenrock über dem Nachthemd. Ganz bleich ist sie, und ihre Hand blutet. Der Kleine liegt am Boden und schreit mit weit offenem Munde – brüllt. Da kann ich auch nicht anders und gebe ihm eine Ohrfeige. Er schweigt. In einer Ecke vom Gang, beleuchtet von der halb ausgebrannten Birne, so dass sie beide wie Gespenster aussehen, stehen die beiden Alten. Plötzlich stösst die alte Frau einen kurzen Schrei aus und fällt um. Wir tragen sie aufs Bett, die Emma und ich. Und dann verbind' ich der Emma die Hand. »Er ist wie sein Vater«, sagt die Emma leise. »Der hat auch in der letzten Zeit, bevor er in die Anstalt gekommen ist, solche Anfälle gehabt. Und wir haben den Buben immer nur eingesperrt halten können, weil er oft mit einem Messer auf uns losgegangen ist. Und die Mutter will ihn nie in eine Anstalt versorgen lassen, sie würden ihn dort töten, meint sie.« Während sie das erzählt, höre ich hinter mir einen leisen Schritt. Der Notar steht da. In einer alten Hose und in einem zerrissenen Hemd. Wahrscheinlich will er seiner Stieftochter helfen. Er setzt sich ganz leise auf einen Stuhl. »Sie ist tot«, murmelt er. »Jetzt ist doch alles umsonst gewesen. Und ich kann wieder irgendwo von neuem anfangen.« Dabei wischt seine Rechte immer übers Gesicht, als ob dort Spinnweben wären. Aber weinen kann er nicht. Dann gehen die Emma und ich in den Gang und sehen nach dem Buben. Der liegt am Boden und schläft. Zur Sicherheit binden wir ihn. Ich nehme die Hundepeitsche auf und schau die Emma an. Sie wird rot, zuckt mit den Achseln und sagt: »Ja, ich hab' mir nicht anders zu helfen gewusst; am Anfang hat mir der Doktor noch Schlafmittel gegeben – aber dann wollt' sie der Bub nicht mehr nehmen. Und wenn er wild wurde in seinem Zimmer, musst' ich ihn verprügeln, damit er schwieg. Wir hätten Sie ja nie ins Haus genommen, wenn wir das Geld nicht so notwendig gebraucht hätten.« Sie schaut mich ängstlich an, ob ich ihr auch glaube. Dann geht sie weg. Ich gehe zum Notar in die Küche, führe ihn in mein Zimmer und lege ihn ins Bett. Telephoniere dem Doktor. Der ist dann bald gekommen, und noch in der gleichen Nacht haben sie den Buben in eine Anstalt gebracht. Ich habe bei der Toten Wache halten wollen, aber ich bin so müde gewesen, dass ich gegen Morgen eingeschlafen bin. Und da war die Emma fort. Sie hat noch in der Nacht ihre Sachen gepackt und ist zu ihrem Onkel nach Rom. Einmal hat sie mir eine Karte geschickt.

Ich hab' dem Kari die Geschichte erzählt, und er war zufrieden, sie als erster zu erfahren. Er hat dann viel dazu beigetragen, dass die Bauern von da an den Notar besser behandelt haben. Und ich warte immer noch, bis die Emma einmal von Rom zurückkommt...

Loset, Jungfer!...Jungfer!...Ich hätt' noch gern einen Kognak! Sonst kann ich diese Nacht nicht schlafen...

Der Schlossherr aus England

Der Mann trug einen dunklen Mantel, der auf dem Rücken Falten warf. Die Absätze seiner Schuhe waren schiefgetreten, die Hosen unten ausgefranst und bis zur halben Höhe der Waden mit Kot bespritzt. Das Wetter war auch danach. Die Bäume glichen Besen, die man zu lange eingeweicht hat.

Der Mann hatte einen unsichern Schritt; er hinkte leicht. Den Kopf hatte er nach vorn sinken lassen, er ging auch sonst gebeugt: Vielleicht war der Mantel schwer, der Mantel, der sich mit Feuchtigkeit vollgesogen hatte.

Seit etwa fünf Minuten folgte Schwester Klara dem Mann. Sie hatte eine Besorgung gemacht, nun wollte sie wieder ins Gemeindespital zurück, wo sie Oberschwester war. Das Dorf war lang, das Spital lag am andern Ende. Sie hätte den Mann leicht überholen können, aber sie war neugierig. So folgte sie ihm, um ihn zu beobachten.

Der Mann schlurfte weiter über die verlassene Dorfstrasse. Vor der Wirtschaft zum »Klösterli« blieb er einen Augenblick stehen, grübelte in den Hosentaschen, dann schüttelte er den Kopf und knöpfte seinen alten Mantel wieder zu. Er presste die Hand aufs Herz und ging weiter, mit schiefem Oberkörper.

Dem Gemeindespital gegenüber stand eine Bank. Der Mann ging auf sie zu, liess sich niederfallen und blieb regungslos sitzen. Sein Kopf war tief herabgesunken, der Schirm seiner grauen, verwaschenen Mütze verbarg das Gesicht. Schwester Klara ging zögernd an der Bank vorbei, öffnete die Gattertüre, ging aufs Spital zu, kehrte wieder um, als sie ein leises Stöhnen hörte.

»Fehlt Ihnen etwas?« fragte sie, als sie neben dem Mann stand.

»Herz, das Herz!« flüsterte der Mann und hob ein wenig den Kopf. Seine Lippen zitterten.

Schwester Klara griff nach seinem Handgelenk; ganz mechanisch, weil sie die Bewegung gut einige tausend Male in ihrem Leben gemacht hatte, legten sich Zeige- und Mittelfinger auf die Pulsader. Der Schlag war unregelmässig, manchmal stockte er – der Pulsschlag ähnelte entschieden dem Gang des Mannes. Und dann hustete der Mann. Es klang erbarmungswürdig, ganz tief aus der Brust heraus.

»Kommen Sie mit«, sagte Schwester Klara energisch. Sie half dem Mann von der Bank aufstehen, hiess ihn den Arm um ihre Schultern legen, und sie selbst umspannte mit dem ihren seinen mageren Oberkörper. Der Mann liess sich gut führen.

Drinnen war es warm, aber angenehm trocken. Der Mann hustete stärker.

»Wir haben Platz«, sagte die Schwester, »ich kann Sie als Notfall vorläufig aufnehmen. Natürlich müssen wir den Entscheid des Doktors abwarten. Aber der Doktor Niederhäuser ist kein ungäbiger Mann.«

Eine Tür. Ein weissgekachelter Raum. Eine Wanne und eine Bank an der Wand.

»So, sitzen Sie da ab. Ich rüste Ihnen ein Bad. Und dann will ich Ihnen oben ein Bett überziehen. Es ist ein Zweierzimmer leer. Sie werden ganz allein sein.«

Das Wasser rauschte. Der Raum füllte sich mit Dampf. Zusammengesunken sass der Mann auf der Bank. Er hatte erst drei Worte gesprochen: »Herz, das Herz«, hatte er gesagt. Aber nachher hatte er geschwiegen.

»Wie heissen Sie eigentlich?« fragte Schwester Klara. Sie beugte sich über die Wanne und rührte das Wasser mit dem Thermometer, der mit Holz umkleidet war.

»Louis Armstrong«, sagte der Mann. Er hatte die Mütze neben sich gelegt. Eine spitze Nase sprang vor. Seine Eckzähne trugen goldene Kappen.

»Engländer?«

»Auslandschweizer.«

Das Haar des Mannes war grau gesprenkelt. Über den Ohren, im Nacken, stand es in kleinen Wirbeln auf. Es war lange nicht geschnitten worden. Auch unrasiert war der Mann.

Er sprach hochdeutsch mit einem leichten Akzent. Vielleicht war es diese Tatsache, die Schwester Klara für ihn einnahm. Wenn man tagein, tagaus Bauern zu pflegen hat und Bauernfrauen, manchmal Knechte, im besten Fall einen Ladenjüngling oder eine Ladentochter, dann ist ein Fremder immerhin eine interessante Neuigkeit. Ein Fremder mit einem englischen Namen und einem fremden Akzent.

»Ich werde«, sagte der Fremde mühsam, »ich werde mich erkenntlich zeigen können. Es ist mir passiert ein Unglück, aber ich habe Freunde, einflussreiche Freunde. Und glauben Sie mir, ich habe gehabt Schlösser in Schottland und ein Haus in London, aber alles verloren...«

»Sagen Sie, haben Sie Fieber?« fragte Schwester Klara. »Sie hoffen doch nicht, dass ich Ihnen glauben werde? So dumm bin ich nicht!« Sie stand vor dem Mann, die Fäuste in den Seiten, ihr Gesicht war sehr rot, auf den Wangen traten einige geplatzte Äderchen deutlich hervor.

»Ich verlange nicht, Sie sollen mir glauben, obwohl ich beweisen kann, was ich sage zu Ihnen...« Der Mann sprach gut, und die ungewohnten Umstellungen waren eigentlich ein Reiz mehr. Schwester Klara wurde noch röter.

»Wir können dies alles später besprechen, jetzt baden Sie, ich hab' das Wasser extra nicht zu heiss gemacht, wegen Ihrem Herz. Dann will ich Ihnen noch einen Rasierapparat bringen, und nachher steck' ich Sie ins Bett, bis der Arzt kommt.«

»Ich werde schon auslösen können mein Gepäck«, sagte der Fremde. »Es liegt in Bern. Ich wollte gehen einen Freund besuchen, der wohnt in Thun, er hätte mir geholfen.«

»Zu Fuss, von Bern bis Thun? Haben Sie nicht schreiben können?«

»Sie haben mich ... wie sagen Sie? ... hinausgeworfen aus Hotel in Bern, weil ich nicht hab' zahlen können. Ich danke sehr, Sister, für Ihre Humanität.« (Er sprach Hjumäniteed aus.)

»Ja, ja, ziehen Sie jetzt Ihren Mantel aus...«

Sie prüfte den Anzug. Der Rock ging noch an. Das Hemd auch. Es war cremefarben, ein wenig schmutzig, aber immerhin Rohseide. Die Schmetterlingsschleife war grau mit roten Tupfen.

Es war früh Abend geworden, denn man war erst Anfang Jänner. Im Zimmer war ein gelber Schein, weil die Stehlampe auf dem Nachttisch einen orangenen Schirm trug. Im Bett lag der Mann. Er war sauber rasiert und las, oder tat wenigstens so. Denn von Zeit zu Zeit liess er das Buch auf das Deckbett fallen und gähnte so hemmungslos, dass ihm das Wasser in die Augen trat. Dann war der Titel des Buches zu sehen: »Der Gott suchende Mensch.« Auf dem Nachttisch stand noch eine Kanne mit Tee und eine Tasse. Hin und wieder trank der Mann.

Schritte im Gang. Der Mann griff nach dem Buch und las aufmerksam. Dann ging die Türe auf, und Schwester Klara trat ein. Sie trug eine weisse Ärmelschürze, auf ihrem dunklen Haar sass eine gestärkte Haube.

»Gefällt Ihnen das Buch?« fragte sie und legte eine Injektionsspritze auf den Tisch.

»Kraft, ja, es gibt Kraft«, sagte der Mann ernst. Ein unterdrücktes Gähnen liess die Muskeln seiner Wangen hervortreten, so stark pressten sich die Kiefer zusammen.

»Ja«, sagte Schwester Klara, »Kraft brauchen wir. Ich auch. Wissen Sie, wieviel ich im Monat bekomme? Fünfzig Franken. Dabei zahlt die Gemeinde für den Posten hier zweihundert Franken mit freier Kost und Logis. Aber hundertfünfzig Franken gehen ans Mutterhaus. Damit ich ein ruhiges Alter habe, wenn ich arbeitsunfähig geworden bin. Aber bis dann hab' ich noch Zeit...«

Sie hatte während des Sprechens einen Wattebausch mit Alkohol getränkt und den Oberarm des Mannes abgerieben. Dann drang die Nadel unter die Haut. Der Patient stöhnte leise.

»Das tut doch nicht weh...« Zuerst war die Stimme der Schwester hart gewesen, bei den letzten beiden Worten wurde sie weich. Der Mann hatte die Hand, die die Spritze hielt, ergriffen und hatte sie geküsst.

Das war etwas ganz Ungewohntes für Schwester Klara. Niemand hatte ihr bis jetzt die Hand geküsst. Sie war verlegen, gerührt, und um dies zu verbergen, begann sie sich mit den Leintüchern, mit den Kissen zu schaffen zu machen.

»Sie sind gut, Sister«, sagte der Mann. »Niemand ist gut gewesen mit mir in der letzten Zeit. Und früher? Ich war einmal in einem Sanatorium an der Côte d'Azur, in Cannes. Aber niemand war so gut zu mir wie Sie. Immer haben sie gewartet auf grosse Pourboires – wie sagt man – Trinkgelder. Jetzt ich kann keine Trinkgelder geben. Wer zahlt hier für mich?«

»Ich denk', die Heimatgemeinde«, sagte die Schwester und versuchte, die Auskunft so trocken als möglich zu geben. Es gelang nicht ganz. »Die Heimatgemeinde Frutigen, denn in Ihren Papieren steht doch, dass Sie in Frutigen beheimatet sind.«

»Oh, ich war nie dort. Ich bin aufgewachsen in der Fremde. Werden Sie schreiben gleich an die Gemeinde? Ich möchte lieber zahlen selber. Mein Freund, der ist in Thun, der wird schon schicken mir Geld, wenn ich bin gesund. Sie können warten so lange?«

»Nicht gern«, sagte Schwester Klara. »Aber wenn's sein muss...«

»Ich wäre Ihnen dankbar, sehr dankbar. Wirklich. Was hat gesagt der Doktor?«

»Eine beginnende Pleuritis, und auch Ihrem Herz geht's nicht besonders. Haben Sie viel geraucht?«

»O ja, früher. Hundert Zigaretten im Tag, wie ich war in England. Viel zu tun hatte ich, und da...«

»Na, einen Monat wird's schon gehen, bis Sie wieder gesund sind. Wollen Sie nicht Ihrem Freund schreiben?«

»Ja, ich werde schreiben... Danke, Sister.«

Wieder ergriff der Mann Schwester Klaras Hand, aber die Frau zog sie schnell zurück. Es wäre ihr nicht unangenehm gewesen, wenn der Mann ihr wieder die Hand geküsst hätte, und doch wehrte sich etwas in ihr.

Von den Papieren des Mannes hatte Schwester Klara nur den Heimatschein gesehen, ein altes, vergilbtes Blatt, ziemlich schmutzig, das erklärte, Ludwig Armstrong sei als Sohn des Peter Armbruster, genannt Armstrong, am 5. Juli 1880 in London geboren. Der Kranke besass noch eine Brieftasche, die ziemlich vollgepfropft schien, aber die behielt er immer unter seinem Kissen. Schwester Klara bekam den Inhalt nie zu sehen. Einmal nur, an einem sanften Februarartage, entnahm der Mann der Brieftasche ein paar Photographien. Ein englisches Landhaus im Hintergrund, im Vordergrund eine Koppel Jagdhunde und ein Mann, dessen Gesichtszüge nicht deutlich zu erkennen waren. »Das bin ich«, sagte der Mann und wies auf die Gestalt im Vordergrund. »Und das sind Betty und Maisy, meine beiden Hunde. Das ist mein Schloss in Devonshire.« Schwester Klara wusste, dass Devonshire eine Grafschaft oder etwas Ähnliches in England war. Der Mann hatte also doch ein Schloss besessen – obwohl er nicht recht zu erkennen war auf dem Bild, konnte er es doch vielleicht sein. Es war eine Ähnlichkeit vorhanden. Schwester Klara redete es sich ein.

Der Handkuss war übrigens ein bleibender Ritus geworden. Schwester Klara hatte die Bewegung gelernt, mit der elegante Damen diese Huldigung entgegennehmen. Er tat es gerne, obwohl Schwester Klaras Hand rot war und oft nach Desinfektionsmitteln roch.

In den Nächten aber überfielen die Schwester sonderbare Gedanken. Sie war über dreissig, und bis jetzt war ihr Leben ruhig verlaufen. Einzig mit ihren Eltern hatte sie sich gezankt, weil diese sie hatten verheiraten wollen, damals, als sie einen Abscheu vor Männern gehabt hatte. Darum war sie in eine Pflegerinnenschule eingetreten. Mit achtzehn Jahren. Zuerst hatte sie schwere Arbeit gehabt. Fegen, Putzen. Sie verlor den Mut nicht. Dann war sie von einer älteren Schwester bearbeitet worden. Eine Art religiöser Schwärmerei war das Resultat: der leidenden Menschheit helfen, Bibel lesen, Kirchenlieder singen... Die ältere Schwester hatte sie protegiert. Sie war als Aushilfe in den Operationssaal gekommen. Dort begann die Stufenleiter von neuem: Putzen der Bestecke, Sterilisieren. Aber man sah manches. Man lernte. Die leidende Menschheit trat etwas in den Hintergrund, auch die religiöse Schwärmerei. Man interessierte sich für den »Fall«, manchmal konnte man mit einem Assistenten diskutieren. Bis der Tag kam, an dem man zum ersten Male bei einer Operation assistieren konnte. Man durfte den grossen Chef bedienen, ihm behilflich sein, sich anschnauzen lassen. Und dann, fast ein Festtag: die erste Narkose. Daneben etwa einmal ein Konzert, ein grosser Geiger, den man hörte. Am Sonntag Kirche. Zweimal in der Woche Bibelstunden. Aushilfe in den Krankensälen. Am Abend mit lauter Stimme den Kranken Kapitel aus der Bibel vorlesen, während ein paar Abgebrühte ihre Witze dazu machten – und man wurde rot. Die Assistenzärzte sahen einen kaum, der Chef war unnahbar, die Mitschwestern passten auf, aber sie fanden nichts. Und dann war man des sanften Gezänkes, der spitzigen Bemerkungen überdrüssig geworden, und als eine Oberschwester in ein Gemeindespital verlangt worden war, hatte man sich gemeldet. Man kannte eigentlich nur die Schattenseite des Lebens – sie war traurig. Kranke Körper, unzufriedene Patienten – immer hatten sie etwas zu reklamieren... Dankbarkeit?

Der Mann, den man aufgelesen hatte, gerade vor der Türe des Spitals, der schien dankbar zu sein. Er war höflich, von einer seltsam fremden Höflichkeit, die wirklich etwas Ungewohntes war. Er war zart, nie sprach er ein rohes Wort aus – und er küsste einem die Hand... Ein Vagant? Vielleicht. Ein Hochstapler? Auch möglich. Aber immerhin...

Der Freund des Mannes hatte zweihundert Franken geschickt. Schwester Klara hatte den Brief, den der Mann geschrieben hatte, eigenhändig auf die Post getragen. Adressiert war er an: »Herrn Eugen Frutiger, Grand Hotel Palace, Thun«. Die Antwort war schon nach zwei Tagen gekommen, ein eingeschriebener Brief – und Geld war auch darin gewesen. Das Kuvert trug den Aufdruck des Hotels.

Die Thujahecken, die den Garten des Spitals umgaben, waren braun, die Rosenstöcke noch in Tannenreiser eingepackt. Einzig ein Haselbaum trug gelbe Kätzchen, und diese stäubten, wenn Vögel sich auf die dünnen Zweige setzten und dann wieder fortflogen. Die Sonne war warm und machte müde. Schwester Klara strickte an einem schwarzen Wollstrumpf. Neben ihr sass der Mann, blinzelte und lächelte manchmal. Er schien sich über irgend etwas zu freuen.

»Warum lachen Sie?« fragte Schwester Klara.

»Ich lache nicht«, sagte der Mann leise, »ich freue mich nur. Es ist schön, wenn die Sonnenstrahlen machen Regenbogenfarben um die Wimpern...«

»Sie reden wie ein kleines Kind, manchmal...« Und Schwester Klaras Stimme klang wirklich wie die Stimme einer Mutter, wenn sie sich über eine spassige Antwort ihres Sprösslings freut.

»Meine Mutter«, sagte der Mann, »ich habe nie gekannt meine Mutter. Ihre Eltern, sie leben noch?«

»Nein, die sind vor drei Jahren gestorben. Und ich hab' noch mit der Oberin vom Mutterhaus fast Krach bekommen, weil die gewollt hat, ich soll die Erbschaft hergeben. Aber was soll ich anfangen, wenn mir einmal der Dienst verleiden würde? Soll ich dann in ein Altersheim einziehen? Hier hab' ich's ja ruhig. Die Schwester, die mir hilft, ist ein guter Kerl. Aber wenn Sie wüssten, wie es anderswo ist... Vielleicht bin ich ja schuld. Man hat mir immer gesagt, ich hab' einen schwierigen Charakter.«

»O nein, Sie haben sehr guten Charakter. Ausgezeichneten. Und viel haben Ihnen die Eltern hinterlassen?«

»Brauchen Sie etwas?« fragte Schwester Klara spöttisch. »Ich kann Ihnen schon etwas leihen, denn ich bin ja sicher, dass ich es nie mehr zurückbekommen werde. Trotz Ihren Schlössern in England. Die sind doch in England, die Schlösser, oder auf dem Mond?«

Der Mann schwieg. Sein Gesicht war starr. Schwester Klara beobachtete ihn aus den Augenwinkeln. Dieses starre Schweigen überfiel ihn manchmal. Schwester Klara hätte gern gewusst, was der Mann in diesen Augenblicken dachte. »Ich will Sie nicht beleidigen. Sie brauchen Geld, und Ihr Freund will Ihnen wohl nicht mehr helfen? Für einen Monat haben Sie ja Ihr Kostgeld hier bezahlt. Und die letzten Tage haben Sie mir ja geholfen... Sie scheinen etwas zu verstehen von Abrechnungen und solchen Sachen. Den Jahresabschluss für das Spital haben Sie mir ganz ordentlich gemacht. Sie haben eine schöne Schrift. Was wollen Sie jetzt eigentlich anfangen?«

»Oh, ich habe gedacht zu übernehmen ein Sanatorium«, sagte der Mann sehr ruhig. »Kleineres Sanatorium für leichtere Gemütskranke, so sagt man doch, und ich möchte suchen eine geeignete Kraft, eine wie Sie, Sister, als Aufsicht, als Oberschwester ... Sie verstehen. Aber Sie müssten austreten aus – wie soll ich sagen – aus Ihrem Verband, Ihrem Orden...«

»Ein Sanatorium? Ein Schloss? Mit Ihrem Mantel und Ihren zerrissenen Schuhen?«

»Was hat zu tun meine Kleidung mit einem Projekt?« fragte der Mann. »Sie sagen, Sie haben Geld, ich habe Erfahrung ... Aber wenn Sie spotten ... Lassen wir es sein, Sister. Ich will noch fertig machen eine Abrechnung.«

Der Mann stand auf. Er trug einen alten Schlafrock, der ihm bis zu den Knöcheln reichte, eine braune Kordel hielt ihn um die Hüften zusammen. Sein Haar war während dieses Monats fast weiss geworden. Er ging ins Haus. Schwester Klara blieb sitzen, strickte weiter an ihrem Strumpf. Die Sonne war noch immer ermüdend warm, und auf dem Haselbaum sass ein kleiner Fink, der sang. Der gelbe Staub der Kätzchen flimmerte im Licht.

Am nächsten Morgen war der Mann verschwunden, und mit ihm sein alter Mantel, seine zerlöcherten Schuhe und seine verwaschene Schirmmütze. Schwester Klara hatte erwartet, dass auch Geld fehlen würde. Aber da war alles in Ordnung.

Was Schwester Klara in den nächsten Tagen am meisten fehlte, war merkwürdigerweise der Handkuss. Sie hatte sich an diese respektvolle Liebkosung gewöhnt. Und da der Handkuss zu dem Mann Armstrong gehörte, begann ihr auch der Mann Armstrong zu fehlen. Sie hatte die Achseln gezuckt, als sie am Morgen das Zimmer leer gefunden hatte: »Ein Vagant, der wieder Sehnsucht nach den Landstrassen bekommen hat...« Aber die Verachtung, die in diesen Worten steckte, war nicht ganz echt. Erstens sah der Mann trotz seines schäbigen Mantels und seiner Mütze nicht ganz nach einem Vaganten aus. Er sprach gut, er war nicht grob, er erzählte keine unanständigen Witze (»Was man in den Krankensälen sonst zu hören bekommt! Du lieber Gott! Nur gut, dass man an Schmutz gewöhnt ist!« murmelte die Schwester), es war etwas um den Mann gewesen – und erst jetzt in der Erinnerung wurde diese zitternde Atmosphäre, die ihn umgeben hatte, deutlicher: Atmosphäre von Abenteuer, Geheimnis, von dem, was man sich unter Welt vorstellt, wenn man sie nie gesehen hat. Die Art, wie der Mann den Löffel hielt, die Gabel. Dass er, als er aufstehen konnte, gebeten hatte, sich jeden Morgen im Badzimmer waschen zu dürfen (und er wusch jeden Morgen den ganzen Körper!), dass er sich von dem Geld, das nach der Bezahlung der Spitalrechnung übriggeblieben war, eine gute Seife, Kölnischwasser gekauft hatte, einen Rasierapparat – und sich jeden Morgen rasierte ... Sie hatte ihn zuerst ausgelacht. Dann bewundert, im stillen. Jetzt ging sie manchmal in das verlassene Zimmer und schnupperte in der Luft. Es roch noch schwach nach der Seife und dem Kölnischwasser. Wohin hatte er die Toilettengegenstände gepackt? Er hatte ja keinen Koffer! War er weiter gewalzt, nach Thun, zu seinem Freunde?...

Am dritten Tage hielt sie die Ungewissheit nicht mehr aus und telephonierte nach Thun ans Grand Hotel Palace und verlangte Herrn Frutiger zu sprechen.

»Frutiger? Wir haben keinen Herrn Frutiger als Gast.« »Herr Eugen Frutiger. Vor drei Wochen war er noch bei Ihnen.«

»Ach, Sie meinen den Maître d'Hôtel. Ich will ihn rufen.« Schwester Klara lächelte, während sie wartete. Der reiche Freund im Palace Hotel war Kellner. Und dann zuckte sie die Achseln, und der Mann Armstrong wurde ihr eigentlich noch sympathischer. Sie dachte, dass es unangenehm sein musste, in einem triefenden Mantel von der Landstrasse aufgelesen zu werden, man machte eine trostlose Figur, man musste Eindruck schinden – was war da weiter dabei? Nur hätte er nicht mit den englischen Schlössern kommen sollen... Da meldete sich eine ängstliche Stimme am Apparat, und Schwester Klara konnte sich nach der Stimme den Mann vorstellen: korrekt, devot und die ständige Furcht in den Knochen, in dieser Krisenzeit durch eine Komplikation die Stelle zu verlieren. Es geschah wohl nicht oft, dass ein Kellner ans Telephon gerufen wurde, von auswärts noch.

»Ja, ja hier Frutiger Eugen...« Wie musste der Mann verlegen sein, dass er den Vornamen nachstellte, wie ein Bauernknecht!

»Guten Tag, Herr Frutiger. Ich wollte Sie nur fragen, ob Sie mir sagen können, wo sich Ihr Freund Armstrong augenblicklich aufhält...«

»Armstrong? Tut mir leid. Kenne ich nicht.«

»Hier spricht die Oberschwester vom Gemeindespital. Sie haben doch dem Herrn Armstrong«, Schwester Klara betonte das »Herr«, »hierher zweihundert Franken geschickt, und da sagen Sie, Sie kennen ihn nicht?«

»Ach, so, ja, Verzeihung, pardon, ich hatte den Namen nicht verstanden. Ja, Armstrong, ganz recht. Aber ich weiss nichts. Hat er etwas... etwas... wieder etwas...?«

»Beruhigen Sie sich, er hat nichts angestellt. Aber er hat uns etwas plötzlich verlassen, und er war noch nicht ganz geheilt, und darum hätte ich ihm gern geschrieben, und er hat einiges bei uns vergessen, was ich ihm nachschicken sollte...«

Jetzt war es Schwester Klaras Stimme, die nicht mehr ganz sicher klang. Der Maître d'Hôtel schien es zu merken, seine Stimme wurde fester.

»Leider weiss ich nichts von ihm. Auch seine Adresse nicht. Aber ich möchte Sie gerne... gerne... warnen, er ist ein guter Mensch, aber gefährlich für... Sie entschuldigen... für Frauen...«

»Danke«, sagte Schwester Klara trocken, »ich bin mündig. Also Sie wissen nichts? Dann entschuldigen Sie die Störung, guten Tag.«

Gefährlich für Frauen? Der Mann mit dem durchweichten Mantel und der grauen Schmetterlingsschleife mit den roten Tupfen?... Zwar gab es da noch den späten Februarnachmittag mit der Sonne, die warm und ermüdend schien, und dem gelben Staub des Haselbaums. Er hatte doch kein Geld gewollt... Was trieb er jetzt?... Die fremde Welt, aus der der Mann gekommen, war doch merkwürdig anziehend. Er hatte so gar nichts aus dieser Welt erzählt! Und die Schlösser in England! Er hatte einen Freund, der Kellner war...

Übrigens, diese Idee mit dem Sanatorium, die war gar nicht so dumm. Wenn man sich den Mann Armstrong vorstellte als Empfangschef etwa... Gut angezogen, würde er vertrauenerweckend aussehen mit seinem weissen Haar, in der letzten Zeit hatte er seine Nägel gepflegt, er hatte schöne Hände... Schwester Klara betrachtete ihre Hand, die rot war, wie gepolstert. Aber hatte sie der Mann nicht geküsst? Und manchmal war der Kuss respektvoll zärtlich – zärtlich, ja. Man hatte wenig Erfahrung in Zärtlichkeiten...

Wachtmeister Studer von der Kantonspolizei hatte einen kleinen Spitzbart und den Ansatz zu einem Kropf. Sonst war sein Gesicht sanft gerötet und durchaus vertrauenerweckend. Als Schwester Klara vor ihm stand, fühlte sie Vertrauen zu dem kleinen dicken Mann und sagte zielbewusst: »Ich möchte Auskunft über einen gewissen Louis Armstrong.«

»Haha«, sagte der Wachtmeister, er sprach die beiden Laute, er lachte sie nicht, »sind Sie ihm auf den Leim gegangen, Schwester? Aber sitzen Sie ab. Ich will Sie nicht beleidigen. Erzählen Sie...«

»Sie sollen erzählen, nicht ich«, sagte Schwester Klara. »Ja, der Armbruster«, sagte Studer. »Zechprellerei, Heiratsschwindel, Hochstapelei, Betrug, Unterschlagung, aber vor allem, als Spezialität ist er Heiratsschwindler.«

»Heiratsschwindler?« fragte die Schwester zurück. Und dann, sie wusste selbst nicht, wie die Behauptung über ihre Lippen kam, die im Gegensatz stand zu ihrem Denken, zu ihrem Leben – wollte sie dem Wachtmeister imponieren, oder hatte auch auf sie der auflockernde Einfluss des Mannes Armstrong gewirkt? –, kurz, Schwester Klara sagte trocken und überzeugt: »Nun, dann wird er wahrscheinlich die Frauen gut behandeln – mit seiner Erfahrung!«

Wachtmeister Studer schwieg. Die runzligen Oberlider verbargen seine Augen fast vollständig. Dann lachte er: »Auch ein Standpunkt. Übrigens, er ist kein übler Kerl. Ich verdanke ihm eine nette Reise. Einmal habe ich ihn von Calais abholen müssen, er erzählt gut, ich hab' mich nicht gelangweilt mit ihm. In England war er während des ganzen Weltkrieges. Er hat sicher auch dort geschwindelt, wenigstens hab' ich von einer reichen Witwe gehört, der er ... Aber dann hat er, glaub' ich, noch Spionage getrieben, darum hat man ihn in Ruhe gelassen ... Kurz, was ich Ihnen habe erzählen wollen, es zeichnet ihn gut: In Basel sagt er mir, er wolle noch seine Schwester besuchen. In der Steinenvorstadt hat sie gewohnt. Ich bin mitgegangen. Die Schwester war verheiratet, der Mann im Büro. Ich hab' natürlich nicht gesagt, wer ich bin. Die beiden Geschwister reden zusammen, eine Viertelstunde lang, es wird langweilig, der Armbruster verabschiedet sich. Da kommt im letzten Moment der Sohn der Schwester ins Zimmer, ein kleiner Bub, sechsjährig etwa. Mein Armbruster legt dem Bübli die Hand auf den Kopf und sagt mit tönender Stimme: ›Ja, Albertli, für dich hat der Onkel gesorgt. Dein Vermögen liegt auf der Bank, du wirst keine Not leiden...‹ Und dabei hatte ich das Portemonnaie des Armbruster im Sack. Zwei Schilling und drei französische Franken.«

»Und was hat er seither gemacht?«

»Auslandreisen und Rundfahrten durch die Schweiz. Reiche Witwen, Schauspielerinnen, Lehrerinnen – immer Niveau. Nie Dienstmädchen. Aber was er jetzt tut? Wo er ist? Ich weiss es nicht ...«

Schwester Klara bedankte sich für die Auskunft und ging. Die Art, wie Entscheidungen im Innern eines Menschen gefällt werden, wird für uns, die nicht in ihn hineinblicken können, stets rätselhaft bleiben. Die sogenannte Psychologie ist ein recht nettes Gesellschaftsspiel – es gibt sogar Leute, die eine Wissenschaft in ihr sehen wollen, wir wollen ihnen die Freude lassen. Tatsache ist wohl, dass es im Leben vieler Menschen sogenannte Krisen gibt, in denen sie so merkwürdig handeln, dass die Aussenstehenden jene Menschen für verrückt halten. Und doch ist die Sache, wenn man sie mit der notwendigen Ehrfurcht behandelt, gerade so natürlich oder gerade so geheimnisvoll wie die Tatsache, dass ein Apfelbaum, den man verdorrt glaubte, plötzlich zu blühen beginnt.

Schwester Klaras Krise dauerte drei Tage. In diesen drei Tagen lief sie herum, niemand sah ihr etwas an, sie zankte sich mit dem Spitalarzt, war freundlich mit der kleinen Schwester, die ihr half. Sie schrieb einen Brief, den sie einschreiben liess (dies am zweiten Tag), und der Brief war an den Berner Notar adressiert, der das Vermögen ihrer verstorbenen Eltern verwaltete. Dies war der Auftakt zum grossen Entschluss, der am dritten Tag folgte. An diesem Tage nahm sie frei, fuhr ins Mutterhaus, hatte dort eine erregte Auseinandersetzung mit der Oberin, fuhr von dort in ein Kleidergeschäft, liess sich einkleiden, hernach in ein Hutgeschäft, dann in einen Wäscheladen ... Ihre Schwesterntracht, die Schuhe mit den niederen Absätzen wurden verpackt und an das Gemeindespital geschickt. Hernach (das Konfektionskleid sass nicht ganz richtig, aber Schwester Klara sah gar nicht übel aus) fuhr sie nach Thun und verlangte im Palace Hotel den Kellner Frutiger zu sprechen. Es war elf Uhr morgens.

Er solle keine dummen Sprüche machen, eröffnete Klara dem Mann, der wirklich so aussah, wie sie ihn sich nach seiner Stimme vorgestellt hatte. Wo der Herr Armstrong sei? Der Kellner Frutiger in seinem Frack war verlegen, schwieg. Klara machte einen Umweg. Wie er ihn denn kennengelernt habe? Und wie er dazu gekommen sei, ihm Geld zu schicken?

Eine merkwürdige Geschichte. Frutiger war während des Krieges in London krank geworden. Keine Stelle, kein Geld. Da hatte ihn der Mann Armstrong aufgenommen, gepflegt, und als der Kellner gesund geworden war, ihm noch eine Stelle verschafft und Geld gegeben.

»Ich hab' ihm doch auch helfen müssen«, sagte der Maître d'Hôtel und wand sich verlegen, weil der Chef de réception hinten in der Halle aufgetaucht war und das Paar mit missbilligenden Blicken musterte. »Er war doch ein guter Kamerad.«

»Und wo ist er jetzt?«

»Ich hab' ihm eine Stelle verschafft, in Mürren, als Plongeur ...«

»Plongeur? Was ist das?«

»Casserolier, wenn Sie lieber wollen.«

»Mürren? Welches Hotel?« Französische Dichter behaupten, dass Frauen mit bewegter Vergangenheit die besten Hausfrauen gäben, sobald sie einmal zur Ruhe gekommen sind. Warum sollte dies nicht auch bei Männern der Fall sein. Auf alle Fälle hat sich Klara »bis anhin« nicht über ihren Mann zu beklagen. Es ist ja auch nicht gesagt, dass sich jede Liebesgeschichte nach dem Schema »Tristan und Isolde« abspielen muss. Das Sanatorium geht vorzüglich. Es ist immer ein Vorteil, wenn ein Mann Erfahrung hat, wie man reiche Leute behandelt.

Übrigens brachte Armstrong immerhin ein Kapital mit in die Ehe. Dies zeigte sich bald. An einem Abend nämlich fragte Klara: »Du, wie hast du die Schauspielerin hereingelegt?«

Und Louis Armstrong, recte Armbruster, begann zu erzählen ... Erlebnisse – ein nicht zu unterschätzender Notgroschen in den flauen Zeiten, den Zeiten, da die Langeweile in der Ehe gähnt ...

Verhör

Sie sind ein mächtiger Mann, Herr Untersuchungsrichter. Eine Handbewegung von Ihnen, und alle Quälgeister sind verschwunden... Sie können sich ja gar nicht denken, was ich die letzten Stunden zu leiden gehabt habe. Zu sechst waren sie hinter mir her und haben mich gequält, mit Fragen gequält, die ärger waren als eine mittelalterliche Tortur mit Ausrenken und Wassertrichter. Und Durst haben sie mich leiden lassen... ganz ausgetrocknet ist mein Mund. Aber Sie brauchen nur zu erscheinen, Herr Untersuchungsrichter, und die Quälgeister sind verschwunden, wie gesagt, ein Wink Ihrer Hand genügt.

Nein, Sie müssen mich nicht für schwatzhaft halten. Es ist nur die Reaktion. Bedenken Sie doch nur einmal, wie Ihnen zumute wäre, wenn Sie vor einem Revolutionstribunal erscheinen müssten, und Ihre Inquisitoren wären die Einbrecher, Landstreicher, Saufbrüder, die Sie in Ihrem langen Leben in Behandlung gehabt haben. Glauben Sie, dass diese Leute glimpflich mit Ihnen umgehen würden? Ich glaube es nicht. Und Ihre Kommissare, Inspektoren, Geheimpolizisten (ich kenne mich wirklich nicht aus in den Rangstufen dieser Leute), nun, für mich sind diese Leute: Masse, Plebs..., Canaille, wie man früher sagte. Für diese Leute ist es eine Wonne, Menschen zu quälen, die keine fertiggenähten Krawatten tragen, Halbschuhe nach Mass anhaben und gutgebügelte Hosen. Hab' ich nicht recht...

Sie schweigen, Herr Untersuchungsrichter. Wie wohltuend ist Ihr Schweigen, nach dem Lärm, den Ihre Untergebenen vollführt haben. Zu dritt waren sie manchmal über mich gebeugt und spuckten mir ihre Fragen ins Gesicht. Zuerst habe ich versucht, Antwort zu geben, aber dann hab' ich's sein lassen. Wozu auch? Sie hörten doch nicht zu, diese Proletarier der Justiz.

Mein Mund ist ganz ausgetrocknet, und es macht mir Mühe zu sprechen; ich habe seit gestern abend nichts gegessen, nichts getrunken. Wären Sie so liebenswürdig, mir vielleicht ein Glas Wasser zu reichen?

Sehr freundlich von Ihnen, mir Wein zu bestellen und etwas zu essen. Sie werden sehen, sobald ich restauriert bin, werde ich Ihnen meinen Fall so klar darstellen können, dass es Ihnen unmöglich sein wird, mich nicht gehen zu lassen...

Ich bin Grossindustrieller, Herr Untersuchungsrichter, und ein witziger Journalist; in der kleinen Industriestadt, in der ich lebe, hat man mir einmal den Titel eines »okkulten Bürgermeisters« gegeben. Der Titel ist mir geblieben. Denn ich beschäftige mich prinzipiell nicht mit Politik, gehöre auch keiner Partei an; so kann es denn kommen, dass mein Wort gewichtig wird und den Ausschlag gibt, wenn zwei Parteien bei den Wahlen fast gleich stark sind. Ich erzähle Ihnen dies nur zur Orientierung, damit Sie sich ein Bild machen können von mir, von meiner Persönlichkeit. Und glauben Sie nicht etwa, ich wolle renommieren; aber wenn ich bedenke, was für einen Eindruck ich Ihnen machen muss mit meinem zerschlissenen Kragen, meinen zerdrückten Kleidern, so fühle ich irgendwie die Verpflichtung, mich Ihnen als der darzustellen, der ich wirklich bin.

Und mich, einen unbescholtenen Mann, der stets seine Steuern gezahlt hat (gewiss, es gibt Geschäftsnotwendigkeiten, die eine prompte Erfüllung dieser Angelegenheit nicht immer gestatten), mich, einen Wirtschaftsführer, wagt dieser glatzköpfige Kommissar, oder was er sonst ist, einen »Mörder« zu nennen. Nicht nur einmal, nein, unzählige Male hat er mir das Wort ins Gesicht geschrien, in die Ohren geflüstert. Ich ein Mörder! Ich bitte Sie, Herr Untersuchungsrichter, sehe ich aus...

Ah, da kommt der bestellte Wein. Und Sandwichs gibt es auch! Aber ich hoffe sehr, Herr Untersuchungsrichter, Sie werden mithalten. Ich bin überzeugt, Sie haben noch nicht gefrühstückt. Und dass man Sie so früh aus dem Bett geholt hat... Ich weiss, ich weiss... Pflichtbewusstsein... Ich kenne das. Wenn ich bedenke, wieviel schlaflose Nächte ich zugebracht habe, um einer Verbesserung meines Betriebes, um einer Erleichterung der Arbeit nachzustudieren... Ja, die Pflicht... Natürlich, der Kaffee ist für Sie bestimmt, Sie werden ihn brauchen, darf ich Sie bitten, mir einen kleinen Schluck zurückzulassen, ich habe nämlich Angst, dass der Wein mich sonst ganz schläfrig macht.

Darf ich Sie vielleicht noch um mein Zigarettenetui bitten, es liegt dort neben Ihnen, Ihre Trabanten haben es mir abgenommen, als ob es eine gefährliche Waffe enthielte. Haha... Was soll auch in einem Zigarettenetui anders sein als Rauchware, oder? Haben Ihre Leute vielleicht geglaubt, ich hätte Dynamit darin?

Sie haben ganz recht, Herr Untersuchungsrichter, wir wollen ernsthaft bleiben. Genug gelacht. Ich bin Ihnen noch die Geschichte meines Abenteuers schuldig. Erlauben Sie nur noch eins, wie ist Ihr werter Name? Vielleicht ist meine Frage nicht passend, die Verbrecher, die Sie sonst auszufragen pflegen, kennen Sie wahrscheinlich schon, vielleicht sind Sie in Ihrem Fach eine Berühmtheit, aber Sie müssen bedenken, ich bin in Justizsachen, besonders in Strafsachen (das Zivilprozessrecht beherrsche ich gut), ein ziemlicher Laie. Nur aus dem, was man so auf der Bahn liest, aus Kriminalromanen, Detektivgeschichten, habe ich meine kriminologische Weisheit geschöpft. Sie sehen also, es ist nicht weit her mit ihr... Also, wie bitte?... Schaffroth? Ein sonderbarer Name, erweckt die Assoziation an Schafott, finden Sie nicht auch?

Nun meine Geschichte: Ich wollte also mit dem Nachtschnellzug nach Italien. Im Flugzeug werde ich krank, das Auto konnte ich in dieser Jahreszeit nicht gebrauchen, die Strassen sind schlecht, und die Pässe sind eingeschneit. Also nahm ich lieber ein Billett zweiter Klasse. Ich bin anspruchslos. Sonst fahre ich immer dritter: Denn ich bin im Grunde meines Wesens Demokrat, wissen Sie. Nur für eine Nachtfahrt musste ich wohl zweite Klasse nehmen, sonst kommt man müde an.

Gewiss, ich hätte Schlafwagen nehmen sollen... Aber was wollen Sie, in dieser Krisenzeit, man muss sparen... Ja, das Geschäft in Italien war wichtig, es erforderte meine Anwesenheit, sonst hätte ich sicher einen Vertreter hingeschickt. Meine Frau hatte mich bis an den Bahnhof begleitet, wir haben in der Stadt noch zu Nacht gegessen.

Ja, meine Frau ist bedeutend jünger als ich. Sie sehen ja selbst, meine Schläfen sind grau, ich werde wohl etwa im gleichen Alter sein wie Sie, Herr... äh... wie war doch Ihr Name?... etwas mit Schafott... nein, nicht Schafott... nun, es fällt mir nicht ein, ist ja auch gleichgültig, also, wie Sie, Herr Untersuchungsrichter... Richtig, Herr Schaffroth...

Eine Liebesheirat. Meine Frau ist neunundzwanzig Jahre alt, aber sie sieht aus wie neunzehnjährig, ein junges Mädchen. Natürlich, sie schminkt sich, und das wird wohl auch etwas ausmachen. Wir führen die harmonischste Ehe, die Sie sich denken können, nie haben wir Streit. Und ein fünfjähriges Kind haben wir auch, einen Knaben, Lovis heisst er. Der Name hat mir gefallen. Vielleicht wird er einmal ein Künstler... obwohl die Kunst heutzutage... Was wollen Sie, ich lese gern, habe auch eine schöne Sammlung, Stiche nur, ein paar Whistler Probedrucke, ich sage Ihnen, Perlen!

Was Sie nicht sagen? Sie sammeln auch? Dann müssen Sie mir die Freude machen, mich einmal besuchen zu kommen, Sie können gut über Nacht bleiben, ich lasse Sie mit dem Wagen abholen. Keinen Protest, Herr Untersuchungsrichter, ich muss mich doch für Ihre Freundlichkeit erkenntlich zeigen; und meine Frau wird sich so freuen! Sie ist sehr gastfreundlich, wie ich auch, und welch grössere Freude haben wir denn auf der Welt, als gute Freunde bei uns zu sehen?

Meine Frau begleitete mich also auf den Bahnhof. Es regnete. Wissen Sie, so dieser richtige Novemberregen, der auch noch jetzt gegen die Scheiben klatscht. Ich finde ein leeres Coupé, suche nach dem Zugführer, drücke ihm einen Fünfliber in die Hand und verspreche ihm noch einmal so viel, wenn ich bis zum Morgen allein bleibe. Ich habe das Glück gehabt, auf einen anständigen Kerl zu fallen, der das Leben versteht, er hat das Geld verschwinden lassen, wie ein Zauberkünstler, und dann hat er salutiert, als ob ich wenigstens Chef im Generalstab wäre. Meine Frau war mit eingestiegen, wir bummeln den Gang entlang. Da fällt mir ein Herr auf, auch er sitzt in einem leeren Coupé, vom Gesicht war nichts zu sehen, das war hinter einer Zeitung verborgen. Ich sage noch zu meiner Frau: »Irene«, sage ich, »der Mann kommt mir so merkwürdig vor, ganz als ob er sich vor der Polizei verstecken wolle.« Vielleicht wollte er wirklich über die Grenze, Sie haben wohl seine Identität noch nicht festgestellt?... Vorläufig noch nicht? Nun, ich warte vertrauensvoll auf Ihre Feststellungen. Auf alle Fälle, ich habe ihn nicht gekannt, auch später nicht, als ich seine Leiche sah.

Warum ich das betone? Aber ich bitte Sie, Herr Untersuchungsrichter, ich betone gar nichts. Ihr Ohr ist durch Misstrauen geschärft. Wenn man angeklagt wird, benützt man doch jede Gelegenheit zur Verteidigung. Nicht wahr? Meine Frau steigt aus, wir nehmen zärtlich Abschied voneinander; es kommt ja selten vor, dass ich allein verreise, gewöhnlich nehme ich sie mit. Aber nun hatte unser Lovis gerade eine Mandelentzündung, und meine Frau war ängstlich, wie eben Frauen immer ängstlich sind, und wollte das Kind nicht alleine lassen. Ja, wir Ehemänner, wir müssen immer vor den Kindern zurücktreten, der mütterliche Instinkt... Aber ich schweife ab.

Der Zug fährt schon an, ich stehe am Fenster und winke meiner Frau, da wird hinter mir die Türe aufgerissen, und eine alte Frau stürzt herein. Man sah sofort, dass sie nicht in die zweite Klasse passte; und denken Sie, bevor sie eintritt, zieht sie hinter ihrem Rock zwei Buben hervor, der eine zwei-, der andere dreijährig, schätze ich. Hinter diesem Kleeblatt wird der Kondukteur sichtbar, will die Frau aus dem Coupé zerren, ich lasse es nicht zu, winke ab. Denn ich denke, die alte Dame (und wenn ich Dame sage, so ist das ein Euphemismus, es war eine bessere Arbeitersfrau, eine Poliersgattin vielleicht, die wahrscheinlich mit ihren Enkeln nach Italien fahren wollte) hat sich das Geld für die Reise zweiter Klasse mühsam zusammengekratzt. Ich winke also in meiner Gutmütigkeit dem Kondukteur ab und denke sogleich an den Herrn, den ich hinter seiner Zeitung versteckt erblickt habe. Wir zwei Männer, denke ich, werden wohl miteinander auskommen. Ich packe also meinen Koffer und verziehe mich. Denn mit Kindern eine Nachtfahrt durchzumachen, das wird mir wohl niemand zumuten wollen.

Ich begebe mich also zu dem Zeitungsherrn. Wenn ich jetzt daran denke, ich wollte, ich hätte die Nachtfahrt mit den Kindern auf mich genommen. Dann sässe ich nicht hier. Aber ich bin sicher, dies wird sich alles aufklären, und ich werde hocherhobenen Hauptes dies Untersuchungszimmer verlassen, nicht wahr, Herr Untersuchungsrichter? Der Zeitungsherr, ich weiss nicht, wie ich ihn anders nennen soll, der Zeitungsherr also bleibt hinter seinem Blatte verborgen. Wenn es Sie übrigens interessiert, es war der »Temps«, den er las. Ein praktisches, grosses Blatt, wie gemacht, um sich zu verbergen.

Der Zeitungsmann sitzt also auf dem Fensterplatz in der Fahrtrichtung, er blickt nicht auf, als ich das Coupé betrete, er blickt nicht auf, als ich über seine Füsse stolpere und mich entschuldige. Er brummt nur etwas Unverständliches. Ich verstaue meinen Koffer oben im Netz, setze mich nieder, denke noch: »Nun muss ich nach rückwärts fahren, das tut mir nie gut, ich bekomme dann Schwindelanfälle. Aber in diesem Falle schadet es wohl nichts, denn ich kann mich ja ausstrecken, das Gesicht zur Wand kehren, dann liege ich ja eigentlich in der Fahrtrichtung, und alles geht in Ordnung.« Sie sehen, wie gut ich mich noch an meine Gedanken erinnere, und da soll ich mich in einer derart wichtigen Sache, wie diese Anklage ist, täuschen? Ich, ein Geschäftsmann, der bekannt ist für sein gutes Gedächtnis –; ich habe ein ganz bestimmtes mnemotechnisches System, doch ist jetzt wohl nicht die Zeit, Ihnen dieses auseinanderzusetzen...

Ausgezeichnet dieser Wein... Verzeihen Sie, Sie haben eine Frage gestellt, ich habe nicht aufgepasst... Aber nein, Herr Untersuchungsrichter, Sie müssen von den Menschen nicht immer das Schlechteste denken, nein, durchaus nicht, ich bitte Sie nicht, die Frage zu wiederholen, um Zeit zum Nachdenken herauszuschlagen... Aber wenn man, wie ich, fast sechs Stunden lang verhört worden ist, und wie verhört!, so müssen Sie begreifen, dass das Gehirn abgespannt ist, es reagiert nicht mehr so prompt wie sonst.

Sie wollen wissen, ob der Herr Gepäck hatte? Warten Sie, hier drin ist alles eingraviert, eingeätzt muss ich fast sagen... Aber Sie wissen ja, wie es einem geht, wenn Sie meinen, einen Stich ganz genau zu kennen, und Sie sehen ihn ein zweites Mal an, so erscheint er Ihnen vollkommen neu, gewisse Details, gewisse Feinheiten treten plötzlich hervor, die Sie zuerst gar nicht bemerkt hatten... Das hat nichts mit Ihrer Frage zu tun?... Erlauben Sie, bitte. Ich muss mir eben gewisse Details wieder ins Gedächtnis zurückrufen, wie gesagt, gewisse Teile der Gravüre genauer betrachten, mit meinem geistigen Auge... erst dann kann ich Ihnen Auskunft geben. Und bedenken Sie doch, dass mich Ihre Proleten ganz durcheinander gebracht haben... Auch sie stellten diese Frage.

Soweit ich mich erinnern kann, trug er eine kleine gelbe Handtasche, gewiss, eine Tasche aus Schweinsleder, aus echtem Schweinsleder, ich habe den Geruch noch in der Nase... ganz deutlich jetzt... Jawohl, und nun besinne ich mich ganz genau, als ich dann zurückkam, als das... Unglück... nun... der Mord passiert war, in meiner Abwesenheit, da habe ich an diese Tasche gar nicht mehr gedacht. Aber mein Unterbewusstsein muss registriert haben, denn jetzt sehe ich deutlich wieder das leere Netz... Die Tasche ist nicht gefunden worden?... Das bestärkt nur meine Theorie, dass es sich um einen ganz gewöhnlichen Eisenbahnraub handelt. Vielleicht waren Wertsachen in dieser Tasche.

Danke, Herr Untersuchungsrichter, nur ein Stück Zucker... Sonst trinke ich den Kaffee am liebsten ungesüsst, aber heute mache ich schon eine Ausnahme...

Ohne Ihnen schmeicheln zu wollen, aber Ihre Bemerkung zeugt von einer erstaunlichen Kombinationsgabe... Gewiss könnte uns der Inhalt der Tasche auf eine Spur führen, gewiss könnten wir, falls wir die Tasche bei irgend jemandem finden würden, ohne weiteres auf die Schuld dieses Jemanden schliessen. Aber da liegt eben die Schwierigkeit. Denn bis jetzt ist die Tasche noch nicht aufgetaucht?... Nicht einmal andeutungsweise?... In den Aussagen der verschiedenen Zeugen vielleicht, des Zugführers zum Beispiel?

Was Sie nicht sagen!... Nein, diese Eröffnung haben mir Ihre Untergebenen nicht gemacht... Die Aussage des Zugführers belastet mich am schwersten? Er behauptet, es sei absolut unmöglich, dass jemand anders das Coupé betreten hätte?... Woher nimmt dieser Mann seine Sicherheit? Ich erinnere mich, einmal die Besprechung eines Buches gelesen zu haben, das von der Unzuverlässigkeit der Zeugenaussagen handelte; ein Professor hatte eine kleine Komödie vor seinen Studenten aufgeführt und diese Komödie dann erzählen lassen, schriftlich... Ja, ja, ich bin sicher, dass Sie das Buch gelesen haben und nicht nur eine Kritik darüber, wie ich. Aber glauben Sie nicht auch, dass gewissen Zeugen wenig zu trauen ist, besonders einem derartigen Kerl, der in seiner offiziellen Stellung sich von mir bestechen lässt und dann nicht einmal fähig ist, diese Bestechung redlich zu verdienen? Vielleicht hat er in einer Ecke des Wagens Schnaps gesoffen, hat seinen Dienst verschlafen und will sich jetzt reinwaschen, auf meine Kosten.

Nein, ich ereifere mich nicht, ich rege mich nicht auf. Aber eins will ich Ihnen offen und ehrlich sagen, die Methoden der Justiz sind unfair, die Justiz hält sich an keine Regeln. Gleichgültigkeit ist ein Schuldbeweis, Aufregung ist ein Schuldbeweis, der Angeklagte kann sich benehmen wie er will, immer ist es falsch, immer wird, wie es auch sei, sein Benehmen zu seinen Ungunsten ausgelegt. Das ist falsch, das ist grundfalsch. Sie wollen doch die Wahrheit herausfinden, nicht wahr? Aber Sie wollen ja gar nicht die Wahrheit, Sie wollen einen Schuldigen.

Das glaube ich gerne, dass fast alle Gefangenen die gleichen Worte gebrauchen. Mein Gott, uns stehen nicht so viele verklausulierte juristische Formen zu Gebote, um einfache Tatsachen möglichst kompliziert auszudrücken.

Nun schweife ich wieder ab, nach Ihrer Meinung. Aber daran sind Sie selber schuld. Ich will also weiterfahren. Ich zog meine Schuhe aus, holte die ledernen Pantoffeln hervor, die mir Irene zur letzten Weihnacht geschenkt hatte, zog einen Hausrock an und gab wohl acht, mein Portefeuille in meine Revolvertasche zu stossen. Bei dieser Gelegenheit kam mir meine kleine Welterpistole in die Hand, ich zog sie aus der Tasche (für sie und für das Portefeuille wäre die Tasche zu klein gewesen) und legte die Pistole unter das Luftkissen, das ich mir schon vorher gefüllt hatte. Während ich dies tat, warf ich noch einen Blick auf meinen Mitreisenden, er blickte noch immer nicht von seiner Zeitung auf, also hatte er meine Vorsicht wahrscheinlich gar nicht bemerkt. Ich frage ihn noch höflich, ob es ihn störe, wenn ich noch eine Zigarette rauche. Sonst kann ich nämlich nicht einschlafen. Ich erriet mehr, als ich es sah, sein Kopfschütteln, dazu stiess er einen Laut aus, der wie ein nasales »äh, äh« klang. Also störte es ihn nicht. Ich rauchte meine Zigarette zu Ende.

Das wäre möglich, durchaus möglich. Durch das Türfenster wäre es ein leichtes gewesen, mich vom Gang aus zu beobachten... Auch dies ist wieder Ihrer Kombinationsgabe durchaus würdig, Herr... Herr Untersuchungsrichter. Denn dies ist ja der einzige, tatsächliche Anhaltspunkt in dieser Affäre: dass der Mord mit meiner Pistole begangen worden ist. Und dass man scheinbar meine Fingerabdrücke und nur meine Fingerabdrücke, darauf festgestellt hat. Das ist aber gar nicht merkwürdig, denn ich habe ja die Pistole aufgehoben, als ich zurückkehrte...

Sie haben gut reden, ich hätte sie liegen lassen sollen. Es war dies eine Reflexbewegung. Bücken Sie sich nicht auch, wenn Sie einen Gegenstand erblicken, der Ihnen bekannt vorkommt? Das ist so instinktiv... Daraus können Sie mir keinen Strick drehen, Herr Schafott, pardon, Herr Schaffroth.

Nun der Schluss ist bald erzählt. Ich wollte noch auf die Toilette, bevor der Zug in die nächste Station einfuhr. Ich schritt also zur Tür, ging durch den Gang, traf niemanden, das ist wahr. Ich muss etwa zehn Minuten abwesend gewesen sein, ich wusch mir noch die Hände, putzte mir die Zähne (ich bitte Sie noch einmal zu bemerken, wie genau ich mich an die unbedeutendsten Details zu erinnern weiss), und dann kehrte ich durch den leeren Gang zurück. An den Türfenstern der Coupés waren die Vorhänge schon vorgezogen, ich sah auf meine Uhr, während ich sie gewohnheitsmässig aufzog, es war genau halb neun Uhr, nach meinen Berechnungen mussten wir etwa in einer Viertelstunde in die nächste Station einlaufen. Auch bei meinem Coupé war der Vorhang zugezogen, ich wunderte mich darüber, denn ich hatte dies nicht gemacht, und dachte noch: »Hat sich mein Zeitungsmann endlich von seinem ›Temps‹ losreissen können, das ist günstig, dann kann man das Licht abblenden, und wir können beide schlafen.« Ich war müde, am Morgen war ich sehr früh aufgestanden, es hatte so viel zu erledigen gegeben.

Ich mache die Schiebetüre ganz leise auf, das Licht brannte hell, mein Kissen war umgestülpt, die kleine Pistole lag auf dem Boden, wie ich Ihnen schon erzählte.

Wo sie lag... warten Sie... sie lag vor den Füssen des Mannes, der sass mit offenem Mund in seiner Ecke, die Zeitung lag ausgebreitet auf seinen Knien, und die Zeitung hatte ein rundes Loch... Übrigens dort liegt sie ja noch, die Zeitung... und ich sah zum erstenmal das Gesicht des Zeitungsmannes. Ein gewöhnliches Gesicht, glatt rasiert, noch ziemlich jung, neben der linken Hand des Toten, die ausgebreitet, mit der Handfläche nach oben, auf dem Kissen lag, sah ich ein Paar graue Wildlederhandschuhe...

Nein, sonst habe ich nichts bemerkt...

Bestimmt nicht, Herr... Herr... Untersuchungsrichter, es lag sonst nichts herum, seine Tasche war verschwunden, das hab' ich Ihnen ja gesagt, der Rock stand weit offen, als ob jemand in aller Hast die Taschen des Mannes durchsucht hätte... Warum stellen Sie Ihre Frage zum drittenmal, soll das eine Falle sein?... Stellen Sie ruhig Fallen, wenn man ein reines Gewissen hat wie ich, dann hat man nichts zu fürchten.

Papierschnitzel?... Nein, ich habe keine Papierschnitzel gesehen... Wieso soll ich Unglück gehabt haben?... Ich verstehe Sie nicht... Das kommt mir alles so spanisch vor; darf ich Sie noch um Zündhölzer bitten... danke.

Wo... wo... haben Sie das gefunden? Das, das ist ja... der Kopf von... Nein, diese Dame kenne ich nicht. Eine Augenblickstäuschung, ich dachte zuerst, es sei Irene, die Züge haben eine gewisse Ähnlichkeit, ich kann es nicht leugnen. Und dieser Papierschnitzel, ausgerechnet mit diesem Gesicht, ist in dem Coupé gefunden worden? Was Sie nicht sagen...

Ich habe den Mann nicht gekannt, ich wiederhole es noch einmal... Das ist eine Beleidigung meiner Frau, Herr... Untersuchungsrichter, Herr Schaffroth, nein, meine Frau hatte keinen Freund, ich verbitte mir aufs strengste derartige Insinuationen. Wirklich, es kommt mir vor, als wollten auch Sie in die Fussstapfen Ihrer plebejischen Vorgänger treten, aber Sie denken wohl, Ihre Art der Tortur, die Tortur der Freundlichkeit sei die wirksamere ... Darum haben Sie mir Wein bestellt und Sandwiches... Haha, ich weiss schon, wir dünken uns zivilisierter als die Araber, aber wenn man zu diesen sogenannten wilden Völkerstämmen kommt, und man ist eingeladen und hat Brot und Salz gereicht bekommen, so ist man Gastfreund, unverletzlich... Ich habe von Ihnen auch Brot und Salz angenommen – ich bin Ihr Gastfreund, Herr, aber Sie missbrauchen die Gastfreundschaft.

Sie lachen schadenfroh... Haben Sie noch weitere Überraschungen in der Hinterhand... Decken Sie nur ruhig Ihre Karten auf, wir sind allein, und wenn ich Ihnen auch ... aber das ist Unsinn, Sie haben keinen Aktuar, der wollte wohl nicht aus dem Bett? Ich kann Ihnen ja eigentlich erzählen, was ich will, Sie auch verulken, mit einem falschen Geständnis, nur um endlich einmal schlafen zu dürfen, mir fallen schon die Augen zu, ein falsches Geständnis, wie wäre das? Und morgen widerrufen, was meinen Sie? Ein geschickter Advokat könnte mit dieser Situation viel anfangen... Schlagworte wie: psychische Tortur, langes Verhör... unerlaubt langes Verhör, mein Mandant musste zusammenbrechen... Wie glauben Sie, würde das auf das p.p. Publikum wirken? He? Die Justiz hat keine gute Presse... Fragen Sie nur weiter, ich bin sicher, ich bin unschuldig, mir kann nichts passieren.

Sie schweigen lange... Ich will Ihre Meditationen beileibe nicht unterbrechen...

Aber finden Sie nicht auch, es wäre Zeit, schlafen zu gehen?... Draussen graut es schon über den Dächern... Heizt man bei Ihnen nicht? Es friert mich... Sie schweigen noch immer... Nun, ich kann's auch.

Das Kratzen, das man in der Stille hört... ich habe es schon lange bemerkt, dachte, es seien Ratten... oder Mäuse, um aber von diesen Tieren herzurühren, ist das Geräusch zu regelmässig... Ich sollte doch dies Kratzen, dies Schaben, dies Wetzen kennen... Ein Diktaphon! Natürlich! Und ein gutwilliger Gehilfe, der die Rollen austauscht, wenn sie vollgeritzt sind?... Sie sehen, uns Verdächtigten fällt manchmal auch etwas ein, wir kombinieren auch... Sehr schlau... Jeden Tonfall meiner Stimme können Sie somit den Richtern vorführen, klug, sehr klug. Nur dass Ihnen Ihre Klugheit nichts nützen wird.

Ihr Schweigen wird langsam peinlich... Soll es eine Methode sein, mich mürbe zu machen? Wir wollen sehen...

Wildlederhandschuhe... graue Wildlederhandschuhe. Sie lagen neben dem Toten... War ein eleganter Mann, der Zeitungsmann, hatte Bildung, scheinbar, denn er las doch den »Temps«. Graue Wildlederhandschuhe...

Was es doch manchmal für Zufälle gibt. Vor einer Woche bat mich meine Frau, mit ihr zusammen in ein Handschuhgeschäft zu gehen, sie wolle ihrem Vater ein Paar Handschuhe kaufen, er habe Geburtstag, und ich hätte doch so guten Geschmack. Ich bin mitgegangen, wir haben ein Paar Wildlederhandschuhe gekauft, graue Wildlederhandschuhe... Ein Zufall. Auch die Handschuhe des Toten waren neu.

Sie schweigen noch immer. Darf ich den Papierfetzen noch einmal sehen?... Vielleicht ist sie es doch, Irene, nur habe ich nie an ihr ein so glückliches Lächeln gesehen... Aber eben, sehen Sie, die Frau, von deren Person Sie nur das Abbild des Kopfes besitzen, die Frau, sie trug auch ein Kleid auf der Photographie, und das Kleid hat mich an ein Sommerkleid Irenes erinnert.

Nicht einmal mit einem halben Geständnis sind Sie aus Ihrer Reserve zu locken... Denn wenn ich von dem Kleid spreche, muss ich doch die Photographie gesehen haben, denken Sie. Natürlich habe ich sie gesehen, sie lag neben dem Toten, ich habe sie zerrissen, ich wollte nicht..., und die Fetzen habe ich zum Fenster hinausgeworfen, ich dachte, sie seien alle vom Wind fortgetragen worden, aber der Wind hat mir einen Streich gespielt, und just den Kopf hat er mir ins Coupé geweht.

Ich beobachtete Sie schon lange, Sie warten auf etwas... Ha, ganz können Sie sich auch nicht beherrschen, Sie haben Schritte gehört draussen, jemand kommt, er bringt etwas ... Mich überraschen Sie nicht mehr, ich weiss, was er bringt, der Mann, der näherkommt ... Aber ich will Fassung bewahren ... Sie erlauben mir doch noch eine Zigarette? ... Ich habe da noch zwei oder drei von einer stärkeren Marke ... Nein danke, ich werde sie erst anzünden, wenn Ihre Überraschung kommt.

Die Schweinsledertasche ... durchweicht ... Sie können wieder abtreten, junger Mann, Sie haben Ihre Sache gut gemacht ... Der Fluss war wohl nicht tief genug, dass Sie sie so schnell haben finden können ... Wie gesagt, Sie haben Ihre Sache gut gemacht, junger Mann ... Sie können abtreten, was ich zu sagen habe, ist zu ernst, die Jugend würde nur darüber lachen ... Und schliesslich Ihnen, Herr Untersuchungsrichter, Herr Schaffroth, jetzt weiss ich Ihren Namen endgültig, werde ihn nicht mehr mit Schafott verwechseln, will ich mich doch lieber anvertrauen, nur um Ihnen Ihre Freundlichkeit zu vergelten. Machen Sie die Tasche nicht auf ... Lassen Sie mich zuerst sprechen ... Sie haben recht, ich will zuerst meine Zigarette anzünden ... oh, ich habe sie ja ganz zerkaut, in der Aufregung, wir wollen sie in den Papierkorb werfen ... Sie können eigentlich die Tasche ruhig aufmachen ... es sind Briefe darin, lesen Sie nur, in dieser Zeit werde ich mich soweit gesammelt haben ... Verstehen Sie? ... Die Zündhölzer sind nichts wert, sie brechen immer ab. So, jetzt ... Liebesbriefe, Liebesbriefe von meiner Frau ... Danke, ich nehme gern noch einen Schluck Wein, habe so einen bitteren Geschmack im Munde ...

Das einzige, das ich zu meiner Verteidigung vielleicht anführen könnte, ist folgendes: Ich habe nämlich aus Notwehr gehandelt. Aber sehen Sie, auch das kann ich nicht beweisen. Stellen Sie doch bitte das Diktaphon ab, wir brauchen es nicht mehr. Ich will morgen gern alles zu Protokoll geben ... wenn es noch nötig ist ... Danke, Herr Schaffroth.

Notwehr; vor drei Tagen hab' ich einen Brief unter meiner Korrespondenz entdeckt, er war irrtümlich dazwischen geraten, es war ein Brief meiner Frau, frankiert, adressiert. Vielleicht hatte sie diesen Brief dem Mädchen gegeben, und das Mädchen hatte ihn aus Zerstreutheit unter die angekommenen Briefe gemischt. Frauen sind manchmal unvorsichtig. Genug. Ich öffnete den Brief, er war an ein Postfach adressiert, es stand kein Name drauf. Der Inhalt? Etwa folgendermassen war er: Meine Frau bestätigte einem gewissen Claude, ich müsse in zwei Tagen nach Italien verreisen, sie gab den Zug an, alles war klar geschildert. Die Gelegenheit sei günstig, schrieb sie, und er, Claude, solle sie nutzen. Ich nahm ein neues Kuvert, schrieb selbst die neue Adresse, mit Schreibmaschine, und schickte ihn ab.

Die Gelegenheit ... Der Brief war zärtlich ... Es gibt Unglücksfälle, die auf der Bahn passieren können, es wird nicht viel Aufhebens davon gemacht, drei Zeilen in der Zeitung, ein Nachruf im lokalen Blatt: Der bekannte Industrielle ... wahrhaftiger Patriot ... unvergessliches Andenken ... der Gesangverein unter der bewährten Leitung von ... sang ihn ins Grab. Ich danke dafür.

Ich hab' mir nichts anmerken lassen ... Das Suchen ist nutzlos, Herr Schaffroth, der Brief ist verbrannt worden, es stand eigens als Nachschrift, und ich habe die Briefe durchgesehen. Was Sie noch finden, ist unwichtig. Sie können die Briefe deuten so und so, Irene können Sie nichts damit beweisen. Es ist genug an einem. Sie kommen um Ihren Skandal, glauben Sie mir.

Es wird heiss im Zimmer, und dies Jucken in den Beinen. Wohl die Schlaflosigkeit. Ich will mich beeilen, dann werden Sie mich wohl in Ruhe lassen.

Der Clou vom ganzen ist nämlich folgendes: Der gute Claude war ein Hochstapler ... Wie ich ihn erkannt habe? Trotzdem ich ihn nie gesehen habe? Trotzdem er hinter dem »Temps« verborgen war? Ich habe Ihnen gesagt, wir sind im Gang auf und ab gebummelt. Vor der Tür des Zeitungsmannes ist Irene zusammengezuckt ... Ich spreche recht unzusammenhängend ... Der Clou nämlich: Claude hat mir die Briefe zum Kauf angeboten, wollte gar kein Unglück, wollte mich nicht beiseite schaffen ... Erpressung ist eben doch einfacher, nicht so alternierend wie ein Mord ... Aber ich habe doch den Mord gewählt? Mord? Ich habe viele Entschuldigungen. Wenn dieser Papierschnitzel nicht gewesen wäre, denn dass Sie nach der Tasche forschen würden ... Sie wissen jetzt alles ...

Aber eins haben Sie nicht bemerkt ... Sie waren zu eifrig, Sie wollten die Briefe zu schnell lesen. Die Zigarette, jawohl die zerkaute Zigarette, jetzt kommen Sie nach.

Jawohl, in der zerkauten Zigarette hatte ich etwas versteckt ... für alle Fälle ... Ich hatte es schon lange ... Ein verstorbener Freund, ein Arzt, hat es mir geschenkt ... Ein sympathisches Präparat, wirkt stark, nur ein wenig Druck über dem Herzen, aber der vergeht ... Ja, die grauen Wildlederhandschuhe ... an denen hab' ich ihn erkannt, hätte ich ihn erkannt, auch wenn Irene nicht zusammengezuckt wäre ... Diese Wildlederhandschuhe. Wie gut doch eine Frau lügen kann ... Aber wir sind doch alle Lügner, mehr oder weniger ... Und Sie, Wahrheits-Champion ... Sie tun mir ein wenig leid, Tag für Tag eine Wahrheit suchen zu müssen, die doch nicht die Wahrheit ist ... Denn Wahrheit hat mit Worten nichts zu tun ... Glauben Sie nicht auch? ... Somit empfehle ich mich, Herr Schaffroth, schad' um die Diktaphonrollen ... die Justiz arbeitet immer unrationell, immer ... Sie sollten sich das merken ... Oh, machen Sie sich keine Mühe mehr, der Arzt kommt zu spät ... Ich will schlafen, gute Nacht, Herr Untersuchungsrichter Schaffroth ... oder vielmehr guten Tag, es wird so hell.

König Zucker

Es war von Anfang an die trostlose Affäre par excellence gewesen, wie Polizeikommissar Kreibig sofort am Tatort feststellte. Schiebermilieu – der Tote, der am Boden lag, mit einer Stichwunde in der Brust, an der er verblutet war, hiess Jakob Kussmaul, stammte nach seinem Pass aus Riga, aber vielleicht hiess er gar nicht Kussmaul, vielleicht stammte er aus Bukarest, bei diesen Leuten war man nie sicher... Und der Kommissar Kreibig seufzte. Es war vier Jahre nach dem Weltkrieg, Wien war ausgehungert, und alle Welt schob. Seufzend dachte Kreibig daran, dass er wahrscheinlich Hofrat geworden wäre, wenn die alte Monarchie noch geblieben wäre, aber so... Und da war also dieser Jakob Kussmaul, der vielleicht gar nicht so hiess, lag am Boden, sein rosa Seidenhemd war auf der linken Seite der Brust zerrissen, und ein grosser Blutfleck hatte das zarte Gewebe starr und bräunlich gemacht.

Der Tote lag neben einem Tisch, und auf dem Tisch stand ein Schachbrett mit Figuren. Eine begonnene Partie. Neben dem Brett zwei Tassen mit schwarzem Kaffee, halb geleert, daneben zwei Silberschälchen für den Zucker: auf dem einen eines jener viereckigen Päckchen, in welchem drei Stückchen sogenannten Würfelzuckers verpackt sind, das andere leer.

Auf dem Boden aber lag Jakob Kussmaul und hielt in der Rechten den schwarzen König des Schachspiels, in der Linken ein viereckiges Päckchen Würfelzucker, das zweite Päckchen, das offenbar vorher im leeren Silberschälchen auf dem Tisch gelegen hatte.

»Wie lange hat er noch gelebt?« fragte Kommissar Kreibig den Gerichtsarzt.

»Oh, so zwei – drei Minuten, glaub' ich...«

»War er noch bei Besinnung?«

»Glaub' schon, glaub' schon. So einer, der hat ein zähes Leben, das können Sie mir glauben, Herr Hofrat.«

»Und Sie glauben, das hat etwas zu bedeuten, das, was er da in der Hand hält?«

»Möglich wär's schon... Aber was? Ein schwarzer Schachkönig und drei Stückerl Würfelzucker?... Was soll das bedeuten?... Verstehen Sie das, Herr Hofrat?«

»Vielleicht«, sagte der Kommissar, dem der »Hofrat« des Doktors angenehm in die Ohren streichelte. »Vielleicht hat uns der Ermordete damit einen Fingerzeig geben wollen, einen Fingerzeig, verstehen Sie, Herr Doktor, wie wir zum Mörder gelangen. Denn etwas bedeutet der Zucker doch...«

»Und die Schachfigur...« wagte bescheiden der Polizist Hochroitzpointner einzuwerfen. Er trug einen armseligen roten Schnurrbart, und seine Stirn war gefurcht.

»Ja«, sagte der Kommissar, »der schwarze König... Ich kenn' einen König Haber, ich kenn' einen König Lear und wie die Könige alle bei Shakespeare heissen, Heinrich und Richard und auch König Ottokar kenn' ich – aber einen König Zucker. König Zucker...« wiederholte er und schüttelte den Kopf. Er sah sich im Zimmer um. Ein Hotelzimmer, wie viele andere. Abgewetzter Teppich auf dem Boden, eine grünliche Tapete an den Wänden, verblichen bis auf ein Rechteck, wo sicher einmal ein Kaiserbild gehangen hatte. Das Fenster ging auf einen Lichthof, es war ein trübes Licht im Raum, es regnete draussen, und dann wollte es bald Abend werden.

Der Doktor verabschiedete sich, der Kommissar Kreibig studierte lange die angefangene Partie, schüttelte manchmal den Kopf, der Polizist in Zivil Hochroitzpointner verhielt sich still, endlich flüsterte er:

»Soll ich den Kellner rufen?«

Kreibig nickte. Er starrte auf den Toten. Unsympathisch, durchaus, sah dieser aus. Ein dreifaches Kinn, eine käsige Haut, die Stirn niedrig und Wulstlippen. Von jener berühmten »Majestät des Todes« war keine Spur vorhanden.

Kreibig wandte sich von dem Toten ab und trat an den zweiten Tisch des Zimmers, der viereckig war und neben dem Fenster stand. Papiere lagen dort, Rechnungen, Frachtbriefe. Geschäftsbriefe: »Gemäss Ihrer w. Bestellung vom 15. ct. beehren wir uns, Ihnen zu offerieren...« Eine Brieftasche, abgegriffen, zum Platzen gefüllt. Kreibig öffnete sie: Türkische Pfunde, Schweizer Franken, Dollars, englische Pfunde, zwei Checks. Kreibig zählte mechanisch das Geld, seufzte, weil er an sein Salär dachte, das er in Inflationsgeld bekam, versorgte die Banknoten sorgfältig wieder, als er ganz hinten in einer Tasche, verrunzelt, ein Stück Papier bemerkte. Er zog es ans Licht. Hinter ihm schlich der Polizist Hochroitzpointner auf leisen Gummisohlen durchs Zimmer.

Das Stück Papier war ein Ausschnitt aus einer französischen Zeitung: auf der einen Seite die Ankündigung eines Astrologen, aber die Annonce war nicht vollständig, der zweite Teil fehlte. Auf der anderen Seite ein mit Rotstift angezeichneter Artikel:

»Le traitement rationel du diabète par le professeur Durand.«

Offenbar die Ankündigung eines Buches über die Behandlung der Zuckerkrankheit. Kreibigs Augen wanderten vom Zeitungsausschnitt zum Tisch. Zuckerkrankheit? ...Zucker? ...Zwei hatten am Tisch Schach gespielt und dazu Kaffee getrunken, aber beide hatten sie den Kaffee nicht gesüsst ...Der eine, wohl der Mörder, hatte sein Päckchen auf der kleinen Silberplatte liegen lassen, der Kussmaul aber hatte das Päckchen, bevor er vom Stuhl gefallen war, noch rasch mit der linken Hand gepackt, während die Rechte ...aber das kam später. Die Linke hatte also den Zucker gepackt, der Mörder war aufgestanden, hatte sich ruhig durch die Tür entfernt, dann war der Kussmaul auf den Boden gefallen, war gestorben und in einer immerhin merkwürdigen Stellung erstarrt. Denn die beiden Unterarme, vom Ellbogen an, standen senkrecht in der Luft. Die linke Hand hielt ein Päckchen Zucker, die rechte einen schwarzen Schachkönig ...

Der Etagenkellner Pospischil Ottokar, verheiratet, wohnhaft Mariahilferstrasse 45, schien für den ermordeten Kussmaul keine übertriebene Hochschätzung aufbringen zu können. Er habe gesoffen, deponierte er, ganze Nächte durch, gespielt habe er auch, mit »Freunderln« ... und Weiber ...aber davon wollte er, Pospischil, gar nicht reden. Dabei sei der Kussmaul krank gewesen, zuckerkrank, habe keine Mehlspeisen essen dürfen, er habe auch einen Spezialisten konsultiert, der habe ihn einmal besucht, ein nobler Herr, Zylinder und weisse Gamaschen und einen schönen weissen Bart, aber an den Namen könne er sich nicht erinnern.

»Ja, Herr Hofrat«, sagte der Kellner Pospischil, der arg verhungert aussah, »da lassen'S am besten die Finger davon, denn der Mann da, der hat Konnexionen g'habt, ich sag' Ihnen, ein Oberst von der amerikanischen Delegation ist ihn besuchen kommen, und sie haben zusammen englisch g'redt, und überhaupt, Besuche hat er den ganzen Tag gehabt, Türken und Russen und Argentinische – und auch G'sindel –, wenn Sie meine Meinung wissen wollen, Herr Hofrat, der Mann war eine düstere Existenz...«

»Ja«, sagte der Kommissar Kreibig und strich über sein weisses Haar, das seidig schimmerte, »ja, mein lieber Pospischil, das hab' ich mir schon gedacht, ich hab's von Anfang an g'sagt, die trostlose Affäre par excellence, hab' ich's nicht g'sagt?«

Und Hochroitzpointner nickte schweigend.

»Sie können gehen, Pospischil ...oder nein, warten Sie noch. Der Zucker, Hochroitzpointner, wäre ja erklärt, sehen Sie hier den Zeitungsausschnitt, nicht wahr, ›die Behandlung der Zuckerkrankheit‹ von einem französischen Professor namens Durand. Nun weiss man ja, dass Zuckerkranke, gerade weil ihnen der Zucker verboten ist, immer Hunger nach Zucker haben, und da hat halt der Kussmaul, wie er gesehen hat, dass er sterben wird, noch schnell das Packerl Zucker in die Hand genommen – gewissermassen um seinen letzten Wunsch zu befriedigen. Nicht wahr? Was meinen Sie, Hochroitzpointner?«

Hochroitzpointner antwortete nichts, er hielt die Hände hängend in Schulterhöhe, was ihm eine gewisse Ähnlichkeit mit einem bettelnden Hunde verlieh. Kommissar Kreibig hasste diese Allüren.

»Antworten Sie doch, wenn man Sie fragt!« schnauzte er. – Der Geheimpolizist Hochroitzpointner antwortete nicht, er fragte, und zwar fragte er den Kellner Pospischil:

»Mit wem hat der Herr immer Schach gespielt?«

»Am liebsten mit dem Swift, einem Engländer. Der Herr ...eh ...der Tote hat gesagt, der Swift ist der einzige, der gut spielt! Die andern sind nur Rotzbuben...«

»Und der Herr Swift war heute nachmittag auch da?«

»Ja, er ist um halb vier gekommen. Dann hat der Kussmaul ...eh ...der Verstorbene geläutet und hat zwei Schalen Braun bestellt...«

»Zwei Schalen Braun? Aber wo ist die Milch?«

»Die ist uns ausgegangen, da hab' ich zwei kleine Schwarze gebracht...Und da hat der Herr Kussmaul mich ang'schrien, warum ich hab' Zucker gebracht, ich weiss doch, dass er keinen Zucker nehmen soll, und der andere Herr, der Herr Swift, der darf auch keinen Zucker nehmen, von wegen – der ist auch zuckerkrank...«

»So, so...« sagte der Geheimpolizist Hochroitzpointner nur und verschwand.

»Sie können gehen, Pospischil«, meinte der Kommissar, »oder warten Sie noch, haben Sie den Swift fortgehen sehen ?«

»Ja, Herr Hofrat, um dreiviertel vier hab' ich ihn geholt, von wegen es hat jemand am Telephon nach ihm gefragt.« »Und da hat der Kussmaul noch gelebt?«

»Das weiss ich nicht, halten zu Gnaden, Herr Hofrat, das weiss ich also wirklich nicht. Ich hab' geklopft und hab' gesagt: ›Telephon für den Herrn Swift.‹ Da hat eine Stimme gesagt: ›Yes‹, die Tür ist aufgerissen worden, und ich bin zurückgefahren, weil, wissens'S, Herr Hofrat, der Kussmaul, der hat es nicht ganz gerne gehabt, wenn ich ins Zimmer gekommen bin, und einmal, da hat er mir...«

»Das interessiert mich nicht, Pospischill

»Da hat er mir eine leere Flasche an den Kopf geworfen ...Ja, also, der Herr Swift, der ist mit mir zum Telephon gegangen, und dann hat er gredt, englisch, ich hab' nix verstanden, und dann ist er fortgegangen. Hat mir gesagt, ich soll dem Kussmaul sagen, er kann die Partie nicht fertig spielen ...Aber ich hab' mich verspätet, hab' zu tun gehabt, andere Gäste haben geläutet, ah, mein! Der Hofrat wissen gar nicht, wie schwer es unsereiner hat, den ganzen Tag laufen, und das kleine Trinkgeld, geizig sind die Schieber...«

»Schon gut, Pospischil, und wann sind Sie dann ins Zimmer gekommen?«

»So um halb fünf, Herr Hofrat, und ist der Kussmaul ...eh, der Ermordete – es weiss ja keiner, ob er wirklich Kussmaul heisst, einmal hat ihn einer ganz anders genannt–, da ist er am Boden gelegen, und ich hab' der Polizei telephoniert...«

»Und Sie heissen Ottokar mit dem Vornamen, Pospischil?« »Zu Befehl, Herr Hofrat, Ottokar, ja, wie mein Grossvater...«

»König Ottokars Glück und Ende...« murmelte Kommissar Kreibig.

»Wie belieben, Herr Hofrat?«

»Nichts, Pospischil, so heisst ein Stück von dem Wiener Grillparzer, aber den kennen Sie nicht...«

»Nein, Herr Hofrat, einen Gast dieses Namens haben wir nie gehabt in unserem Haus.«

»Und Sie haben ein Messer, Pospischil?«

...Der schwarze König ...König Ottokar ...aber dann passte der Zucker wieder nicht ... aber der Swift war zuckerkrank, der Hochroitzpointner hatte vielleicht doch recht, aber Swift, Swift ...der hatte doch keine Königsdramen geschrieben, nur diese Geschichten über die Reisen ...Gulliver? Ja, Gulliver...Es ging ein wenig kreuz und quer zu in Kreibigs Kopf.

»Sie haben ein Messer, Pospischil?« fragte er noch einmal, weil der Kellner schwieg.

»Oh, nur ein Federmesserl, Herr Hofrat«, und Pospischil zeigte in einem rührend verlegenen Lächeln seine schadhaften Zähne.

»Zeigen!«

»Bitte schön, bitte gleich...«

Aus der glänzend schwarzen Hose zog Pospischil ein Messer heraus, kurz wie der kleine Finger. Kreibig sah es an, klappte es auf: schartig, verrostet; er zuckte mit den Achseln.

»Sie können gehen, Pospischil.«

»Gehorsamster Diener, Herr Hofrat.« Und Pospischil verschwand ebenso lautlos wie vorher der Geheimpolizist Hochroitzpointner.

Kreibig nahm einen Stuhl, stellte ihn neben das runde Tischchen, auf dem die begonnene Schachpartie stand, stützte das Kinn in die Hände und prüfte die Stellung der Figuren.

Herr Swift hatte also Weiss. Er schien ein Liebhaber alter, erprobter Spielweise zu sein. Kreibig war ein guter Schachtheoretiker. Weiss hatte Königsgambit gespielt, Schwarz hatte es angenommen, wieviel Züge hatten die beiden gemacht? Höchstens zehn. Weiss hatte einen Springer geopfert, hatte also probiert, das uralte Kieseritzkygambit zu spielen, aber Schwarz kannte die Erwiderung – scheinbar. – Wer hatte nur die Widerlegung erfunden, die Widerlegung dieses Angriffes, der einmal als gut galt? Es war ein Kerl, wie hiess er nur? Süsskind? Nein. Schokoladentorte? Dummes Zeug! Ein bekannter Meister, ein Schachmeister aus dem vorigen Jahrhundert. Wen gab es da? Anderssen? Nein. Morphy? Nein. Pilger? Das war ein Theoretiker…

Kreibig gab es auf … Er starrte auf den Toten. In der einen Hand der schwarze König, in der anderen drei Stück Würfelzucker … War der Zucker das Wichtige oder der König? War der Hochroitzpointner im Recht, der jetzt hingegangen war, den Engländer Swift zu suchen, um ihn zu arretieren? Den Swift, der ebenfalls ein Diabetiker war? »Kussmaul«, dachte der Kommissar Kreibig, der es unter der Monarchie sicher zum Hofrat gebracht hätte und der auch aussah wie ein solcher, kein Wunder, dass ihn alle Leute so titulieren – mein Gott, ja, sogar unter der Republik – »Kussmaul«, dachte Kreibig, »dein Tod ist zwar die trostloseste, undankbarste Affäre par excellence, aber du scheinst doch das Bedürfnis gefühlt zu haben, uns ein kleines Bilderrätsel aufzugeben. Dafür sollte man dir dankbar sein. Mein Gott, das Leben ist langweilig genug. Was hat es für einen Wert, deinen Mörder zu suchen, Kussmaul, es wird dich niemand vermissen, nicht einmal deine Freunderln, wie der Pospischil so schön sagt. Du hast nicht viel Gutes getan in deinem Leben, das sieht man deiner Visage an, Leute betrogen, Frauen verführt, ich will Gift drauf nehmen, dass du ein Erpresser bist, du bist ein Aasgeier, Kussmaul, und doch muss ich deinen Mörder suchen. Was willst du, Pflicht ist Pflicht, und wir sind's halt so gewöhnt. Und dann, wenn ich dein kleines Rätsel mit dem ›König Zucker‹ nicht löse, lachst du mich vielleicht noch aus, drüben, wo du jetzt weiter herumvagierst, wie hier auf dieser Welt…«

Die Dämmerung war dicht geworden. Kreibig sprang auf, drehte das Licht an. Der Tote streckte noch immer seine halb geschlossenen Fäuste gegen die Zimmerdecke…

…Wer hatte nur eine Widerlegung des Kieseritzkygambits gefunden?…

Kreibig beugte sich noch einmal über den Toten, öffnete das Hemd, das der Gerichtsarzt geschlossen hatte. Die Wunde war klein, sauber, mit ganz scharfen Rändern, nicht zerfranst…

…Wie von einer Lancette, dachte Kreibig, ging zur Tür, schloss sie von aussen ab und ging die Treppen hinunter. »Wie sieht eigentlich der Herr Swift aus?« fragte er den Portier.

»Der Herr Swift? Der ist klein, alt und zittert sehr viel in den Knien und mit die Händ…«

»So, so«, sagte Kreibig nur, zog seine Glacéhandschuhe an, die ziemlich abgeschabt waren.

Im Büro liess er sich ein Verzeichnis der Spezialärzte Wiens kommen. Er ging die Namen durch. Plötzlich, fast am Ende der Liste, sprang er auf und begann mit der Handfläche der rechten Hand eifrig auf seine Stirn zu schlagen. »Natürlich!« sagte er dazu, »selbstverständlich! Das königliche Spiel! Der König des Spiels! Der Meister! Der Schachmeister! Der Zuckermeister!« Und klatschte weiter gegen seine Stirn. Bis schliesslich Hochroitzpointner sachte die Tür öffnete, erschrocken ins Zimmer äugte und leise bemerkte:

»Ich hab' geglaubt, der Hofrat hat seinen Buben bei sich und haut ihm Watschen herunter.« Wozu zu bemerken ist, dass Watschen der Wiener Ausdruck für Ohrfeigen ist.

»Und der Swift, lieber Hochroitzpointner?« fragte Kreibig.

»Der Swift ist so eine Art Kurier bei der englischen Gesandtschaft. Der ist fort. Im Auto. Ich hab' fragen wollen, ob man die Grenzposten alarmieren soll…«

»Nicht nötig, nicht nötig, aber nehmen'S eine Zigarette, lieber Hochroitzpointner…«

Das war nobel, denn eine simple »Drama« kostete damals…

»Ist der Herr Professor zu sprechen?« fragte Kreibig.

»Ich glaube…« antwortete der Diener.

»Es ist eine wichtige Sache, Kommissar Kreibig, melden Sie mich nur.«

Der Herr Professor trug einen schwarzen Gehrock, eine weisse Weste, aber sein langer Bart war eigentlich viel weisser als die Weste. Der Herr Professor war nervös. Er sagte, was man in einer solchen Situation scheinbar immer sagt:

»Und was verschafft mir das Vergnügen?«

»Herr Professor«, sagte Kommissar Kreibig, »warum haben Sie den Falotten erstochen?« (Falott ist ein plastischeres Wort für Lump.)

»Falott? Erstochen?« fragte der Professor.

»Haben'S keine Angst, Herr Professor«, sagte Kreibig gemütlich. »Es g'schieht Ihnen nichts. Es sind noch andere Leute da, die froh sind, dass der Kussmaul hin ist. Es ist also mehr ein Privattriumph von mir; denn der Tote hat mir ein Rätsel aufgegeben, und ich hab's gelöst. Er hat nämlich ganz deutlich den Namen seines Mörders verraten.«

»So? Wie denn?«

»Würfelzucker in der einen Hand, den Schachkönig in der andern.«

»Und?«

»Und Schwarz hat die Erwiderung zum Kieseritzkygambit gespielt.«

»Verzeihen'S schon, Herr Kommissar, aber ich hab' wirklich keine Zeit...«

»Sie sind doch der Herr Professor Zuckertort, Spezialarzt für Diabetiker...«

»Ja, und...«

»Sie haben im vorigen Jahrhundert einen Namensvetter gehabt, der war ein berühmter Schachspieler, der hat auch Zuckertort geheissen. Und Sie werden zugeben, dass der selige Kussmaul (fragt sich zwar noch, ob er selig ist) den Namen nicht besser hätte andeuten können. Der König, der Meister, dessen Name mit Zucker anfängt... Und jetzt sagen Sie mir, warum Sie ihn umgebracht haben. Ich hab' keinen Verhaftbefehl, ich bin sicher, Sie sind im Recht gewesen, die Sache wird niedergeschlagen. Aber gönnen Sie mir den Privattriumph!«

»Warum ich das Schwein abgestochen hab'? Warum?« Das Gesicht über dem weissen Bart wurde feuerrot. »Weil mir der Falott statt Insulin Brunnenwasser geliefert hat und weil mir zwei schwere Fälle fast an Sepsis zugrunde gegangen wären.«

»Ja so«, sagte der Kommissar Kreibig, »Brunnenwasser statt Insulin...« und er empfahl sich.

Denn Insulin ist ja das einzige, halbwegs sicher wirkende Mittel bei schweren Fällen von Zuckerkrankheit.

Vor dem Schild des Arztes blieb Kreibig noch einen Augenblick stehen, las murmelnd für sich. Es stand da:

»Prof. Dr. Regis Zuckertort,
Spezialist für Stoffwechselkrankheiten.«

»Auch noch ›Regis‹, Genitiv von Rex, und im Gymnasium hab' ich gelernt, dass Rex König heisst. Wirklich des Guten zuviel.«

Kommissar Kreibig zog kopfschüttelnd seine schadhaften Glacéhandschuhe an, trat auf die Strasse und spannte seinen Regenschirm auf, weil es ganz sanft regnete. Er verschwand im Strassengetümmel, während ihm aus einem Fenster im ersten Stock ein weissbärtiger Herr nachsah, der vielleicht zum erstenmal in seiner langen medizinischen Laufbahn es für nötig fand, über ein psychologisches Problem nachzugrübeln.

Die Hexe von Endor

1.

Am 31. März 1925 zog Adrian Despine, zweiter Kassier an der Banque Fédérale in Genf, in ein möbliertes Zimmer im dritten Stock des Hauses Nr. 23 der Rue du Marché. Amélie Nisiow, die Zimmervermieterin, hatte ihm drei Tage vorher erzählt, sie sei Witwe und lebe von ihren Renten. Ihr Mann habe sie vor zehn Jahren verlassen und sei verschollen, ihr achtzehnjähriger Sohn studiere in Paris an den Arts et Métiers und wollte sich zum Kunsttöpfer ausbilden. Despine war an jenem Tag ein sonderbarer Geruch aufgefallen, der die ganze Wohnung erfüllt hatte. Der Geruch war nicht unangenehm: Kampfer und frisches Nussöl liessen sich deutlich erkennen, dazu der ein wenig giftige Duft einer blühenden Pflanze. Despine hielt den Ausspruch der Wirtin: »Ich leide an Beklemmungen« für eine Erklärung.

Am Abend des 31. März war Despine bis um elf Uhr nachts mit dem Einordnen seiner Sachen beschäftigt. Sein Zimmer ging auf einen kleinen Hof. Vor dem Fenster lief eine Holzveranda von der Treppe zur Eingangstür der Wohnung. Nach und nach gingen die Abendgeräusche zur Ruhe. An der gegenüberliegenden Hauswand wehte Wäsche im Mondlicht. Um 11 Uhr 15, Despine lag im Bett und starrte auf das schwere Rechteck des Fensters, läutete die Flurglocke unangenehm hell. Und doch hatte Despine keine Schritte auf der Holzveranda gehört. Die schwammigen Schritte der Wirtin liessen den Fussboden erzittern, leises Flüstern raschelte, dann waren die zurückkehrenden Schritte schleichend, aber es war auch diesmal der Tritt nur eines Menschen; es schnappte gedämpft. Despine schlief ein. Später gab er bei einem Verhör an, er sei einmal in der Nacht erwacht: Ganz deutlich hätte er von St. Pierre die Melodie des »Allons danser sous les ormeaux« gehört, darauf die zwei dunklen Stundenschläge.

In der Wohnung summte ein Lied auf. Das Summen kam näher, dröhnte laut, so laut, dass er meinte, das Holz der Türfüllung mitklingen zu hören; es war eine Melodie, leicht zu behalten: zwei Töne tief, drei eine Quart höher, wie das Hornzeichen einer Feuerwehr; dann drei Töne eine Oktave höher als die ersten. Despine lauschte; Erinnerungen an den Gesangsunterricht in der Schule halfen ihm; er zählte mechanisch: zweimal die Einheit, rechnete er, dreimal die Vierheit, zweimal die Achtheit; zwei und zwölf und sechzehn ist dreissig. Die Rechnung stimmte, das Summen hörte auf. Dreissig, dachte Despine. Drei Nullen hüpften vorüber. Dreissigtausend, dreissigtausend...

Es war nicht ein Erwachen aus dem Schlaf. Das erste war, dass die Haut des Körpers wieder fühlte: warmes Wasser; die Hand strich an der Blechkante, der gewölbten Blechkante einer Badewanne entlang. Dann hörten die Ohren wieder eine seltsam hallende Stimme: »Der ›Bund‹, der ›Bund‹, verlangen Sie die letzte Ausgabe des ›Bund‹!« Endlich sahen die Augen wieder. Sie waren schon lange offen, so starr aber, dass sie schmerzten. Und die feuchte Hand strich über die Augen, die Stirne war auch feucht. Die Hand strich weiter über den kahlen Kopf; da kam der erste Gedanke: »Wo sind meine Haare?« Nun klappten die Lider hoch, und der Kopf drehte sich von links nach rechts; die Augen sahen drei Badewannen nebeneinander. In der einen stand ein bärtiger Mensch; der Mensch schrie: »Der ›Bund‹, der ›Bund‹, neueste Ausgabe, kaufen Sie mich!« und schlenkerte freundschaftlich die Hand im Gelenk. In der zweiten Wanne lag ein Skelett, ganz dünne Haut war noch über die Knochen gespannt. Der Mund hatte keine Lippen. Er stotterte leise: »Zehntausend Pferde, zehntausend Rinder, dreissigtausend Schafe.«

Dreissigtausend, dachte Despine. Zweimal die Prim, dreimal die Quart, zweimal die Oktav, macht dreissig, und drei Nullen. Dreissigtausend. Das Zimmer, das er gemietet. Der Geruch nach dem Kampfer, dem Nussöl und der blühenden giftigen Pflanze. Bilsenkraut, Tollkirsche? Er beschnupperte seinen Arm.

Das einzige Fenster des Badraums hatte Milchglasscheiben, davor war ein einfaches Eisengitter. Die Stäbe warfen Schatten auf den Boden, der aus Holzlatten bestand. »Die Zwischenräume lassen das Wasser ablaufen«, dachte Despine mechanisch. Da sagte eine Stimme aus einer Ecke hinter ihm: »Geht es besser?« Er wandte den Kopf mit einem Ruck, spürte ein Reissen im

Hinterkopf, so schmerzlich, dass ihm die Augen tränten. Als sie wieder klar waren, sahen sie einen Mann in weisser Uniform, mit einer grossen roten Kautschukschürze. Der Schnurrbart des Mannes war von derselben stumpfen Röte wie die Schürze. Der Mann stand auf und war gross und hager. Mit demselben Zögern auf allen Lippen- und Gaumenlauten, mit schwer rollendem Zungen-r fuhr der Mann fort: »Sehr aufgeregt, letzte Nacht, hat der Nachtwächter gemeldet. Sehr aufgeregt die beiden letzten Nächte. Jetzt geht es besser, nicht wahr?« Despine wollte aufstehen. »Nur liegenbleiben«, der Mann trat näher, drückte Despine in die Wanne zurück. Es war eine schwere Hand, mit roten Härchen bis an die Nägel, schimmernden roten Härchen. Bei der Berührung dieser Hand erkannte Despine, dass er nackt war, und er schämte sich. Er sah die Haut seines Körpers, die weiss war, die Haut an den Fingerspitzen faltig wie bei den Waschweibern. Der »Bund« rief seine Abendausgabe aus. »Wieviel Uhr ist es?« fragte Despine.

»Das wird Ihnen der Doktor sagen.« Der Mann mit dem roten Schnurrbart streifte die weissen Ärmel über die Ellbogen zurück und hob Despine aus der Wanne, trug ihn in einen grossen Saal und legte ihn sorgfältig auf ein Bett. Hier hatten die Fenster keine Gitter, aber auf den zwölf, nein? dreizehn Betten lagen rotgegitterte Plumeaus. Der Boden war braunglänzendes Parkett, über das Filzpantoffeln, sechs Paar, lautlos glitschten. Despine konnte die dazugehörenden Körper nicht unterscheiden, denn ein dichtbelaubter Ast vor dem Fenster, seinem Bette gegenüber, gab die weisse Sonnenscheibe frei, und er musste die Augen schliessen. Er fühlte noch, dass man ihm ein Hemd aus grobem Stoff anzog, eine sanfte Decke wurde über ihn ausgebreitet.

Das Zimmer war rötlich, als er die Augen wieder aufschlug. Ein runder, glattgeschorener Kopf war kaum eine Spanne weit von seinem Gesicht entfernt, und braune Augen betrachteten ihn wissenschaftlich und teilnahmslos. Dann stieg der Kopf in die Höhe und stand still. Der Mund sprach gemessen die Worte:

»Wie heissen Sie?«

»Despine. Und Sie?«

»Ich bin der Doktor Metral.«

Despine versuchte im Bett eine Verbeugung, die misslang. Die folgenden Fragen nach Alter und Stand beantwortete er klar. Die Frage nach dem Datum war schwieriger, nach einigem Zögern: »1. oder 2. April 1925.«

»Nein«, sagte Metral streng. Despine wurde schüchtern, die Augen zwinkerten. Auch konnte er den Ort, an dem er sich befand, nicht nennen.

»Spital?« fragte er zögernd.

»Tun Sie nicht so naiv«, verwies ihn Metral. Was er in den letzten Tagen gemacht habe?

»Nichts«, sagte Despine erleichtert, »das heisst, meine Arbeit«, und lächelte, Einladung zum Mitlächeln, die der Doktor ablehnte. Er solle sich aufsetzen, verlangte Metral. Das gelang mit einiger Mühe. Die nackten Beine baumelten über dem Bettrand. Metral schlug mit einem kleinen Kautschukhammer auf die weiche Stelle unter der Kniescheibe. Das erstemal blieb das Bein unbeweglich, das zweitemal (Metral schlug energisch) schnellte es sehr träge ein wenig vor. Metral zog eine Stecknadel aus dem Ärmel seines langen weissen Kittels, fuhr mit der Spitze kreuz und quer über den nackten Oberschenkel des Sitzenden, über den nackten Bauch; es zeigten sich schwache rote Linien, eine Zickzackzeichnung. Die Linien verdickten sich, blieben.

»Patellar gehemmt, Dermographie«, diktierte der Doktor einem Unsichtbaren. Dann pochte er Rücken und Brust ab, presste das kalte Ohr auf die Herzgegend (Despine klapperte ein wenig mit den Zähnen; »das Bad«, entschuldigte er sich). Mitleidlos diktierte Metral weiter: Lungen o.B., Herz o.B.

»Schauen Sie meinen Zeigefinger an«, sagte er streng. Der Zeigefinger kam bis zur Nasenspitze Despines, entfernte sich, kam wieder näher. Metral brummte Unverständliches. Der Zeigefinger fuhr von rechts nach links, hinauf, hinunter, Despines schmerzende Augen folgten verzweifelt. Eine Hand legte sich auf das rechte Auge, liess das Auge wieder frei.

»Pupillarreflex verlangsamt.« Ein Seufzer beendete die Untersuchung.

»Niemals geschlechtskrank gewesen?« fragte Metral strenger, überhörte das indignierte »nein«. »Alle sagen sie nein, und dann ist der Wassermann doch positiv!« Wieder ein Seufzer.

»Machen Sie ein Fragezeichen. Blut und Liquid abzapfen.«

»Natürlich trinken Sie«, er starrte Despine wieder an. »Strecken Sie die Hände aus... Tremor«, bestätigte er sich selbst befriedigt. »Schnaps, Wein, Bier? Nicht wahr? Und wo ist das Geld?« fragte er und stemmte die Fäuste in die Seiten. »Wieviel war es?«

»Dreissigtausend«, sagte Despine.

»Aha«, Metral nickte, »man fängt sie doch alle«, sprach er befriedigt zum Unsichtbaren hinter seinem Rücken. »Das wissen Sie also doch noch, und der Rest war wohl Theater, wie?«

»Aber nein«, Despine wehrte sich, liess sich zurückfallen und zog die Decke bis ans Kinn. »Das war doch nur ein Traum. Zweimal die Prim, dreimal die Quart, zweimal die Oktav, das macht dreissig und drei Nullen, das sind dreissigtausend, und das kann doch nur Geld bedeuten, denn ich bin Kassier, wie ich Ihnen doch sagte.«

»Verstellen Sie sich nicht«, sagte Metral väterlich, »es fehlen in Ihrer Kasse dreissigtausend Franken, die Sie im Beisein von Zeugen am 2. April um 2 Uhr 30 Ihrer Schalterkasse entnommen haben, worauf Sie sich unter dem Vorwand, sich zu Ihrem Direktor zu begeben, entfernt haben. Wo sind diese dreissigtausend Franken?«

Nun stand auch der unsichtbare Diktataufnehmer neben dem Fragenden. Es war eine kleine Gestalt. Als Despine seine Blicke hilfesuchend durchs Zimmer schickte, blieben sie schliesslich auf dieser unscheinbaren Gestalt kleben, wanderten zum Gesicht, das bleich war; in den weissen Ohrläppchen schimmerten goldene Reissnägel, und Despine erkannte, dass er eine Frau sah.

»Sie müssen ihn nicht mehr quälen«, sagte die Frau.

»Fräulein Vigunieff, lassen Sie mich in Frieden.«

»Ich werde ihn morgen fragen«, sagte Fräulein Vigunieff, klemmte Papiere unter ihren Arm und schraubte die Füllfeder zu.

»Gut.« Metral zog die Lippen zwischen die Zähne. Er schnalzte mit den Fingern, worauf der rote Schnurrbart herbeigeschlichen kam. »Geben Sie ihm Chloral diese Nacht. Ich werde es aufschreiben.« Er ging zur Tür. Das kleine Fräulein Vigunieff zog ein rot und braun gestreiftes Taschentuch aus der Tasche ihrer Arztbluse und wischte die grossen Schweisstropfen von Despines Stirne.

2.

Frau Nisiow machte dem Untersuchungsrichter Vibert in einem schwarzseidenen Kleid einen Besuch. Sie nannte es Besuch, obwohl es eine Vorladung war. Herrn Viberts Gesicht bestand aus einem riesigen blonden Bart, mit einem Streifen Haut darüber; Mund, Nase und Augen hatten sich nur mühsam den Platz darein geteilt, doch für die Stirne war nichts übriggeblieben.

»Amélie Nisiow, geborene Petroff, 3. März 1860, Petersburg, verwitwet, Rentnerin, Rue du Marché 23. Stimmt?« Die Worte wurden durch die Barthaare filtriert, so dass sie sauber zu dem Schreiber hinüberrollten, der sie nur nachzuschreiben brauchte.

Frau Nisiow ächzte ein Nicken. Sie wollte Einzelheiten über ihr Leben erzählen, aber ein: »Unnötig, wir wissen alles« unterbrach sie hart. Die Augen des Herrn Vibert gingen im schmalen Hautstreifen auf und verdrängten die Haut nach allen Seiten. Dann flutete die Haut wieder zurück, und die Augen gingen unter, verschwanden wieder, wie Sterne dreizehnter Grösse.

»Erzählen Sie, was am Abend des 2. und am Morgen des 3. April vorgefallen ist.«

»Er ist gekommen heim um 11 Uhr. War noch sehr unruhig in seinem Zimmer. Ich kann nicht gut schlafen, und er hat mich gestört. Am andern Morgen ist er nicht aufgestanden. Ich habe gedacht: komischer Angestellter, er hat sich verschlafen am Vortag schon, er verschläft sich wieder. Habe geklopft an seine Türe.« Frau Nisiow schlug dreimal mit der prallen rechten Faust auf die Fettpolster der linken Handfläche. »Er hat nicht geantwortet. Da habe ich die Türe aufgemacht. Herr Despine ist gelegen nackt auf dem Bett, ganz nackt, ich habe mich geschämt. (›Na, na‹, sagte Herr Vibert, ohne die Augen aufgehen zu lassen.) Ich habe ihn gerüttelt, er ist nicht aufgewacht. Die Augen waren halb zu. Man hat nur gesehen das Weisse. Da habe ich Frau Courvoisier, welche wohnt auf dem gleichen Stock, zum Doktor und zur Polizei geschickt. Und der Doktor und die Polizei...«

»Weiss ich«, sagte Herr Vibert. »Es fehlen dreissigtausend Franken. Wo ist diese Summe hingekommen?« Da Frau Nisiow schwieg, wiederholte er leise und filtriert: »Wo sind diese hingekommen?«

»Also, ich habe seine Sachen nicht durchsucht«, wehrte sich Frau Nisiow. Dass ihr Gesicht rot war, braucht wohl nicht erwähnt zu werden, aber sie schwitzte krachend in ihrem Mieder.

»Wer war, oder besser, was ist die Hexe von Endor?« fragte Herr Vibert, und die Augen gingen wieder auf am bleichen Hautfirmament.

»Was wissen Sie von diesem Buch?« fragte Frau Nisiow sehr leise. Der Untersuchungsrichter zog eine Schublade auf und hielt einen dünnen Pergamentband in die Höhe, auf dem schwarze russische Buchstaben gemalt waren.

Frau Nisiows Mieder krachte stärker. »Es ist mein Buch«, sagte sie, »wo haben Sie es gefunden?«

»Im Bett von Adrian Despine.« Die Augen gingen wieder unter.

»Er hat es gestohlen, wie er hat gestohlen das Geld.«

»Ja, aber er weiss nichts von dem Geld, sagt er. Ich habe ihn noch nicht verhört. Ich wollte zuerst Ihre Ansicht wissen. Sie haben keine Ansicht?«

»Er hat gestohlen das Geld.«

»Aber wo hat er es hingebracht?«

»Vielleicht«, sagte Frau Nisiow, zog einen geöffneten Brief aus dem Mieder (auf dem Kuvert war ein roter Zettel, »Express«, deutlich sichtbar) und reichte ihn über den Tisch. Dem Untersuchungsrichter sass plötzlich ein Hornkneifer rittlings auf dem Vorsprung, der die Nase vorstellen sollte. Die Augen gingen wieder auf. Herr Vibert las:

> »Deine Wirtin gefällt mir nicht, mein Lieber. Nimm Dich vor ihr in acht. Ich werde am 2. April, abends 8 Uhr, auf der Place du Molard auf Dich warten. Wir können bei mir Tee trinken, denn mein Mann ist verreist. Leb wohl inzwischen N.«

»Akten«, sagte Vibert und warf dem Schreiber den Brief mit abgezirkelter Bewegung hin. »Zuerst dem vereidigten Graphologen zeigen. Einiges...« Vibert kämmte seinen Bart, stockte. »Notieren Sie: elegante Frau, Dilettantin in Malerei, leichtes Schielen auf dem linken Auge, kurze Finger, unglückliche Kindheit, Geldheirat, verschwenderisch – erlauben Sie«, er nahm den Brief wieder an sich, »zwei Geburten. Wird nicht schwer zu finden sein.«

»Despine ist also am 2. April, 11 Uhr nachts, nach Hause gekommen?« fragte Herr Vibert.

»Ganz sicher, um 11 Uhr.« Frau Nisiow stotterte ein wenig.

»Warum ist Despine am 2. April erst um 2 Uhr nachmittags ins Geschäft?« – Frau Nisiows Mund wurde breit: »Habe Ihnen schon gesagt, er hat sich verschlafen.« »Verschlafen?« Die ersten zwei Silben tief, die letzte hoch gesprochen, dann war die Rede wieder eintönig. »Warum sollte er sich in der ersten Nacht bei Ihnen verschlafen haben? Ihre Technik ist mangelhaft, Frau Nisiow. Ihr letzter Mieter hiess doch Arthur Abramoff? Und ist noch immer verrückt? Oder? War da nicht auch ein verschwundenes Portefeuille? Ja, ja, die Hexe von Endor.« Als Herr Vibert geendet hatte, war der Hautstreifen zwischen dem blonden Haupthaar und dem rechteckigen Bart ein unbeschriebenes Stück elfenbeingelbes Pergament.

Die Witwe Nisiow zog sich zurück.

3.

Dr. Metral: Blau.

Despine: Rot.

Dr. Metral: Baum.

Despine: Ast.

Dr. Metral: Adler.

Despine (kurzes Zögern): Schlange.

Dr. Metral: Mutter.

Despine (zögert fünf Sekunden): Hexe.

Dr. Metral: Geld.

Despine (ohne Zögern): Dreissigtausend.

Metral: Geliebte.

Despine (zögert acht Sekunden): Frau (zögert nochmals, als ob er noch etwas zu sagen hätte, Dr. Metral wartet, den Finger an der Stoppuhr, endlich sagt Despine nach neun Sekunden) Tanz.

Es ist das Ende des Assoziationsexperimentes.

»Wir machen das Ganze noch einmal«, sagte Dr. Metral. Die Stoppuhr knipst wieder, Dr. Metral spricht das Reizwort. Eintönig und folgsam, wie man es von ihm verlangt, sagt Despine das erste Wort, das ihm in den Sinn kommt. Manchmal muss er warten, bis ihm etwas einfällt; es scheint ihm gefährlich zu warten, während er das Ticken der Stoppuhr hört. Er bemüht sich, das Wort, das ihm einfällt, ohne Betonung auszusprechen; es gelingt ihm manchmal, zuweilen jedoch wird es ein Aufschrei oder eine weinerliche Klage.

»Was sehen Sie da?« fragt Dr. Metral und gibt Despine ein Blatt in die Hand. Darauf hat die Tinte sonderbare ungewollte Formen gezeichnet, eine Klecksographie. Und Metral hat noch sechs derartige Blätter vor sich. Vor dem Blatt, das er in der Hand hält, erschrickt Despine, er stottert »Ein…Hexenritt«, die Augen verdrehen sich, er wird steif, hölzern, fällt dann hintenüber auf den Diwan.

Metral telephoniert auf die Abteilung. Der rote Schnurrbart schleicht nach einigen Minuten ins Zimmer, nimmt die hölzerne Puppe auf seine Arme und schleicht wieder lautlos zur Türe hinaus.

»Wenn er aufwacht, zur Vorsicht ins Bad. Ich komme noch einmal, später, auf die Abteilung.«

Dann geht Dr. Metral zu Fräulein Vigunieff. Sie sitzt in ihrem Zimmer am Fenster und liest in einem abgegriffenen Schmöker: Fantômas, 14. Band, Der Gehenkte von London. In der Ecke spielt das Grammophon ganz leise: Aases Tod. Dr. Metral stellt das Grammophon ab, nimmt den Schmöker aus Fräulein Vigunieffs Händen und gruppiert seine magern Glieder auf einen Lehnstuhl am Tisch. »Was soll ich mit diesem Despine machen?« fragt er. »Ich habe das Assoziationsexperiment gemacht. Komplexempfindlichkeit bei Mutter, Adler. Wie ich den Rorschach mit ihm versuchen will, sieht er einen Hexenritt und fällt um. Vielleicht eine verspätete Reaktion auf Mutter. Mutter hat Hexe ausgelöst; Geliebte: Frau und plötzlich Tanz.«

»Irgendein Trauma«, sagt Fräulein Vigunieff traumhaft und sehnt sich nach Fantômas.

»Trauma, Trauma! Das ist alt, uralt, abgetan, unbrauchbar. Ich brauche ein Gutachten. Und ein Untersuchungsrichter braucht kein Trauma, sondern Verblödung, Tobsucht, Paralyse oder Alkoholdelir. Auch mit Hypnose kann man ihn schliesslich hinter dem Ofen hervorlocken. Aber Trauma. Überhaupt dieser Despine. Rekapitulieren wir: Ein zweiunddreissigjähriger Mann, solid, kleine Liebschaft mit einer verheirateten Frau, die zwei Kinder hat, sehen Sie den niedlichen Mutterkomplex? Ist seit zehn Jahren in der gleichen Bank beschäftigt und bleibt plötzlich an einem Morgen ohne Entschuldigung aus. Er kommt erst am Nachmittag, versieht seinen Dienst sehr zerstreut und scheint auf etwas zu warten. Sowie das Telephon auf dem Pult des ersten Kassiers läutet, stürzt er drauf zu und reisst den Hörer ans Ohr. Die Umstehenden hören ihn sagen: ›Jawohl, Herr Direktor, dreissigtausend in Hunderternoten, sofort.‹ Er geht zu dem ihm zugeteilten Geldschrank und nimmt sechs Päckchen, zu je fünfzig Hundertfrankenscheinen, steckt sie in seine Aktenmappe und stolpert zur Tür. Der Direktor weiss nichts, beschliesst, bis zum nächsten Morgen zu warten, glaubt, Despine sei einer Mystifikation zum Opfer gefallen. Am nächsten Morgen ist Despine bei uns. Nackt, mit Schmutz bedeckt auf seinem Bett gefunden. Haben Sie seine Wirtin, diese Frau Nisiow, schon gesehen?«

Fräulein Vigunieff schüttelt den Kopf.

»Erinnern Sie sich an Abramoff auf D III, der alle drei Wochen ins Dauerbad muss?« fährt Dr. Metral fort. »Der hat auch bei dieser Nisiow gewohnt. Hier hat er ja in der ersten Zeit auch von einer Hexe halluziniert. Jetzt lallt er nur noch. Kein Wunder bei der Paralyse. Aber ein auslösendes Moment muss doch auch hier vorhanden gewesen sein.«

»Was ist das für eine Frau, diese Nisiow?« fragt Fräulein Vigunieff und blättert wieder zerstreut in Fantômas.

»Gross, rot und fett, sehr fett«, sagt Dr. Metral und knetet in der Luft unsichtbaren Teig. »Grüne schläfrige Augen, ein vierfaches Kinn, eine Brust, auf der man bequem Tee für vier Personen servieren kann. Eine Landsmännin von Ihnen, glaub' ich. Und sonst? Zweifellos eine Hysterika. Hat eine Zeitlang bei dem Medium Helene verkehrt, das Kreuzigungen mit den Zehen malt. Unter Despines Körper hat man ein russisches Buch gefunden, der Titel soll übersetzt heissen: Die Hexe von Endor...«

»Die Hexe von Endor –« Fräulein Vigunieff ist plötzlich interessiert. »Das kenne ich. Der vereidigte Übersetzer hat wohl nichts verstanden. Haben Sie die Übersetzung gelesen? Ja? Erinnern Sie sich: Wer das Blut des weissen Ritters vermählt mit dem Schweiss des Tieres, das geduldig drischt, und gibt dazu den Duft des Baumes, höher schlägt das Herz alsdann, wenn dein Leib umgeben ist von Pflanze, Tier und brennender Luft. Der Herr des Fliegens und der summenden Welt ist um dich, bei dir und in dir. König bist du dem andern im Blau des aufgehenden Mondes.«

»Ja, ich erinnere mich«, sagte Metral sachlich, und wundert sich über die Begeisterung des Fräulein Vigunieff.

»Wissen Sie, welche Wirkung Skopolamin in grossen Dosen hat?« fragt Fräulein Vigunieff ironisch.

»Hoffentlich.« Dr. Metral ist gereizt.

»Und Kampferöl kennen Sie auch? Auch Rindsschmalz?«

»Machen Sie sich nicht lustig über mich.«

»Nun, der weisse Ritter klingt doch schöner als Hyoscyamus niger. Wissen Sie was? Überlassen Sie mir den Herrn Despine. Es wird vielleicht drei Monate dauern. Aber dann kann ich Ihnen wohl einen interessanten Beitrag zur Wirkung der Rauschgifte auf den Mutterkomplex liefern.«

Fräulein Vigunieff zieht das Grammophon auf, lässt »Mary Lou, I love you« von Negern singen und vertieft sich in das sonderbare Abenteuer Fantômas, der einen Kautschukschlauch verschluckt, bevor er gehängt wird, was dem Detektiv Juve erlaubt, ihn von den Toten zu erwecken, um ihm furchtbare Geheimnisse zu entreissen.

4

»Haben Sie diesen Brief geschrieben, Madame?« fragte der Untersuchungsrichter Vibert die elegante Dame, die vor ihm sass. Sie schielte auf dem linken Auge, hatte kurze Nägel an den breiten Fingern, und es entströmte ihr ein leichter Terpentingeruch, den Herr Vibert als Beweis seiner graphologischen Fähigkeiten befriedigt feststellte.

»Wir werden Sie nicht belästigen, Madame«, Herr Vibert filtrierte sorgfältig seine Worte. »Wir wollen nur eine Bestätigung. Haben Sie Despine um 8 Uhr getroffen?«

»Herr Despine ist ein Freund meines Mannes und auch ein Schulfreund von mir«, sagte die Dame ärgerlich, »ich habe eine Stunde auf ihn gewartet, aber er ist nicht gekommen.«

»Das wäre alles, Madame. Tiefe Trauer ergreift mich, dass ich Sie habe belästigen müssen. Ich bin deshalb Ihr untertänigster Diener«, sagte Herr Vibert und geleitete die Dame zur Türe hinaus. »Wenn ich nur wüsste, ob sie eine unglückliche Kindheit gehabt hat«, fragte sich Herr Vibert und läutete, um die Witwe Nisiow hereinführen zu lassen.

Die Witwe Nisiow (es war ihre fünfte Vernehmung) hatte schon beim zweiten Male das schwarze Seidenkleid verschmäht und trug sich mausgrau, in einem schlampigen Wollkleid. Und auch das Mieder hatte sie daheim gelassen. Daher sickerte sie über den Stuhl, wenn sie sass. Es war ein erstarrtes Sickern.

»Wir haben jetzt erfahren«, sagte Herr Vibert mit untergegangenen Augen, »dass Adrian Despine am 2. April, um 8 Uhr abends, die bewusste Dame nicht getroffen hat. Ausserdem hat sich bei mir ein Chauffeur gemeldet, der am 2. April um 3 Uhr nachmittags vor dem Hause Nr. 21 gehalten und einen Betrunkenen ins Nebenhaus hat torkeln sehen. Der Betrunkene ist ihm aufgefallen, weil er gegen die Hausmauer getaumelt ist und dabei eine Aktentasche hat fallen lassen. Der Chauffeur hat den Mann angerufen und ihm die Tasche wiedergegeben. Dabei hat er bemerkt, dass der Taumelnde gar nicht nach Schnaps oder Wein roch. Er hatte starre, glänzende Augen, mit kleinen Pupillen. Dicke Schweisstropfen rollten die Wangen herab, aber der Mann schien das gar nicht zu fühlen. Die Beschreibung, die der Chauffeur von diesem Manne gab, passt genau auf Adrian Despine.« Herr Vibert hielt inne. Frau Nisiow hatte die Lider über die Augen gesenkt und murmelte Unverständliches.

Das Fenster im Rücken des Herrn Vibert stand weit offen. Plötzlich schlug sich Herr Vibert klatschend auf die Wange; auf dem Schreibtisch krabbelte hilflos eine halberschlagene Bremse, Frau Nisiow murmelte ungestört weiter.

»Eine Bremse im April, sonderbar«, wunderte sich Herr Vibert; im Fenster hinter ihm entstand ein Summen, das anschwoll. Schwarze Striche zogen sich durchs Fenster. Herr Vibert fuchtelte um sich, auch der Schreiber wedelte mit den Aktenblättern. Das Zimmer füllte sich mit Fliegen, Mücken, Wespen, Bienen, fliegenden Ameisen, Libellen. Sie krochen auf dem Schreibtisch herum, fielen klatschend auf den Boden. Das dumpfe Gebrumm grosser Hummeln war deutlich zu unterscheiden vom hellen Weinen der Mücken und dem leisen Orgelton der Bremsen und Bienen. Unwillkürlich musste Herr Vibert an den Satz denken, den laut Protokoll des Dr. Metral Adrian Despine so oft wiederholt hatte: »Erst zweimal die Prim, dann dreimal die Quart und zweimal die Oktav.«

Um Frau Nisiow war ein leerer Raum. Herr Vibert wehrte sich verzweifelt gegen das Ungeziefer, das sich in seinem Bart verfangen hatte. Der Hautstreifen darüber schwoll rot an, und von der Stirne liefen Blutstropfen und färbten die blonden Haare an manchen Stellen. Das Händefuchteln war nutzlos. Die Handrücken waren schwarz, dicht bedeckt mit surrenden Leibern. Der Schreiber hatte die Arme verschränkt auf den Tisch gelegt und den Kopf darauf, auch seine weissen Haare waren unsichtbar unter einer surrenden schwarzen Perücke.

Frau Nisiow stand auf, ging zur Tür. Ein eintöniges Summen kam von ihren Lippen. Das Summen im Zimmer wurde stärker. Sie wechselte die Melodie, pfiff mit gespitzten Lippen Quint und Septim, den ganzen Dominantseptakkord, hinauf und hinunter. Das Ungeziefer sammelte sich zu einer Wolke, als habe es ein Signal gehört, und folgte Frau Nisiow zur Türe hinaus, durch die Gänge des Justizpalastes, in denen die erschrockenen Schutzleute Spalier bildeten, um die schlampige alte Frau mit ihrer sonderbaren Leibgarde passieren zu lassen. Die Wolke folgte ihr auch, als sie durch den besonnten Hof schritt, auf die Gasse hinaus und die steile Rue Verdaine hinab. Das Pfeifen hatte sie eingestellt, dennoch folgte ihr der Schwarm, folgte ihr auch in das Haus, die Holztreppe hinauf und in ihre Wohnung.

»Verstehen Sie das?« Herr Vibert wandte seinem Schreiber einen verschwollenen Hautstreifen zu. Vergebens versuchten die Augen aufzugehen. »Insektenschwärme im April? Gibt es das? Nein, bitte, kein Zitat«, wehrte er ab, als sein Schreiber den Mund öffnen wollte.

Ein kleines, kupferhaariges Männlein, glatt rasiert, trat ins Zimmer und kam, schwingend den gewölbten Hinterteil, auf den Untersuchungsrichter zu. Er legte ein mit braunem Packpapier umhülltes Paket auf den Schreibtisch und flüsterte Herrn Vibert etwas ins Ohr, während die Umhüllung von den Gegenständen fiel. Herr Vibert nickte und diktierte dann laut:

»Die Haussuchung bei der Witwe Nisiow, Rue du Marché 23, am 10. April, 15 Uhr, von dem Kommissar Vachelin und den Polizisten Sandoz und Corbaz vorgenommen, hat ergeben:

Das Beklopfen der Wand hinter dem ungemachten Bett vorerwähnter Witwe einen Hohlraum, verbergend ein Wandkästchen, das unter der Leitung von Kommissar Vachelin mit einem, zu diesem Behufe mitgeführten Stemmeisen gesprengt wurde. Der Inhalt bestand aus: 1 Glasflasche, enthaltend zirka 200 Gramm Schwefeläther; 1 Steinguttopf mit einer nach Kampfer riechenden Salbe; 1 roter Zierkürbis, enthaltend fein zerriebene Blätter einer unbekannten Pflanze; 1 Pravazspritze, Marke Record; 1 Schachtel mit 3 Ampullen mit einer 2prozentigen Morphiumlösung; 1 schmutziger Lederbeutel, enthaltend eine Münze mit griechischer Aufschrift auf der einen Seite, auf der andern die Abbildung einer nackten männlichen Gestalt, mit vier ausgebreiteten Fliegenlöffeln, die in der rechten Hand eine sogenannte Pansflöte hält, in der linken ein Insektenei.

Haben Sie das, Grandjean? Sie verstehen wohl auch nichts? Nein, nein, bitte keine Zitate.«

Dann ging Herr Vibert an den blechernen Wasserbehälter, drehte den kleinen Hahn auf und liess das Wasser in ärmlichem Strahl in das emaillierte Waschbecken stottern. Er kühlte sein Gesicht mit dem Handtuch, das, laut ungeschriebener Vorschrift nur für die Hände bestimmt war.

»Was wollen Sie hier, Sandoz?« flüsterte da der Kommissar Vachelin, als sich ein breiter, hoher Waadtländer auf schweren Nagelschuhen zur Tür hereinschob und eckig salutierte. Er wischte den braunen Schnurrbart beiseite und sagte:

»Sie hat sich aufgehängt, und die dreckigen Viecher fressen sie auf.«

»Wir wollen hingehen«, sagte Herr Vibert ganz ruhig, »diesen Anblick darf ich mir nicht entgehen lassen.«

In der Wohnung fanden sie an der Innenseite des krachenden Mieders (es hing über dem Bettende) wohlverteilt dreihundert Hundertfrankenscheine. In der Küche fand der Polizist Corbaz in einer mit Mehl gefüllten Schublade ein rotes Portefeuille, das drei Tausendfrankenscheine enthielt, Visitenkarten aus Büttenpapier, mit dem Namen: Mr. Douglas Tennyson, Connecticut, und einen Pass, lautend auf Arthur Abramoff, maître d'hôtel.

5.

In seinem Gutachten über den Fall Despine spendet Dr. Louis Metral dem Fräulein Vigunieff ein verdientes Lob über die Resultate der von ihr gehandhabten Behandlungsweise und gibt den Bericht dieser talentvollen Anfängerin wieder:

»Ich versuchte bei Despine die sogenannte analytische Behandlung und liess ihn frei assoziieren, das heisst jeden Einfall wiedergeben. Bei vollkommener Ehrlichkeit seinerseits könne ich ihm vollkommene Genesung versprechen. Nach der Aufdeckung des ganzen Sachverhalts liess ich mir von ihm die Erlaubnis geben, den Sachverhalt dem Herrn Untersuchungsrichter mitteilen zu dürfen. Despine war von seiner Mutter abhängig. Sie erzog ihn nach dem Tode seines Vaters und blieb bei ihm bis zu ihrem Tod, der 1915 erfolgte. Despine fühlte sich die folgenden Jahre sehr einsam, es war, wie er sagte, eine grosse Leere in ihm. Er nahm das Zimmer bei der Witwe Nisiow in einem unbewussten Zwang, weil diese seiner Mutter glich. Die kluge Frau merkte sofort den Einfluss, den sie auf diesen Mann gewinnen konnte. Am Abend des 31. März zog Despine bei ihr ein. Sie fand erst spät Gelegenheit, sich ihrem neuen Mieter zu nähern. Nach 11 Uhr empfing sie den Besuch ihres Sohnes aus Paris, der ihr seine Geldnöte klagte. Sie entschloss sich, ihren Mieter zu wecken und ihn um ein Darlehen zu bitten. Um ihn nicht zu erschrecken, summte sie eine Melodie vor sich hin und klopfte an seinem Zimmer, bat ihn dann auf einen Augenblick in ihr Wohnzimmer. Despine kam. Um das Darlehen angegangen, weigerte er sich: Er habe kein Geld. Die Witwe liess das Thema fallen. Despine sprach von seiner Mutter, wie sehr er sie vermisse und wie sehr er sich nach ihr sehne.

Ich möchte hier einen Traum wiedergeben, den mir der Patient erzählte und der es mir erst ermöglichte, das ganze Erlebnis aus der Verdrängung ans Licht zu ziehen. Er träumte, er stehe auf einer Bergwiese im Mondschein. Um einen aufgestellten Stein tanzten nackte Frauen im Kreise. Eine von ihnen dreht sich plötzlich um und winkt ihm, der abseits steht. Er fürchtet sich, die Gebärde befiehlt ihm, Verbotenes zu tun, er weiss nicht was, aber es ist verboten. Er weigert sich, hat Angst, das Gebotene auszuführen, Angst, es zu unterlassen. Diese Angst lässt ihn erwachen.

Nach diesem Traum bedurfte es zweier Tage schwerer Arbeit, um den Zusammenhang mit dem eben Erlebten zu finden. Dann erzählte Despine, schon das Summen vor seiner Zimmertür habe ihm wie ein Befehl geklungen. Von der Mutter habe er die Noten gelernt. Damals seien ihm die Intervalle wie Zahlen vorgekommen, er habe mit ihnen gerechnet, sie addiert, wenn sie aufsteigend, subtrahiert, wenn sie absteigend gewesen seien. Diese Erinnerung an Dreissigtausend sei ihm hartnäckig geblieben. Ich erklärte ihm, das sei eine Deckerinnerung, die das Unterbewusste brauche, um sich unangenehme Erlebnisse fernzuhalten. Über einen kleinen Diebstahl, den er als Knabe begangen hatte, kamen wir endlich zum Kern der uns beschäftigenden Angelegenheit.

Frau Nisiow (Despine assoziiert auf ihren Namen stets den der Giftmischerin Voisin, und sonderbarerweise ist Nisiow die Umkehrung dieses Namens, mit ein wenig geänderter Orthographie) schlägt ihm vor, seine Mutter sehen zu lassen; sie verfüge über geheime Kräfte und könne ihn an den Ort führen, wo die Seele seiner Mutter, an den Körper gebunden, jede Nacht tanze. Despine glaubte dies. Frau Nisiow redet von dunklen Gewalten, über die sie Herrin sei, murmelt Worte dazu, das Zimmer ist erfüllt mit Fliegengesumm. Es sei hier nur bemerkt, dass das Mittelalter den Teufel als Fliegengott kannte. Die Beschwörung sollte am nächsten Tag vor sich gehen. Despine ist ein wenig betäubt. Es ist spät. Am nächsten Morgen verschläft er sich. Am Abend des ersten April, um zehn Uhr schon, beginnt die Beschwörung. Der Sohn ist abgereist. Despine wird mit einer Salbe eingerieben, die wohl Belladonna oder sonst ein Alkaloid enthalten haben mag, wird langsam berauscht, hat die typischen Flugträume, in denen er mit der dicken Nisiow durch die Luft fährt, die Bergwiese sieht und den Befehl seiner Mutter empfängt. Er hat dies Erlebnis während meiner Behandlung in dem vorher erwähnten Traum reproduziert. Vor dem Erwachen bekommt er von der besorgten Witwe noch eine starke Morphium-Kampfer-Einspritzung. Die Witwe erklärt ihm, er müsse dreissigtausend Franken stehlen und ihr bringen, damit sie durch ihre Künste seine Mutter aus dem höllischen Tanz befreien könne. Despine ist noch nicht ganz mürbe, er wehrt sich. Die Witwe bringt ihn zu Bett, legt ihm ein mit Äther getränktes Tuch auf die Nase. Am nächsten Morgen schläft Despine bis um zwölf Uhr. Er erwacht mit schwerem Kopf, bekommt irgendeinen betäubenden Blätteraufguss und wird nach der Bank geschickt. »Ich werde dich rufen, damit du deine Pflicht nicht vergissest«, ruft ihm die Nisiow nach. Er wartet auf den Ruf. Soll man Telepathie annehmen, dass er den Ruf durch das Telephon erwartet? Ich glaube nicht. Auch dass er einem nicht vorhandenen Direktor antwortet, ist wohl leicht durch Suggestion zu erklären. Er bringt der Witwe das Geld. Sie hat Angst, verraten zu werden, überzeugt den Halbbetäubten, nochmals auf die Bergwiese zu fliegen. Sie benutzt den Rausch zu hypnotischer Beeinflussung und befiehlt ihm, alles zu vergessen. Als der Betäubte gegen Morgen in eine Art Starrkrampf verfällt, wird die Witwe ängstlich, lässt einen Arzt und die Polizei rufen und atmet auf, als sie erfährt, dass Despine im Irrenhaus interniert worden ist.

Es ist mir unmöglich, auf alle noch vorhandenen Unklarheiten einzugehen. Ich möchte nur bemerken, dass ich das Buch ›Die Hexe von Endor‹ aus Russland kenne, wo es von Kurpfuschern und abergläubischen Leuten benützt wird, um durch Rezepte, die es enthält, mit dem Teufel in Verkehr treten zu können. Es ist mir natürlich unmöglich, die Macht dieser Frau auf Fliegen und andere Insekten erklären zu können. Aber ich kann über den Gesundheitszustand des Adrian Despine nur Gutes berichten und seine baldige Entlassung aus der Anstalt befürworten.

    Sign.: Vera Vigunieff.
    Eingesehen: Adrian Despine.«

Der erste August in der Legion

In jenem Jahr fiel der 1. August ausgerechnet auf einen Donnerstag. Und am Donnerstag war immer grosser Ausmarsch, mit vollbepacktem Sack, wir mussten den Kaput anziehen, der gab heiss … Es war eine ungemütliche Angelegenheit, besonders da der Marsch gewöhnlich fünf Stunden dauerte, von Bel-Abbès zu irgendeinem kleinen Kaff … Fünf Stunden im Sommer! Wenn man sich da drücken konnte, so tat man es. Natürlich.

Oder etwa nicht?

Wir waren sechzig Schweizer im Regiment, und wir beschlossen, den Colonel Boulet Ducarreau zu bitten, uns den Tag frei zu geben.

Boulet Ducarreau war dick, sehr dick. Wenn er am Morgen durchs Kasernentor rollte, präsentierte die ganze Wache das Gewehr. Er rollte wirklich, er sah aus wie ein Fussball, aus dem vier winzige Glieder gewachsen sind, und mit dem rechten winzigen Arme führte er die Reitpeitsche zum Képirand und grüsste. Dann brauchte die Wache nicht mehr Marmormänner zu markieren …

Er war beliebt, der Colonel, denn er hatte das Sandsackschleppen im Prison abgeschafft. Darum hofften wir auch, mit unserem 1. August Glück zu haben.

Wir schickten Avezzano zum Colonel. Der hatte das beste Mundwerk. (Vielleicht hiess der Avezzano ganz anders, wer kann das wissen? Er behauptete, sein Vater sei Oberst in der Schweizer Armee und habe ein Hutgeschäft in Lausanne, er selber sei Leutnant gewesen, aber ein Liebeskummer … Merkwürdig, wieviel Liebeskummer es in der Legion gibt, besonders bei den Deutschen und Schweizern. Die Russen sind da viel ehrlicher, die sagen ganz ruhig, sie hätten einen totgeschlagen, auch wenn's nicht wahr ist.) Er machte also seine Sache glänzend, der Avezzano. Wenigstens erzählte er, wie fabelhaft er sich benommen habe:

»Ich habe ihm gesagt: ›Mon Colonel‹, hab' ich gesagt, ›wir haben am 1. August unsern Nationalfeiertag, wir Schweizer.‹ – ›Ah‹, hat der Colonel gesagt, ›habt ihr in der Schweiz auch eine Bastille erstürmt wie wir am 14. Juli?‹ – ›Nein‹, hab' ich geantwortet, ›bei uns ist kein Blut geflossen, wir haben nur ein Schriftstück unterzeichnet und einen Eid geschworen, im Jahr 1291, dass wir uns helfen wollen in allen Nöten und Gefahren, dass wir frei sein wollen und frei sterben. Es ging gegen die Österreicher.‹ – ›Ja, die Österreicher‹, sagte der Colonel. ›Das Haus Habsburg! Oder war es damals ein anderes Haus? Die haben die Politik immer durcheinandergebracht. 1291 haben Sie gesagt, Avezzano? Mein Gott, wie die Zeit vergeht! Und Sie wollen also frei haben? Am 1. August? Ich bin ganz einverstanden. Obwohl Sie in Betracht ziehen müssen, dass ich dann sechzig Permissionen unterschreiben muss. Bei dieser Hitze! Ich will's tun. Den Schweizern zuliebe. Man soll seine Heimat nicht vergessen. Auch die Nacht? Gut. – Sie werden Ausgaben haben, Avezzano, hier sind fünf Franken, ich stifte sie für die Schweizer.‹ – ›Danke, mon Colonel‹, hab' ich gesagt, die Absätze zusammengehauen, und dann bin ich ab. Hab' ich das nicht glänzend gemacht?«

Avezzano wurde von uns allen belobt, obwohl wir ihn schwer in Verdacht hatten, dass er fünfzehn Franken in die eigene Tasche habe gleiten lassen. Ein Colonel gibt doch mindestens zwanzig Franken. Aber wir konnten es ihm nicht nachweisen, und schliesslich hatte er seine Sache gut gemacht. Jeder muss schliesslich gelebt haben auf dieser Welt.

Wir sammelten unter den sechzig Schweizern, denn wir wollten endlich feiern. Vier Sergeanten, fünfzehn Korporale, der Rest Mannschaft. Die Mannschaft war wichtig. Viele waren darunter, die gerade ihre »Prime touchiert« hatten, die mussten abladen. Um es kurz zu machen, wir brachten zweihundert Franken zusammen. Der Sergeant Senn, ein Thurgauer, wurde zum Kassier gewählt. Wir hatten Vertrauen zu ihm, weil er ein ehemaliger Theologe und nicht aus Liebeskummer in die Legion gekommen war.

Wir kannten einen Beizer in der Stadt, der einen grossen Saal hatte. Den Saal brauchten wir gar nicht zu mieten, wir bekamen ihn umsonst – zwei Franken verlangte der Mann fürs Essen: Braten, Gemüse – auf Suppe und Dessert verzichteten wir gerne – dafür kam auf jeden ein Apéritif und ein Liter Wein für zwei.

Es wurde ein richtiger Feiertag. Als die andern um halb vier Uhr aufstehen mussten, blieben wir liegen. Sie schwankten mit dem vollbepackten Sack zur Tür hinaus, und wir sahen ihnen nach. Nicht, dass es gerade sehr gemütlich gewesen wäre in den Betten, die Wanzen plagten uns, sie liessen sich von der Decke auf uns herunterfallen. Es klang manchmal wie zu Beginn eines Gewitters, wenn die ersten grossen Tropfen fallen... Aber Langes-im-Bett-Liegen gehört zu einem Feiertag.

Gegen neun Uhr standen wir auf, machten Toilette. Den Khakirock stopften wir in die Hosen, legten die graue Flanellbinde um, ganz eng, wir hatten richtige Taillen... Dann marschierten wir zum Tor hinaus. Der Sergeant von der Wache wusste Bescheid, er kontrollierte nicht einmal unsere Permissions.

Um zehn Uhr spendierte der Kassier, Sergeant Senn, den Apéritif. Wir tranken weissen Wein. Er war stark. Darum hiess er auch »Kébir: Der Grosse«. Wir sprachen nicht viel, es war zu heiss. Hin und wieder erzählte einer eine Geschichte aus der Rekrutenschule in Thun oder Frauenfeld. Avezzano sprach von den vielen Cocktails, die er in Genf getrunken hatte. Aber das interessierte uns nicht. Es waren eben viele da, die gar nicht wussten, was ein Cocktail war...

Dann gingen wir in die Kaserne zurück, assen dort zu Mittag, legten uns hin und schliefen bis um vier Uhr. Das gehörte auch zum Feiertag. Um vier Uhr weckten uns die Heimkehrenden, sie waren mit Staub gepudert, sie schwitzten und ächzten, und einige hatten Blasen an den Füssen. Wir wurden beneidet, und das hob unsere Stimmung. Gemütlich wuschen wir uns, gingen wieder in die Stadt, zur Stadt hinaus, promenierten unter den Bäumen und liessen uns von den Zivilisten bewundern. Avezzano hatte ein paar Bekanntschaften. Denen erzählte er, wir hätten heute unsern grossen Feiertag. Besonders die Spanier verstanden das sehr gut. Es war ein Weinbauer dabei, dem kilometerlange Weinfelder gehörten, der lud uns zu sich ein und spendierte allerlei. Wir kamen in Stimmung.

Um sieben Uhr landeten wir bei unserem Beizer. Der Braten war gut – als Apéritif hatte es Anisette gegeben, aber eine Anisette, die schon mehr Absinth war –, zu dem Braten gab es Tomaten und einen Salat aus Pfefferfrüchten, der uns durstig machte. Zu einer rechten Feier gehört ein Trunk.

An der Wand hing eine Fahne. Auf einem roten Tuch waren zwei weisse Streifen in Form eines Kreuzes ungeschickt aufgenäht. Sie war schön, die Fahne. Wir fanden sie viel schöner als die langweilige Trikolore... »Ein Kreuz«, sagte einer, »das ist doch wenigstens etwas. Aber so drei Streifen nebeneinander?...« Es war doch gut, dass uns kein Franzose hören konnte.

Merkwürdig, die Fahne wirkte auf uns. Wir benahmen uns sehr gesittet, trotz der Hitze, trotz dem Staub, trotz, vor allem, dem vielen Wein. Denn Wein gab es genug. Es blieb natürlich nicht bei einem Liter für zwei. Jeder wollte etwas spendieren. Voran die Sergeanten, die keinen grossen Sold hatten (und drei Viertel mussten sie an die Unteroffiziersmesse abführen); da waren wir Korporale mit unsern fünfundvierzig Rappen im Tag besser dran...

Der Avezzano hielt eine Rede, weiss Gott, der Mann hatte ein Maul wie... Aber lassen wir die Vergleiche. Wir hatten ihn zum »Major de table« gewählt. Er hatte sein Bajonett hinausgeschmuggelt, nun lag es neben seinem Teller. Hin und wieder packte er es am Griff und schlug mit der Klinge klatschend auf den Tisch. Er befahl Lieder. Wir sangen – deutsch, französisch, es klappte sehr gut. Die einen sangen: »Trittst im Morgenrot daher...«, die andern: »Sur nos monts, quand le soleil...« Senn dirigierte mit den Händen – es ging ausgezeichnet, und wir waren stolz. Nachher wurde es still. Avezzano sagte: »Sergeant Senn hat das Wort.«

Senn stand auf. Er hatte ein mageres Asketengesicht, und die Sonne hatte der Blässe seiner Haut nichts anhaben können. Er sprach, als ob er auf einer Kanzel stünde, aber was er sagte, war nicht langweilig wie manche Sonntagspredigten. Es wurde ganz still. Er sagte etwas von der Heimat, er sprach von den Seen, er sprach von den Bergen. Wir sahen die grossen Feuer auf den Hügeln, wir sahen die hohen Münstertürme – ja, wir glaubten auch, wie durch einen umgekehrten Feldstecher, die weissen Alpen zu sehen, ganz klein, ganz nah... So schön sprach der Sergeant Senn...

Dann kam die schönste Überraschung des Abends. Ein Photograph stellte seinen Dreifuss auf, wir gruppierten uns vor der Fahne, auf der die zwei weissen Kreuzesstreifen unregelmässig aufgenäht waren. Ein Magnesiumblitz...

Es hat dann jeder von uns mindestens zwei Abzüge bestellt. Viele haben sie heimgeschickt. Man sieht darauf Avezzano, der in der Hand eine weisse Kartontafel hält, auf der in dicken Buchstaben geschrieben steht:

»Erinnerung an den 1. August in der Fremdenlegion.«

Hernach wollte noch einer, der vielleicht doch den Wein nicht recht vertragen hatte, das sogenannte Legionärslied anstimmen: »Gefangen in maurischer Wüste, sitzt ein Krieger mit wehmüt'gem Blick...« Aber der Theologe erklärte ihm, ein Schwab' habe das Lied gedichtet, und da wollten wir nicht singen. Überhaupt waren wir gar nicht sentimental aufgelegt.

Nur der kleine Gerber, der noch jung war und sehr blond, fragte mich, ob ich Kandersteg kenne. Dort hätte ich einen Teil der Rekrutenschule gemacht, sagte ich ihm, bei der Gebirgsartillerie. Da seufzte der Gerber und meinte in seinem komisch singenden Oberländerisch, dort sei es doch nicht so heiss wie hier in der Wüste (Wiieschti, sagte er). Er war erst vor einem Monat gekommen und glaubte noch immer, Bel-Abbès liege am Rande der Sahara. – Übrigens, Heimweh hatten wir alle ein wenig, aber warum es zeigen? Bis jetzt hatten wir noch nicht zu klagen. Unser Bataillon war noch nicht »im afrikanischen Felsental« marschiert... Und schliesslich mussten wir eben die Suppe auslöffeln, die wir uns eingebrockt hatten...

Um ein Uhr machten wir Schluss. Es war ein grosser Mond am Himmel, sein Licht lag auf dem Boden, fest und dick, wie geronnene Milch. Wir gingen noch ein wenig spazieren. Ein paar wollten abschwenken, den Rest der Nacht noch irgendwo angenehm verbringen... Aber Senn war dagegen. Und als Theologe hatte er grosse Autorität. Gerber, blond und jung, ging neben mir. Er summte zwischen den Zähnen: »Niene geits so schön...«

Um vier Uhr kamen wir in die Kaserne zurück. Ein anderer Wachthabender war da. Dem mussten wir alle sechzig unsere Permissionen zeigen. Der Mann hasste uns Schweizer.

Dann versuchten wir eine Stunde zu schlafen. Aber ich glaube, alle sind wach gelegen. Nicht nur wegen dem Wein. Aber die Lieder, die summten immer noch in unsern Köpfen. Wissen Sie, die Lieder, die sind manchmal viel ärger als das Alphorn, von dem das Lied zu singen weiss, das Lied von der Strassburger Schanz, wo das Trauern anfing...

Seppl

Als der alte Kainz, ein Wiener, mit zahnlosem Mund, der nicht mehr gut marschieren konnte, wegen Herzschwäche in die Küche versetzt wurde, hielt er mir eine kleine Rede. Er sagte, ich solle den Seppl gut behandeln, es sei kein Tier wie ein anderes, bockig sei er ja schon manchmal, wie alle Maulesel, aber das Bockigsein habe immer seinen Grund. Er tue es nie aus Bosheit, sagte der alte Kainz und zündete eine Pfeife an (er war der einzige in unserer berittenen Kompagnie vom dritten Fremdenregiment, der die Pfeife rauchte), sondern es sei immer ein Grund vorhanden, wenn der Seppl dumm tue, entweder drücke ihn der Sattelgurt, oder ein Büschel Haare habe sich unter der Satteldecke aufgestellt und steche ihn, ich müsse eben dann nachschauen, mir Zeit lassen – »Zat« sagte der alte Kainz und klopfte dem Seppl die grauen Flanken und den glatten Hinterschenkel... der Seppl schnaufte.

Ich versprach, mich um den Seppl zu kümmern, und gab ihm ein Stück Brot; das war ein grosses Opfer, denn in unserem Posten (Gourrama hiess er und war ganz im Süden von Marokko – hinter den kahlen roten Bergen im Süden konnte man manchmal einen hellen Schein sehen in der Nacht, der kam von der Wüste), denn eben, in unserem Posten war das Brot rar, zeitweise... Seppl nahm das Brot gnädig und zart mit seinen Zähnen, die gelb und vorstehend waren, wie bei einer alten Engländerin. Er schnaufte, schnupperte an meinem Ärmel, blies mir seinen warmen Atem in den Hals, dass es mich kitzelte, nieste dann geräuschvoll und klapperte mit seiner Kette.

Jetzt kenne er mich, sagte der alte Kainz, und das In-den-Hals-Blasen sei ein Zeichen von Sympathie. »Er mog di gern...« sagte der alte Kainz, und seine Stimme war nicht ganz fest. Darum schraubte er seine Pfeife auseinander und blies lange und anhaltend ins Mundstück. Es war verstopft, Tränen traten dem alten Kainz in die Augen, und das war wohl der Zweck des Manövers. Jetzt konnte er seine Tränen ohne Verlegenheit sehen lassen, sie kamen ja vom Pfeifenausblasen.

Am Morgen bekamen die Maulesel zwei Kilo Gerste, am Mittag eins, am Abend wieder zwei. Wenn wir im Posten waren, ritten wir sie um elf Uhr ohne Sattel zur Tränke. Die Tränke, das war ein kleiner Fluss, Oued nennt man sie dort unten, eingesäumt von Oleanderbäumen, die im Juni unwahrscheinlich rot blühten. Von ihnen kam das Fieber, sagte unser Capitaine – unser Hauptmann, wenn Sie lieber wollen.

Er benahm sich sehr anständig, der Seppl, als ich ihn das erstemal ohne Sattel ritt. Er war kleiner als die anderen Tiere der Kompagnie, seine Mutter war eine Eselin gewesen, während die Mütter der anderen Tiere sicher Stuten gewesen waren. Er hatte sehr lange Ohren, der Seppl, und mit ihnen konnte er allerlei Kunststücke ausführen. Er konnte Einhorn spielen, das linke Ohr eng an den Kopf gelegt, so dass man es gar nicht mehr sah; das andere stach vor wie ein Spiess, und dann wandte er sich etwa um, nickte mit seinem vornehmen Engländerinnenkopf und begann einen Galopp. Das Umsehen tat er nur aus Höflichkeit, damit ich nicht etwa hinunterfiele. So kamen wir an die Spitze der Kompagnie, der Adjutant, der das Tränken leitete, brüllte mich an, was ich da vorn zu suchen habe: Da stellte der Seppl seine beiden Ohren auf, machte ein lammfrommes Gesicht (ja, ein Gesicht!), sah den Adjutanten von unten an, als wolle er sagen: »Verstehst du denn keinen Spass?« und dann lachte der Seppl. Ich will einen Eid darauf schwören, dass der Seppl gelacht hat. Ihr kennt doch so robuste alte Damen, sie sind meistens dick, und ein Schnurrbart wächst ihnen auf der Oberlippe. Die haben so ein tiefes, weiches Basslachen, es schüttelt sie, man kann nicht anders als miteinstimmen – so lachte der Seppl...

Und der Adjutant, der sonst ein grober Kerl war, musste auch lachen. Er stammte aus Korsika, darum konnte er auch Seppls Namen nicht richtig aussprechen. »Le Ssseppell«, sagte er und riss sein Pferd herum, um weiter zu reiten. Er schämte sich ein wenig, dass er gelacht hatte. Unten am Oued soff der Seppl so ausgiebig, dass ich es an meinen Schenkeln fühlte, wie er immer dicker und dicker wurde. Dann war er endlich fertig, hob den Kopf, und schillernde Fäden hingen an seinem Munde. Dann wandte er wieder den Kopf, und da ich ziemlich weit nach vorne gerutscht war, stupfte er mich am Knie mit seiner nassen Schnauze. Ich wusste nicht, was er wollte. Er stupfte noch einmal. Ich blieb sitzen. Da zerfloss der Seppl plötzlich unter mir, es war genau dies Gefühl, er war auf einmal nicht mehr da – doch, er war noch da, aber neben mir, und wälzte sich im grauen Sand, alle viere zum Himmel erhoben, wälzte sich und grunzte und spuckte und nieste, dass es eine Freude war. Von da an wusste ich, was der Stupf mit der Nase zu bedeuten hatte – Seppl wollte ein Sandbad nehmen. Ich bitte euch, warum sollte er nicht? Wir tun's doch auch…

Vielleicht kam es daher, dass Seppl von einer Eselin stammte und wenig Zugehörigkeitsgefühl besass zu seinen Kameraden, die hochbeinig und ein wenig plump waren, während Seppl wirklich sehr schmale Fesseln hatte und ausserdem zartgliedrig war – kurz, er pflegte keine Kameradschaft. Vielleicht hat er sich deshalb so an mich angeschlossen. Es ist ja bekannt, dass Einzelgänger unter den Tieren sich viel leichter an den Menschen anschliessen als Herdenzottler.

Was wollt ihr? Manchmal ist man traurig, man mag mit keinem Menschen reden. So sprach ich dann mit dem Seppl. Besonders auf den langen Märschen, wenn die Strasse als endlos grauwogendes Band zwischen den Eselsohren abläuft, wenn die Sonne sticht und die roten Felsen der Berge die Hitze zurückwerfen. Dann sagte ich manchmal: »O Seppl!« und Seppl verstand, was alles in den zwei

Worten enthalten war. Er nickte weise, nickte immerzu, bis mir ganz schwindlig wurde und ich einschlief auf dem Sattel. Seppls Trab war so gleichmässig, er folgte so unerschütterlich dem baumelnden Schwanz des Vordertieres, dass ich ihm ruhig die Zügel über den Hals legen konnte. Wenn es Pause gab, fühlte ich das bekannte Stupfen am Knie und wusste, was los war. Seppl war sehr zuverlässig…

Es gab auch die Abende, an denen man müde ankommt und hungrig ist. Brennstoff gibt es genug. Auf den Ebenen zwischen den roten Bergen wächst das zähe Alfagras als Heu. Futtermittel ist es, wenn die Gerste ausgegangen ist, und Brennstoff für die Küche, wenn kein Oued in der Nähe ist und somit auch kein Holz, da müssen die Köche die Suppe kochen mit Gras und wildem Thymian. Dann gibt es die halb oder ganz vom Sand verschütteten Brunnen – und wenn man Brunnen sagt, so ist das eine Übertreibung. Sandlöcher sind es, man muss graben, das Wasser einfliessen lassen und es dann sorgfältig abschöpfen, damit man die Tiere tränken kann. Denn Sandwasser ist Gift für sie …Wir kochten dann mit dem unteren Schlamm, und der Reis wurde braun, als ob er mit Schokolade gekocht worden wäre: Der Sand knirschte zwischen unsern Zähnen.

An einem dieser Abende war es, dass der Seppl zu arg Durst hatte und mir zum Sandloch – will sagen zum Brunnen – durchbrannte und sich vollsoff. – Das gab eine schlaflose Nacht. Er hatte Schmerzen, der Seppl, seine Nase war ganz heiss, er ächzte, und der Humor war ihm vergangen. Er wollte sich immer niederlegen, um zu schlafen – vielleicht um ruhig zu sterben, aber selbst wenn nicht strenger Befehl gewesen wäre, ein Tier mit allen Mitteln zu retten, ich hätte den Seppl doch nicht gern sterben lassen, denn ich mochte ihn gern. Ich hatte wohl ein paar Freunde, was man so Freunde nennt, aber der Seppl, das war etwas anderes. Das Gefühl für ihn kam von tiefer her, ich weiss nicht aus welchen Schichten meiner Seele, das geht mich ja schliesslich auch nichts an, aber ich hätte lieber einem meiner Freunde eine Kugel gegönnt, als dass ich den Seppl an Kolik hätte sterben lassen. Ja, sterben! – Die Leute sagen immer von einem Tiere, es »verreckt«. Ich mag das Wort nicht. Ich habe es manchmal auf Menschen angewandt, und da stimmte es. Aber ein Tier? Tiere haben auch im Sterben Haltung, was man von vielen Menschen nicht behaupten kann …Nun, die Nacht ging herum. Seppl stöhnte, manchmal schob er seinen Kopf unter meinen Arm, einmal hat er mich sogar gebissen – nicht eigentlich gebissen, geklemmt, mit seinen langen, vorstehenden Engländerinnenzähnen. Ich hatte dann blaue Flecken. Aber das schadet nichts. Um zwei Uhr morgens nahm Seppl dann gnädig ein Stück Brot aus meiner Hand, kaute es zufrieden. Ich glaub', es war ihm lieber als die Schleimsuppe, die man uns immer einschüttet, wenn wir den Magen verdorben haben.

Am nächsten Morgen – wir brachen schon um drei Uhr auf – bin ich dann nicht aufgesessen. Ich hielt Seppl am Zügel und führte ihn. Ich erzähle das nicht, um mich zu rühmen. Es war auch weiter nichts Rühmenswertes dabei, denn das Thermometer zeigte sechzehn Grad unter Null. Das gibt es dort unten. Übrigens war es gerade November...

Ja, es war vierzehn Tage später, da wurde unsere Kompagnie von einem Dschisch angegriffen. Dschisch – das ist so eine Art Räuberbande. Ich musste mit meinem Maschinengewehr fort, und Seppl wurde mit den andern Tieren in Deckung geführt. Die Räuber ritten an, ich weiss nicht mehr genau, auf was sie es abgesehen hatten, ich glaube, es war das Auto des Zahlungsoffiziers. Ich war sehr eifrig damit beschäftigt, die Befehle auszuführen, die unser Leutnant herüberbrüllte – man brauchte ja nicht leise zu sprechen. Es waren Zahlen zum Einstellen des Rohres, und ich musste aufpassen. Vor uns ritten die Räuber an, machten kehrt, nachdem sie geschossen hatten von ihren Pferden herab, kamen wieder angeritten, machten noch einmal kehrt. Wir mussten vor. Da hör' ich ein Gelächter hinter mir, ich dreh' mich um: Der Seppl galoppiert auf mich zu, hält vor dem Maschinengewehr, beschnuppert es, verzieht die Nase (das Rohr riecht wirklich nicht gut, nach heissem Metall und rauchlosem Pulver), stellt sich vor die Mündung und bleibt bocksteif stehen.

»Vorwärts!« brüllt der Leutnant. »En avant!«

Aber ich kann doch nicht am Seppl vorbei. Der Seppl steht da, so als ob er mich decken wolle. Mein Kamerad lacht mich aus. Da rede ich gütig auf den Seppl ein: »Geh zurück!« sag' ich. »Seppl, sei brav! Du hast hier nichts zu suchen!« Dann seh' ich mich um, wo denn die Stallwache bleibt. Richtig, dort hinten läuft einer und fuchtelt mit den Armen ... Aber bis der bei uns ist! Also steh' ich auf, ich muss doch vor, der Leutnant hat es befohlen ... Ich lad' das Maschinengewehr auf die Schulter, sag' noch einmal: »So, Seppl!« Da tänzelt der Seppl vor mir her. Immer zwei Schritte Distanz hält er, so dass ich ihn nicht am Halfter packen kann. Tänzelt vor mir her, dem Feind entgegen, der gerade gegen uns anreitet. Und wieder, wie vorhin, zweihundert Meter etwa vor uns, schiesst er aus allen Flinten, macht kehrt, jagt davon...

Vor mir tanzt der Seppl, tanzt wirklich. Er deckt mich mit dem ganzen Körper und tänzelt seitwärts, wie ein dressiertes Pferd im Zirkus. Er schüttelt unwillig den Kopf, weil die Leute da vor uns soviel Lärm machen ... Dann ist der Lärm vorbei, dort vorne haben sie kehrt gemacht ... Ich sehe, dass einer sich noch im Sattel umwendet, zielt, schiesst...

Der Seppl zuckt zusammen. Sein Hals, sein glatter grauer Hals, den ich so oft getätschelt habe, ist gerade vor meinen Augen. »Hopp, Seppl!« ruf ich noch, »wir müssen pressieren!«

Da fällt der Seppl um. Es ist wie beim Tränken. Auf einmal ist er nicht mehr da. Doch, da ist er ja ... Zwei Schritte, links von mir, wälzt er sich auf dem Boden, alle viere gen Himmel gestreckt, und seine winzigen Hufeisen glänzen in der Sonne. Dann liegt er auf der Seite, rührt sich nicht mehr. Da seh' ich, dass er ein grosses Loch im Hals hat – die Dschischs schiessen immer mit runden Bleikugeln, die grosse Wunden schlagen –, und aus dem Loch in seinem Hals gurgelt das Blut, und dann wird das dürre Alfagras ringsum rot, nicht lange, denn der Sand schluckt die Flüssigkeit...

»Aus!« sagt mein Kamerad.

Ich bin dann vor und habe immer den Kopf geschüttelt, so arg den Kopf geschüttelt, dass ich mich ein paarmal am Rohr gestossen habe. Eigentlich hatte mir der Seppl das Leben gerettet. Wie kam das Tier dazu? Tier! Tier! Er hatte etwas gemerkt, das schien mir sicher. Und gelacht hat er auch noch!...

Dann waren wir wieder in Stellung. Aber ich hab' nicht schiessen wollen. Dummerweise haben mir die Pferde der Räuber leid getan. Blöd, so etwas. Ich habe das Maschinengewehr auseinandergenommen, und dann habe ich das Ventil ausgeblasen, so stark, dass mir die Tränen in die Augen getreten sind.

»Ladehemmung!« habe ich zum Leutnant gesagt, der hat reklamieren wollen. Und dann habe ich an den alten Kainz denken müssen, der auch in das Mundstück seiner Pfeife geblasen hatte, bis er Tränen in die Augen bekam, damals, als er Abschied genommen hatte vom Seppl...

Mammut war mein Freund. Nach seinem Berufe habe ich ihn nie gefragt, denn es ging mich nichts an, womit er sich sein Leben verdiente in dem einzimmrigen Haus an der Grenze zwischen dem Araberviertel von Bel-Abbès und dem sogenannten »Village nègre«, dem Dorf der billigen Lust.

Einmal war ich in eine Schlägerei geraten, unvermutet. Matrachen-Hiebe fielen rund um mich, dicht wie Hagel. Da nahm mich jemand einfach unter den Arm, trug mich aus dem Getümmel und stellte mich in einem weiss gekalkten Zimmer ab, über das eine Karbidlampe grelles Licht spuckte.

Von da an kam ich Mammut jeden Abend besuchen, und stets war er umgeben von einem Kreis schwarzer keifender Strassenverkäufer. Sobald ich unter der Tür erschien, stand er auf, streckte mir die Hand entgegen, und es war eine wahrhaft königliche Gebärde, führte den Zeigefinger an die Lippen: »La bes, Chuja?«

»La bes, la bes.« (Geht's gut, Bruder? – Es geht, es geht.) Mammut war gross. Fast zwei Meter hoch; er trug einen blauen Mantel über einem weisswollenen Hemd, dazu gelbseidene Pumphosen, die knapp unter dem Knie aufhörten. Um die Waden spannten sich nagelneue Sockenhalter, an denen die Socken hingen. Ihr Rot erinnerte an gepunschten Wein.

An einem Abend fiel mir sein Tun auf. Er war damit beschäftigt, getrocknete Tabakblätter zwischen seinen Handballen zu zerreiben. Dann stand er auf, holte aus einem Wandschrank andere Blätter, grüne, zerrieb auch diese und mischte ihren Staub unter das braune Pulver. Hernach stellte er in die Mitte des Kreises eine alte Champagnerflasche mit weitem Hals. Durch ihren Korken war ein Röhrlein getrieben, das bis auf den Grund der Flasche reichte, die bis zur Hälfte mit Wasser gefüllt war. Oben trug das Röhrlein einen Pfeifenkopf. In die gläserne Seitenwand war ein Loch gebrochen worden und in diesem mit Glaserkitt ein zwei Spannen langes Schilfrohr befestigt, von mindestens zwei Zentimetern Durchmesser. Das Ganze war eine sehr primitive Wasserpfeife. Den Kopf füllte Mammut mit dem Gemisch, das er hergestellt hatte, legte eine glühende Kohle darauf und nahm den ersten Zug. Er sog ihn tief in die Lunge, nahm noch einen und gab dann die Pfeife an mich weiter.

»Was ist das?« frug ich.

»Lakef.«

»Was ist Lakef?«

»Man sagt auch Haschisch.«

Ich war nicht frei, ich hatte Rücksichten zu nehmen. Ich konnte es mir nicht leisten, um zehn Uhr betrunken heim zu kommen. Mammut, der Mulatte, erriet meine Gedanken. Er betrachtete mich lächelnd, und es war ein brüderliches Lächeln.

»O Chuja!« sagte er, »o Bruder! Glaubst du, dass ich will, dass du bestraft wirst? Du sollst gut schlafen heute nacht, aber trink keinen Wein!«

Ich folgte seinem Rat und trank nur Tee. Er liess ihn holen für mich vom nahen Kaffeetatschi.

Dreimal noch wurde die Pfeife gefüllt, geleert, dann ging Mammut wieder an den Wandschrank, kam zurück mit einer Handvoll grüner Blätter, die er zerrieben in einen alten Teetopf schüttete; dann vermischte er sie mit entkernten Datteln, zermahlenen Erdnüssen und Honig.

»In zwei Wochen«, sagte er, »darfst du die Konfitüre kosten, nicht früher.«

An diesem Abend geschah weiter nichts. Ich kehrte heim und schlief, schwer und tief.

Nach vierzehn Tagen gab mir Mammut von der Konfitüre zu kosten. Es war ein Sonntagnachmittag. Ich schluckte einen vollen Kaffeelöffel von dem Zeug, und da ich den Geschmack merkwürdig fand, nahm ich nach dem ersten Löffel einen zweiten, obwohl mir Mammut mit dem Zeigefinger drohte, der lang war und schlank, braun, wie der gestutzte Schössling eines Apfelbaums.

»Haschisch!«

Ich hatte Haschisch gegessen und erwartete nun, ein Paradies Mohammeds zu sehen.

Es war etwa drei Uhr, als ich die Mixtur schluckte. Sie schmeckte körnig, würzig und roch ein wenig, ein ganz klein wenig nach faulem Fleisch. Und dann sang Mammut. Das Instrument, mit dem er sich begleitete, bestand aus einem getrockneten Kürbis, auf den ein Stecken genagelt worden war. Eine einzige Metallsaite spannte sich vom Stiel des Kürbisses bis zum Ende des Steckens. Auf dieser Saite fuhr Mammuts Daumen hin und her, und die Finger seiner Rechten zupften an ihr.

Um vier Uhr empfahl ich mich, denn ein alter, magerer Kerl war gekommen, der mit Mammut wichtige Geschäfte zu besprechen hatte. Und beim Fortgehen machte ich mich über Mammut lustig: »Dein Haschisch«, sagte ich, »wirkt gar nicht, ich spüre nichts!«

»Wart ab, Bruder, wart ab«, sagte Mammut.

Ich bummelte heim, trank unterwegs ein Glas Weisswein mit Zitronensirup und spürte noch immer nichts. Es wurde fünf, es wurde halb sechs – nichts.

Um sechs Uhr wurde bei uns zu Nacht gegessen. Es gab Schafragout und weisse Bohnen, daran erinnere ich mich noch genau, und ich ass viel, denn ich hatte Hunger.

Nachher ging ich hinunter in den Hof – und spürte die erste Wirkung des Hanfes, des Haschisch.

Ein weisses Hündlein lief im Hof herum, beschnupperte Baumstämme, Ecksteine, und schliesslich schnupperte es auch an den blankgewichsten Gamaschen eines Offiziers. Des Hündleins Schwanz war geringelt. Und dieses Schwänzlein, verbunden mit den blankgewichsten Gamaschen, liessen eine riesige Woge aus dem Boden wachsen, sechsmal höher als ich, glasklar und bläulich. Doch sie bestand nicht aus Wasser, diese Woge, sondern aus Gelächter. Sie rollte heran und überflutete mich, das heisst, ich musste lachen, ich bog mich vor Lachen, doch war das nicht lustig – durchaus nicht, denn es tat verteufelt weh. Das Zwerchfell krampfte sich schmerzhaft zusammen, lockerte sich, und wieder begann der Krampf.

Eine tiefe Stimme herrschte mich an. Sie gehörte dem Besitzer der blankgewichsten Gamaschen.

»Ihnen geht's wohl zu gut?«

Aber ich musste weiter lachen. Die Tränen liefen mir über die Backen, ich hielt mir den Magen – und da liess mich der Gamaschenbesitzer in Frieden ziehn; es war eben Sonntag. Einen Augenblick lang hatte ich Ruhe. Das Hündlein war verschwunden. Ich sah den Frühlingsabend, er war sonnig; ich sah das zarte Grün der ersten Blätter, und die Luft war ganz leicht mit Staub gezuckert.

Da kam die zweite Woge ... Sie war nicht mehr bläulich und glasklar, sie bestand nicht mehr aus eisigem Gelächter, nein, unsichtbar war sie und stieg in meinem Innern auf, so zwar, dass mein Blut sich ausdehnte, mein Körper wuchs. Plötzlich war ich grösser als der zweistöckige Kasernenbau vor mir, ein Gigant war ich!

Die Woge hatte mich zu riesenhafter Grösse auseinandergezerrt. Mit einem Schritt hätte ich, davon war ich tief im Innern überzeugt, über den Bau vor mir schreiten können, mühelos. Unendlich lange Zeit schien dieser Zustand zu dauern, und dann zersprang er wie Glas, weil ihn der Stundenschlag einer nahen Glocke anrührte.

Einen Augenblick war ich wieder ganz nüchtern, und in dieser kurzen Spanne fasste ich den Entschluss, schleunigst ins Bett kriechen. Oh, diese Arbeit!

Unser Schlafraum lag im ersten Stock. Die Stiege, die dort hinaufführte, wurde in der Mitte durch einen Absatz unterbrochen, der durch ein Fenster Licht empfing, dann kehrte die Treppe. Ich habe dreiviertel Stunden gebraucht, nur um den Absatz zu erreichen, denn ich war ja so riesig gross, dass ich Angst hatte, mit einem Schritt den Absatz zu verfehlen und mit dem Fuss durch das Gangfenster zu fahren. Also Vorsicht! Vorsicht! – Zum Glück war ich allein im Stiegenhaus und konnte meine akrobatischen Übungen ohne Zuschauer ausführen.

Als ich endlich im Bett lag, verlor der Rausch seinen Reiz. Ich träumte dunkel von Parfümfabriken und von Färbereien.

Nach zwei Tagen war das ärgste Kopfweh vorbei, und ich konnte Mammut besuchen. Er drückte mir sein Missfallen aus.

Warum hatte ich ihn am Samstagabend im Stich gelassen? Warum war ich nicht gekommen?

Ich erzählte ihm, was geschehen war. Da begann Mammut zu lachen, er lachte, wie nur Neger oder Mischlinge mit schwarzem Blut zu lachen verstehen.

»Lach nicht, Chuja!« bat ich; denn die grosse Gelächterwoge, die mich überschwemmt hatte beim Anblick eines Hündleins Schwanz, wollte wieder auf mich stürzen, und Mammut, der ein Gentleman war, hörte auf zu lachen und schlug mir vor – königlich war seine einladende Gebärde –, mit ihm ins Haman, ins Dampfbad zu gehen. Dort hat mir ein Masseur den letzten Rest Gift aus dem Körper geknetet.

Zeno

Der Posten Gourrama, im südlichen Marokko, war von der dritten Compagnie montée besetzt. Rechts vom Eingang sass alle Tage Zeno. Sie trug ein blaues, zerschlissenes Kleid (wenn man von einem Kleid spricht, ist es eine Übertreibung: Es war eher ein langes Stück Stoff, das um den Körper gewickelt war; die braune Haut sah an vielen Stellen durch), hockte auf dem Boden und wartete. Die Sonne schien heiss auf ihre schwarzen Haare, die fettig waren und verfilzt.

Zeno hatte schmale Lippen und winzige Ohren. Über ihrer Nasenwurzel war ein kreuzförmiges Ornament eintätowiert. Vielleicht das Zeichen ihres Stammes. Am Abend ging sie ins Ksar zurück, in das Araberdorf, das aber eigentlich gar kein Dorf war, sondern aussah wie ein verpfuschter babylonischer Turm. Ein einziges Gebäude, aus getrocknetem Lehm erbaut, übereinandergeschichtet, mit vielen Gängen, mit Kellern. Uns war es verboten, dort zu verkehren. Es war einem Unvorsichtigen einmal der Kopf abgeschnitten worden.

War einer von uns zu faul, selbst seine Wäsche zu waschen, so gab er sie Zeno. Dann ging sie hinunter zum Oued, zum kleinen Flüsschen, das mit seinem spärlichen Wasser einigen Feigen- und Olivenbäumen gestattete, recht und schlecht zu gedeihen, und sie ging sparsam mit dem Seifenstück um, das ihr anvertraut war. Nach dem Füttern der Maultiere sammelte sie die verstreuten Gerstenkörner. Sie erzählte, damit backe sie Brot.

Niemand beachtete sie, obwohl sie jung war; kein Mann bemerkte, dass sie wohlgewachsen war. Hin und wieder hatte ein alter Sergeant versucht, Zeno für sich zu kapern. Aber das Mädchen biss und kratzte. So liess man es sein. In der Unteroffiziersmesse wurde behauptet, sie sei reizlos … Bevor eine Frau eine Rolle spielen kann, sei es in der Gesellschaft oder sonst auf der Welt, muss sie entdeckt werden. Dann kann sie vielleicht Filmstar werden, oder, wenn sie Engländerin ist, fürs Unterhaus kandidieren. Aber eine derartige Entdeckung hängt immer vom Zufall ab. Zeno musste zwei Jahre auf diesen Zufall warten …

In dieser Zeit hockte sie regelmässig von sechs Uhr früh bis neun Uhr abends rechts vom Eingang und rief den Vorübergehenden zu:

»Makasch laver, Caporal?«

Was bedeutete, ob der Korporal nichts zu waschen habe. Für Zeno war jeder Uniformierte aus unerfindlichen Gründen ein Korporal. Sogar den kleinen, dicken Capitaine Chabert, der den Posten kommandierte, nannte sie so. Das war zwar nicht weiter verwunderlich, denn der Capitaine hatte einen Abscheu gegen Galons. Er trug nirgends auf seiner Uniform die Zeichen seines Grades – die drei goldenen Tressen.

Als aber an einem heissen Junimorgen der Wachtposten am Tor seinen Stand bezog, hielt er vergebens Ausschau nach Zeno. Er wurde um acht Uhr abgelöst, auch sein Nachfolger wartete umsonst auf Zenos Erscheinen. Sie kam nicht, den ganzen langen Vormittag kam sie nicht.

Das gab natürlich eine Sensation.

Während der Siesta, zwischen elf und drei Uhr, suchten die Legionäre gewöhnlich den schmalen Schatten auf, den die vorspringenden Wellblechdächer der Baracken warfen – in den Baracken war es nicht auszuhalten, die Hitze dort drinnen war dick wie in einem Backofen – und dann gab es noch Wanzen (und Wanzen haben keine Furcht vor der Hitze, im Gegenteil, sie lieben sie …).

Dort, in dem schmalen Schatten, wurde Zenos Verschwinden ausgiebig verhandelt. Es gab eben wenig Abwechslung, und da war jede Neuigkeit willkommen.

War Zeno entführt worden? Hatte Zeno sich verheiratet? War sie krank?

Ähnliche Hypothesen stellte während des Abendessens in der Unteroffiziersmesse Adjutant Cattaneo auf. Dieser Adjutant war gross und grau, mit einem riesigen Pfeffer- und Salzschnurrbart, ein Analphabet übrigens; er liess sich seine Rapporte immer von andern schreiben und zahlte ihnen dafür einen Liter, zwei Liter Wein, je nachdem er bei Geld war … Er also interessierte sich ungemein für das Schicksal Zenos, er bedauerte lebhaft, das Mädchen nie so richtig betrachtet zu haben. Aber da er phantasiearm war, bewegten sich seine Theorien in den gleichen

Bahnen wie die der Legionäre: Heirat? Entführung? Krankheit? Sergeant Sitnikoff, der behauptete, einmal Rechtsanwalt in Odessa gewesen zu sein – vielleicht stimmte es, denn er hatte eine schöne Schrift und leitete die Verpflegung des Postens, auch auf Spesenrechnungen musste er sich verstehen, denn er hatte immer allerhand Geld in der Tasche –, Sergeant Sitnikoff also grinste, während der Adjutant seinen Theorien nachging und seine Unterlassung betrauerte.

Schliesslich ging dies Grinsen dem Adjutanten auf die Nerven, und er fragte Sitnikoff gerade heraus, ob er etwas über Zeno wisse.

»Ja«, sagte Sitnikoff. »Ich habe Zeno gestern ihrem Vater abgekauft, für dreihundert Franken ...«

Der Adjutant wurde rot und wild, denn er dachte, der Sergeant wolle sich über ihn lustig machen. Aber Sitnikoff erklärte die Sache auf jene höfliche, weltmännische Art, die dem Adjutanten immer so arg auf die Nerven ging.

»Ich bin oft an dem Mädchen vorbeigegangen«, sagte Sitnikoff, »und habe es kaum beachtet. Aber gestern langweilte ich mich zufällig. Und da dachte ich mir, ich könnte der guten Zeno eigentlich einmal ein neues Kleid kaufen. Sie habe es bitter nötig ... Ich winkte ihr also, sie kam ohne weiteres mit; daraus ersah ich, dass das Mädchen Vertrauen zu mir hatte. Und das freute mich. Wir gingen zum Juden, kauften dort Stoff, ich bekam ihn billig, denn ich drohte ihm, wenn er zu teuer sei, würde ich mir einen andern Schaflieferanten suchen. Als wir fertig waren, forderte mich Zeno in ihrem Kauderwelsch auf, sie ins Ksar zu begleiten ...«

»Im Ksar bist du gewesen, Sitnikoff? Weisst du nicht, dass das gefährlich ist? Einem haben sie den Kopf abgeschnitten ...«

Sitnikoff winkte ab, das Kopfabschneiden schien ihn kalt zu lassen.

»Die Leute mögen mich gern«, sagte er. »Mir tun sie nichts. Ich habe ihnen oft mit Kaffee ausgeholfen, sie kennen mich ...«

»Natürlich, die Herren von der Verwaltung ...« meinte der Adjutant boshaft. »Du hast's gut, du kannst dir's leisten ...«

»Sehen Sie, mein Adjutant«, sagte Sitnikoff, der alle seine Kameraden prinzipiell siezte, »es hat alles seine Vorteile. Man hat mich also gut empfangen. Ich habe vor der Wohnung, oder wenn Sie lieber wollen, vor dem Loch, in dem die Familie Zenos haust, die Schuhe ausgezogen, und das hat dem alten Vater scheinbar sehr imponiert, denn er hat mich freundlich begrüsst. Zeno hat Kuskus gekocht, der hat ganz gut geschmeckt; ich habe dann mit dem Vater Tee getrunken und Kif geraucht. Er war wirklich ein sehr sympathischer alter Herr; sein Kopf war glatt rasiert, nur in der Mitte stand ein Büschel Haare aufrecht, um dem Engel Allahs Gelegenheit zu geben, ihn daran zu packen und ihn geradewegs ins Paradies zu entführen, wenn er einmal gestorben war ... Der alte Herr brauchte einen Garten. Er war arm und hatte nur eine einzige Tochter. Die trug er mir an. Ein Neffe des Alten funktionierte als Dolmetscher. So habe ich dreihundert Franken bezahlt ...«

»Dreihundert Franken«, stöhnte der Adjutant. »Wo hast du die zusammengestohlen, sag mir das, Sitnikoff ...«

»Ich bin nicht dumm genug, um zu stehlen ... Ich mache das intelligenter, feiner ...«

»Na ja«, sagte der Adjutant, »das gleicht dir. Dann hast du Zeno gleich mitgenommen und ihr ein Zimmer gemietet, wohl beim Cantinier?« Sitnikoff nickte.

»Der Capitaine hat nichts dagegen gehabt, dass ich von Zeit zu Zeit ausserhalb des Postens schlafe ...« meinte er und schnitt ein unschuldsvolles Gesicht. Dann wollte er sich entfernen. Aber der Adjutant verlangte kategorisch, Sitnikoff müsse der gesamten Tafelrunde einen Liter Kartoffelschnaps stiften, er habe ja genug auf der Verwaltung. Sitnikoff tat es, wünschte allen eine gute Nacht und schritt zum Posten hinaus.

Vor dem Tor wartete Zeno auf ihn. Sie war nicht wiederzuerkennen. Ihr Haar war sauber gekämmt, eine rote Schleife steckte darin, auch leuchtend rote Lederpantoffeln trug sie. Das tätowierte Ornament über ihrer Nasenwurzel strahlte blau, wie ein frischgewaschener Himmel. Die Besatzung des Postens wollte auch das Schauspiel geniessen. Die Leute drängten sich am Tor ...

Sergeant Sitnikoff schritt würdig dahin, er hatte O-Beine und die Gangart eines alten Kavalleristen. Weltmännisch, wie er nun einmal war, führte er Zeno, indem er ihren Arm etwas unter dem Ellbogen mit seiner Rechten umspannt hielt.

Seit dieser Zeit wurde Zeno mit Respekt behandelt. Es war gefährlich, den Vorstand des Verpflegungsdienstes zum Feinde zu haben. Er hatte den Wein, er hatte die Seife ... Zeno lernte Französisch. Der dicke Capitaine Chabert, dessen Frau in Frankreich sass und sicher nicht mehr jung war, begann sich für die Freundin seines Sergeanten zu interessieren. Er lud Zeno einmal zum Tee ein, und sie kam auch. Nachher hatte der Capitaine eine zerkratzte Wange. Das sind eben Dinge, die vorkommen können. Der Capitaine sagte natürlich, er sei von Wanzen zerstochen worden und habe sich gekratzt...

Man nannte Zeno daher »die schöne Wanze«; aber nur im geheimen.

Der Capitaine trug seinem Sergeanten nichts nach. Seine Revanche bekam er doch. Denn als Sitnikoff nach sechs Monaten vom Colonel nach Fez eingefordert wurde, weil sich dort die Klagen vor Kriegsgericht häuften und kein geeigneter Mann zu finden war, der die Klagen auch juristisch hätte ausarbeiten können, fragte der Capitaine Sitnikoff, was jetzt mit Zeno geschehen solle.

»Sie können sie haben, mein Capitaine«, sagte Sitnikoff lässig. »Ich kann das Mädchen warm empfehlen. Sie ist freundlich und gutmütig, sie redet nicht viel, sie ist nicht anspruchsvoll...«

»Sehr freundlich von Ihnen, Sergeant, aber Sie haben Auslagen gehabt, nicht wahr, ich möchte Ihnen gerne...«

»Nicht nötig, mein Capitaine«; Sergeant Sitnikoff war eben als Gentleman auf die Welt gekommen, und er war es geblieben. »Wenn Sie nach Frankreich zurückkehren, so geben Sie dem Mädchen etwas. Zeno wird Geld brauchen können. Aber seien Sie gut zu ihr, nicht wahr? Ich werde noch mit ihr sprechen...«

»Aber, Sitnikoff, ich möchte mich gerne erkenntlich zeigen. Was darf ich Ihnen...«

»Sie sind gütig, mein Capitaine«, sagte Sitnikoff und lockerte die Achtungsstellung, auf die der Capitaine ohnehin keinen Wert legte, aber Sitnikoff war übertrieben korrekt, »wenn ich um etwas bitten dürfte, so wäre es um eine Flasche Anisette.«

Anisette ist ein Schnaps, der stark dem Absinth ähnelt. Meistens ist es sogar purer Absinth...

So wurde Zeno für eine Flasche Anisette die treue Dienerin Capitaine Chaberts. Seine Frau in Frankreich hat nie etwas von diesem Handel erfahren, sonst...

Und für Zeno war es auch gut. Hätte sie einen Marokkaner geheiratet, sie hätte schuften müssen wie ein Lasttier. Auf dem kleinen Feld, im Garten.

So konnte sie sich pflegen, sie wurde eine Schönheit. Später ging sie nach Casablanca, wo ein Farmer sie regelrecht heiratete.

Wir unterschätzen manchmal die Segnungen der Kultur und der Kolonisation.

Selbst Baumann, ein St. Galler, den ein Maulesel mit dem Huf mitten in die Stirn getroffen hatte und der seither nicht mehr ganz gescheit war, selbst Baumann, den man im Posten für den Dümmsten hielt, hatte begriffen, warum sich Schilasky gemeldet hatte, als ein neuer Kutscher für die Kompagnie-Araba verlangt worden war. Eine Araba – das ist ein Zweiräderkarren, ziemlich leicht gebaut, der von einem Gespann gezogen wird, das aus drei Mauleseln besteht. Und zwar werden die drei Tiere nebeneinander eingespannt...

Schilasky hatte sich gemeldet, weil er Russe war – er hatte sich für diesen Posten Anfang November gemeldet ... November! – Im November fiel wohl in Russland der Schnee in grossen Massen vom Himmel und bedeckte die Erde mit einer dicken Schicht. Wer weiss, wie dick die Schicht war ... Die Russen der dritten Sektion behaupteten, sie sei manchmal zwei Meter hoch – die Schicht. Aber auf die Erzählungen von Russen ist kein Verlass, darum behaupteten alle, die Russen täten übertreiben. Nicht einmal die Bestätigung des Sergeanten Sitnikoff, der allgemein als wahrheitsliebend bekannt war, vermochte die Zweifler zu überzeugen. Aber das hinderte Schilasky nicht, mit seiner gedehnt-singenden Stimme zu sagen: »Zwei Meter hoch der Schnee. Und die Ebene – weit, weit unändlich« (er dehnte das »ä«). »Schlitten fahren darüber hin. Eine Troika – ein Dreigespann. Es fliegt« (Schilasky sagt »flickt«) »über die Ebene dahin, und der Schnee stiebt auf von den Hufen...« Eine Troika in Russland – eine Araba in Nordafrika. Die beiden Gefährten hatten das eine gemeinsam, dass sie mit drei Zugtieren bespannt waren, drei Zugtieren, die nebeneinander liefen. Aber bei uns flog das Gefährt nicht über die Ebene, es torkelte mühselig übers »Bled«, über die Ebene, die weit war und flach wie ein Teller. Büschel Alfagras wuchsen darauf, und zwischen den Büscheln staken braune Badeschwämme, vollgesogen mit Wasser – das war die Erde. Aber Schilasky kutschierte mit seiner Araba über diese vollgesogenen Badeschwämme, und die zwei Meter hohen Räder drehten sich stolpernd; Schilasky sagte: »Yoptoyoumatj, hü, vorwäärts...« Und die Maultiere wackelten mit den Ohren, ihre winzigen Hufe versanken in der schwammigen Erde, und jedesmal gab es einen kleinen Knall, wenn sie die Füsse aus dem zähen Morast zogen...

Wie gesagt, selbst Baumann hatte begriffen, warum Schilasky sich zur Araba gemeldet hatte. Es musste ihn an die Heimat erinnern, und zwar auf dem Umweg über das Dreigespann: Troika – Araba ... Und vielleicht begriff gerade der St. Galler Baumann, dem ein Maultierhuf sein bisschen Intelligenz noch arg reduziert hatte, den Schilasky am besten. Denn Baumann litt an Heimweh. Heimweh gehört der Gefühlssphäre an und hat eigentlich mit Intelligenz nichts zu tun. Die andern von der Kompagnie, die sich für gescheit hielten und Baumann ob seiner Dummheit verachteten, waren ihm in dieser Beziehung sicher nicht überlegen. Schilasky aber schien die Sympathie des Schweizers zu fühlen, er nahm ihn in Schutz, wenn andere ihn plagen wollten. Ja, es entstand sogar eine Art Freundschaft zwischen den beiden. Im November, im Dezember ist der Süden von Marokko ein trostloses Land. Bisweilen friert es in der Nacht – und dann klappern alle jungen und alten Legionäre in den Baracken mit den Zähnen – auch wenn sie sich in drei Decken eingewickelt haben. Fünfzehn, ja achtzehn Grad unter Null zeigt das Thermometer. Aber von acht Uhr morgens an ist die Kälte verschwunden, ein nasser Nebel setzt ein, der sich gegen Mittag in Regen auflöst ... Und bis zum Abend dauert der Regen.

Schilasky und Baumann gehörten zur vierten Sektion der berittenen Kompagnie vom dritten Fremdenregiment. Ihre Matratzen – grobe, graue Sackleinwand, mit Alfagras gefüllt – lagen nebeneinander auf dem unregelmässig gepflasterten Fussboden der Baracke fünf. Schilasky half dem Schweizer, Hemden, Kutten, Kaputs auf dem wackligen Gestell über seinem Kopf vorschriftsgemäss aufbauen. Dafür stand Baumann am Morgen eine Stunde vor Tagwacht auf, um seinem Kameraden anderthalb Maultiere zu putzen. Denn allein drei Tiere sauber zu putzen, ist keine Kleinigkeit...

Der November verging, und der Dezember brach an. Das Weihnachtsfest war vorbei, eh man's gedacht, und niemand dachte daran, es zu feiern. Zwar, der 25. Dezember war dienstfrei, und Capitaine Chabert sprach am Rapport einige verlegene Worte: Sie handelten vom Friedensfest und vom Geburtsfest des Erlösers. Man wird zugeben müssen, dass es paradox ist, wenn ein höherer Offizier vom Frieden schalmeit...

Und dann war der 31. Dezember da. An diesem Tage fiel kein Regen; es war den ganzen Tag neblig, die Alfamatratzen – das einzige Ameublement der Baracken, plattgedrückt waren sie wie riesige Wanzen – blieben den ganzen Tag besetzt. Die Kompagniekasse hatte nicht schlecht gewirtschaftet – ein kleiner Gewinn war zu verzeichnen. Aber Kompagniekassen schütten keine Dividenden aus. Capitaine Chabert hatte hundert Päckli Zigaretten gekauft und sie beim Rapport verteilen lassen. Es kamen zehn Zigaretten auf den Mann.

Und der Abend begann. Blau und dick stand der Rauch unter dem Wellblechdach der Vierten. In einer Ecke spielten ein Dutzend Legionäre Einundzwanzig, in einer andern wurden uralte Zoten aufgewärmt. So kam es, dass die Mitte des Raumes, dort, wo Schilasky und Baumann lagen, frei war. Die beiden sassen schweigend nebeneinander. Drei dicke Kerzen brannten in der Ecke der Kartenspieler, die Witzeköche hatten eine alte Azetylenlampe aufgetrieben. In der Mitte des Raumes war es dunkel.

Baumann sagte leise: »Mein Meister hat zwanzig Kühe gehabt im Stall, und ich hab' alle zwanzig allein melken müssen. Weisst du, Schilasky, das ist eine Arbeit!« Er bemühte sich, Schriftdeutsch zu sprechen, damit der andere ihn verstünde. Und Schilasky sagte: »Sechs Rosse ich habe pflegen müssen. Zur Tränke reiten. Putzen. War ein grosser Herr, mein Gebieter.« (Es klang wie Gebitter.) »Und am liebsten ich habe geschlafen bei die Rosse. Aber in der Nacht vom neuen Jahr wir haben verbrannt Wacholderbeeren im Stall, um auszutreiben die bösen Geister.«

»Reckholder!« rief Baumann erfreut. Und fügte im Dialekt hinzu, das hätten sie auch getan. Es sei b'sunderbar guet gegen die Hexen.

Da beide nicht rauchten, hatten sie ihre Zigaretten gegen Wein eingetauscht. Eine Zweiliter-Feldflasche stand zwischen ihnen. Sie nahmen von Zeit zu Zeit einen Schluck. Schilasky stand auf. Er zog aus seinem Tornister ein Zweiglein Ginster und zwei dünne, farbige Kerzlein. Die zündete er an und klebte sie auf den Zweig. Aus der Witzecke dröhnte dreckiges Gelächter. Zwei von den Kartenspielern stritten sich.

»Wollen wir nicht hinausgehen?« schlug Baumann vor. Er rieb sich die Stirne. Dort, wo sie der Maulesel getroffen hatte, war eine Vertiefung und die Haut darum dunkelrot. »Ja, wir werden gehen zu die Tiere!« sagte Schilasky. Er kramte noch einmal in seinem Tornister, holte etwas unter seiner Matratze hervor. Und dann verliessen die beiden die Baracke.

Ein kleiner, weisser Mond hing am Himmel und sah aus wie die Blendlaterne eines Einbrechers. Die Sterne glitzerten wie Schneeflocken, die sanft auf die Erde schweben wollen.

Der Park der Maulesel war gerade hinter der Baracke der vierten Sektion. Die beiden hatten nicht weit zu gehen. In fünf Reihen waren die Tiere an schweren Eisenketten angebunden, und manchmal hoben sich die Ketten und klirrten wieder zu Boden, wenn die Tiere die Köpfe senkten. Das Gespann der Araba war am Ende der zweiten Reihe angebunden.

Sehr vorsichtig trug Schilasky den Ginsterzweig mit den beiden brennenden Kerzlein, und Baumann torkelte hinter ihm her – der Hufschlag hatte seinen Gleichgewichtssinn ein wenig aus der Ordnung gebracht –, wenn er schnell ging, konnte er sich gerade halten, aber sobald er langsam einherschritt, waren ihm seine eigenen Füsse im Wege.

Die drei Tiere der Araba schnauften laut, hoben und senkten die Köpfe, wieherten ganz leise. Der nächtliche Besuch schien ihnen Freude zu machen.

Es war sehr kalt, denn Mitternacht war nahe. Heute wurde kein Lichterlöschen geblasen. Durch die geschlossenen Fenster der Offiziersmesse drang leise Musik. Leutnant Lartigue liess sein Grammophon laufen. Aber die beiden Einsamen lauschten nicht der Musik. Sie hockten auf den gefrorenen Boden und verteilten zuerst das Brot, das sie den Tieren mitgebracht hatten.

»Wacholder habet Ihr verbrannt in der Schweiz?« fragte Schilasky.

»Ja«, antwortete Baumann. Und dann fügte er schwerfällig hinzu: »Reckholder nennen wir es. Kleine Beeren. Verbrennen, um die Hexen zu vertreiben.«

»Und wir die bösen Geister...«

Einer kam aus Russland, und Russland ist gross. Es gibt dort Gebiete, in denen man Deutsch spricht. Und der andere kam aus der Schweiz...

»Dein Land ist klein, Baumann, nicht wahr?«

»Ja«, sagte der Schweizer. »Klein. Aber es soll einmal einer probieren, es zu erobern. Der wird sich wüscht in den Finger schneiden.«

»Sicher«, sagte Schilasky. »Die Schweizer sind tapfer.« Er wusste zwar, dass es einmal einen russischen General gegeben hatte, der durch die Schweiz marschiert war, Suwaroff hatte der Mann geheissen. Schilasky hatte es gelesen. Aber das war lange her. Und es wäre eine Taktlosigkeit gewesen, dem Schweizer dies unter die Nase zu reiben.

»Merkwürdig«, sagte er gedehnt. »Bei dir und bei mir – der gleiche Brauch! Schau, was ich da habe.«

Baumann beugte sich vor. Im Schein der kleinen Kerzen sah er eine alte Sardinenbüchse, und auf ihrem Boden lagen kleine, braunschwarze Kügelchen. Einige hatten einen winzigen hellen Punkt.

»Reckholder!« sagte Baumann, und seine Stimme zitterte ein wenig.

Da nahm Schilasky die beiden farbigen Kerzlein vom Ginsterzweig, und eines gab er seinem Kameraden. Er zog sein Messer aus der Tasche und spaltete den Ginsterzweig an seinem dicken Ende. In den Spalt klemmte er die Sardinenbüchse.

Baumann begriff. Er war nicht so dumm, wie seine Kameraden stets meinten. Während Schilasky den Ginsterzweig mit der Sardinenbüchse hielt – in der Linken, und die Rechte hielt die Flamme des Kerzleins unter den Blechboden –, tat Baumann das gleiche. Auch die Flamme seines Kerzleins bestrich den Boden der Sardinenbüchse. Und so schritten die beiden rund um ihre drei Tiere, schweigsam, mit langsamen Tritten, Schilasky gerade aufgereckt, Baumann ein wenig torkelnd. Und als sie dreimal den Rundgang vollendet hatten – würziger Rauch quoll aus der Büchse in die kalte Winterluft, er bestrich die Nüstern der Tiere, dass sie niesen mussten –, hockten die beiden wieder ab und blieben sitzen in der kalten Winternacht. Schweigsam. Reglos.

Dann, nach einer langen Weile, zog Schilasky seine Uhr.

»Es ist zwölf Uhr. Ich wünsche dir ein gutes neues Jahr, Kamerad.«

»Es guets Neus!« sagte Baumann. Sie schüttelten sich die Hände und stellten fest, dass sie kalte Finger hätten.

»Wir wollen schlafen gehen«, sagte Schilasky. »Vielleicht haben wir im neuen Jahre Glück. Auf alle Fälle werden unsere Tiere nicht krank werden.«

»Sicher nicht«, bekräftigte Baumann.

Sie gingen in die Baracke zurück, in der es nach Rauch, Schnaps und Streit stank. Aber sie schliefen beide gleich ein.

Kuik

Dass es Pechvögel gibt, werden nur Pädagogen und Philosophieprofessoren leugnen wollen. Und ihnen hätte ich gerne die Geschichte erzählt vom Ackermann Adolf, der mit mir in Metz engagiert hatte – auf fünf Jahre wie ich. Und warum er engagiert hatte – in die Fremdenlegion nämlich –, das hat er mir dann auf der Fahrt von Marseille nach Oran auf dem »Sidi-Brahim« erzählt. Die anderen waren seekrank, denn der Golf du Lion, der Löwengolf, ist im April immer aufgeregt, aufgeregter, als man es vom braven Mittelmeer erwarten würde. Aber von den Launen dieses grösseren Sees, der nicht einmal weiss, was Ebbe und Flut ist und darum wahr- und wahrhaftig nicht zu den Meeren gerechnet werden kann (nur salzig ist er), hat schon der heilige Paulus ein Lied zu singen gewusst.

Nun, der Ackermann erzählte mir, dass er mit seinem Vater in Frankfurt Krach bekommen habe. Man schrieb damals das Jahr neunzehnhunderteinundzwanzig, knapp drei Jahre nach dem Krieg, den gewisse Leute den »grossen« nennen, als ob eine Schlachtbank einen Anspruch auf Grösse erheben könnte; und damals war der Abgrund, der zwischen zwei Generationen klaffte, sehr gross – unüberbrückbar, würde ich sagen, wenn ich nicht wüsste, dass man mit grossen Worten vorsichtig umgehen muss. Papa Ackermann war Grosskaufmann zu Frankfurt gewesen, hatte gut verdient während des Krieges, während der nachfolgenden Teuerung – kurz, es war ihm gelungen, in die Kreise einzudringen, die man die »besseren« nennt. Und der Sohn Ackermann (Adolf mit Vornamen, ich nannte ihn schon damals Dolf) hatte sich in eine kleine Verkäuferin vergafft, ein armes, aber wie der alte Gemeinderat gesagt hätte, »honettes Frauenzimmer«. Mit zwanzig Jahren wird eine simple Liebesgeschichte leicht zur Tragödie, und bei Dolf war eine Tragödie daraus geworden. Papa Ackermann wollte nichts von einer Heirat wissen (die »besseren« Kreise!), da nahm der Junge Abschied von seinem honetten Frauenzimmer und von der Stadt Frankfurt und trug seine tragische Liebesgeschichte in die Fremdenlegion. Er war zu jung gewesen, um den Krieg mitzumachen – vielleicht sehnte er sich nach etwas Romantik. Sport hatte er getrieben, hübsch sah er aus mit seinen blonden Haaren über einem blühenden Gesicht. Sein Schädel war lang und schmal, und die Schläfen buchteten sich ein. Ich erklärte ihm, er sei ein Trottel, aber als er darauf Tränen in die Augen bekam, dämpfte ich meine Philippika und sagte ihm: Ja, ich verstünde seinen Kummer. In Bel-Abbès bekamen wir am zweiten Tag unsere diversen Uniformen: eine blaue, eine resedagrüne, zwei khakifarbene, dazu Bauchbinde, Schuhe und Socken; die Socken hatten die merkwürdige Eigenschaft, nach dem ersten Tragen in Staub zu zerfallen. Sie verschwanden ganz einfach aus den Schuhen. Nun, das sind Dinge, die vorkommen und über die man sich nicht weiter aufregt. Dann wurden wir wie eine Herde Schafe dem Herrn Major zugetrieben – Herr Major nennt man dort unten den Arzt – und alle mit der gleich rostigen Hohlnadel gegen Typhus geimpft. Schwellung des Schulterblattes… Ich kannte das und riet dem Dolf (dem jungen Ackermann also), einen Liter Wein zu trinken. Er folgte leider meinem Ratschlag nicht, bekam Fieber wie die andern, so dass ich allein das ganze Zimmer versorgen musste: mit Kaffee am Morgen, mit Mittag- und Abendessen. Die Kost war gut und reichlich, es war wirklich nichts gegen sie einzuwenden.

Am fünften Tage wurden wir getrennt. Weil ich gut deutsch und französisch konnte, fischte mich der Hauptmann der Maschinengewehrkompagnie aus dem Rudel der Neuangekommenen und steckte mich in die Unteroffiziersschule. Der Dolf konnte kein Wort von der dort üblichen Sprache, und so kam er in eine Rekrutenschule für Mottenstüpfer, wie wir bei uns sagen.

Nun ist es aber in der Legion mit dem Geld also bestellt: Man bekommt eine »Prime« (wie sie sagen), ein Handgeld von fünfhundert Franken – wenigstens war es damals so, heute soll es mehr sein. Die Hälfte (also zweihundertfünfzig Franzosenfranken) wird einem am ersten Donnerstag nach der Ankunft ausbezahlt, die zweite Hälfte drei Monate später. Logisch. Bekäme einer auf einen Schlag die ganze Summe in die Hand, er wäre wohl am nächsten Tag nicht mehr am Abendappell anwesend, sondern hätte sich empfohlen. Und schwer wäre es, ihn wiederzufinden, da er sozusagen noch unbekannt ist, ein unbeschriebenes Blatt.

Ich traf den Dolf beim Auszahlen der Prime, und ich riet ihm noch: »Sei sparsam mit dem Geld. Man kann nie wissen, wie es uns gehen wird. Vielleicht bist du später froh, ein wenig Geld im Sack zu haben. Komm mit uns, wir gehen irgendwo anständig essen, kaufen uns einen Vorrat Zigaretten, halten uns fein still, im arabischen Quartier gibt es wunderbaren Kaffee für zwanzig Centimes die Tasse, und Tee, mit Minzenblättern parfümiert, der genau soviel kostet. Du lernst ein wenig das Land kennen und hast deinen Spass, ohne dass es dich viel kostet.«

Das war sehr weise gesprochen. Und Dolf folgte mir. Er kam am ersten Tag mit uns, am zweiten auch. Am dritten wartete ich vergebens auf ihn.

Aus den vielen Geschichten, die über die Legion geschrieben worden sind, ist bekannt, dass alte Legionäre, seien sie nun einfache Soldaten oder Gradierte, für junge Leute in der Art des Dolf eine grosse Gefahr bedeuten. Sie biedern sich an (denn sie sind immer auf dem Hund und immer durstig), schmeicheln, und da sie sich eine gewisse primitive Psychologie angeeignet haben, gelingt es ihnen, unschuldige Schäfchen mitzuschleppen, um sie zu verleiten, in ihrer Gesellschaft alles Geld zu versaufen. Es hat's auch einer bei mir probiert – aber nur einmal. Ich hatte immerhin ein Jahr in Paris verlebt, in einer Gesellschaft, die nichts mit den »besseren« Kreisen des Papa Ackermann zu tun hatte, und ich hatte bei meinen Freunden, die gewöhnlich als »lichtscheue Elemente« bezeichnet werden, allerhand gelernt: Kopfstoss unters Kinn und sonst ein paar nützliche Griffe. Dies nur, um zu erklären, dass mich einmal ein alter Legionär ansprach – aber dann nicht wieder. Und vor den Kollegen dieser flüchtigen Bekanntschaft blieb ich verschont.

Dolf war verschwunden. Ich hatte kein zu übles Leben in der Unteroffiziersschule, vier Stunden Dienst am Morgen – und zwei davon verbrachten wir sitzend, weil der Leutnant uns Theorie gab, eine Stunde Schiessen am Nachmittag und von fünf Uhr nachmittags bis zehn Uhr abends freien Ausgang. Die bösen Tage sollten erst später kommen, in Marokko.

Dolf blieb unsichtbar, ein paarmal ging ich zu seiner Kompagnie, quer über den Hof, in dem die Mittagssonne die Luft zum Kochen brachte, und immer hiess es, auch während des Nachmittagsschlafes, der »Sieste«, er sei soeben fortgegangen. »Mit wem?« wollte ich wissen. Achselzucken. »Bald mit diesem, bald mit jenem«, hiess es. Ich liess die Sache auf sich beruhen, denn ich hatte die Bekanntschaft Baskakoffs gemacht, und da dieser Russe in meiner Geschichte eine Rolle spielt, muss kurz über ihn berichtet werden.

Kennengelernt hatte ich ihn auf folgende Art: Nach drei Wochen war unsere Kompagnie auf Wache kommandiert worden – die ganze Maschinengewehrkompagnie samt uns Schülern. Man zieht um sechs Uhr auf, steht zwei Stunden Wache, ruht vier Stunden, steht wieder zwei Stunden und so fort. Ich hatte die Wache von acht bis zehn. Von zehn bis zwei war ich frei. Um elf Uhr erscheint vor dem Posten ein Sergeant und verlangt einen Mann, um eine Ronde zu machen. Ich bin nicht schläfrig und melde mich; fünf Schritte vom Posten stellt sich der Mann vor, als ob wir auf einer Gesellschaft wären: Baskakoff. Ich nenne meinen Namen. Verbeugung. Händedruck. Nach fünfzig Schritten diskutieren wir über das Ende von Dostojewskys »Schuld und Sühne«: ob es verfehlt sei, Konzession an die Moral, oder ob es sich dichterisch verantworten lasse. Von Dostojewsky kommen wir auf Schopenhauer, über einen kleinen Umweg zu Rilke – dann erzählt Baskakoff von Tschechow und von Andrejeff. Kurz, aus der Ronde wurde ein ausgedehnter Spaziergang rund um die Stadt Bel-Abbès, und ich kam fünf Minuten vor zwei in die Kaserne zurück, gerade zur rechten Zeit, um wieder auf Posten zu ziehen. Sie werden mich der Aufschneiderei zeihen, aber mit Unrecht. Baskakoff war ein gebildeter Mann, was ja an sich nichts Aussergewöhnliches wäre, es gibt viele Gebildete – aber dazu war Baskakoff noch gescheit, und das ist seltener. Er war Rechtsanwalt in Odessa gewesen und am Morgen in Pyjama und Schlafrock rasch über die Gasse gegangen, um sich von seinem Barbier rasieren zu lassen. Als er zurückkam, hatten die Bolschewiken sein Haus besetzt – er war obdachlos, im Hafen war noch ein französisches Detachement, das einige »Reaktionäre« für die Legion eingefangen hatte. Es war vollständig, bis auf einen Mann, der sich wieder verflüchtigt hatte. Der Fürsprech (seinen richtigen Namen hat er mir nie verraten) nahm die Stelle des Fehlenden ein, der Fehlende hiess Baskakoff und war von Beruf Tischler. So wurde der Herr Rechtsanwalt zum

Tischler Baskakoff, was merkwürdige, lustspielartige Verwechslungen ergab, als er in Bei-Abbès ankam. Bis der Colonel (der Oberst) ihn entdeckte. Von da an war er gerettet. Er verfertigte die Anklageschriften fürs Kriegsgericht und war in seinem alten Beruf tätig. Und so zufrieden war der Oberst Desjardin mit ihm, dass er ihn nach Monaten zum Korporal vorschlug. Nach sechs Monaten war Baskakoff Sergeant. Sein Französisch war ein wenig mangelhaft, so gab ich ihm regelrechte Sprachstunden. Er war zufrieden, und wir haben ein paar schöne Abende zusammen verbracht. Aber merkwürdig, geduzt haben wir uns nie...

Es ist begreiflich, dass ich über meiner Bekanntschaft mit Baskakoff den jungen Ackermann mit den blonden Haaren auf dem langen Schädel vergass.

Bis...

Nach drei Wochen zogen wir wieder auf die Wache, und diesmal war ich zum Gefängnis abkommandiert. Das ist ein einstöckiges Viereck, die niederen Bauten, die es einfassen, bestellen aus Zellen: Pritsche, Eimer, Fenster mit vier senkrechten Eisenstangen. In der Mitte ein grosser Hof, in dem die Bestraften von morgens sechs bis um elf Uhr und von zwölf bis sieben Laufschritt, Freiübungen, »nieder! auf!« mit einem zwanzig Kilo schweren Sandsack machen. Wenigstens war dies zu meiner Zeit so, es soll abgeschafft worden sein. Um die Quälerei zu verstärken, wurden den Bestraften die Schnürsenkel aus den Schuhen entfernt. Resultat: blutige Füsse. Der Vorsteher dieses Gefängnisses war Korse, und in der Legion herrscht das Sprichwort: Ein Korse ist entweder sehr gut oder teuflisch schlecht. Ich glaube nicht, dass der Teufel so gemein ist, wie der Sergeant Cattaneo es war. Er kannte sich in den Quälereien aus: in die Abendsuppe eine Handvoll Salz und kein Wasser in die Zelle, die Gamelle des Mittagessens diente ihm zum Fussballspielen. wenn sie voll war. Dabei sah er sehr gut aus, der Sergeant. Schlank, mittelgross, mit bläulich-schwarzen Haaren, stets elegant angezogen (der Regimentsschneider arbeitete seine Uniformen um und gab ihnen Offiziersschnitt), war er der bestgehasste Mann in der Kaserne. Er wagte es nicht, allein in die Stadt zu gehen, immer mussten ihn drei Kollegen begleiten – und von diesen vier Mann trug jeder einen geladenen Browning in der Tasche. Ich zog auf Wache und hatte die Hälfte des Rechtecks abzupatrouillieren. Hinter mir wurde eine eiserne Türe geschlossen, deren Schlüssel man mir einhändigte. Aber der Schlüssel passte nicht in die Schlösser der Zellen. Mit aufgepflanztem Bajonett spazierte ich also auf und ab – es war acht Uhr, im Juni, der Himmel noch sehr hell, erst später ging die Sonne unter. Es stank in den beiden Schenkeln des Rechtecks, die meiner Aufsicht anvertraut waren, es stank ganz gemein, trotzdem der Gang kein Dach trug. Es stank – man möge mir das grosse Wort verzeihen –, es stank nach Angst. Nach Todesangst, wahrhaftig. Ein Geruch, der sich einem nicht nur auf die Lungen legte, nein, er ging tiefer, er nistete sich in der Magengrube ein. Ich war froh, dass mein Freund Baskakoff, der Fürsprech aus Odessa, geraten hatte, vor der Wachablösung einen Liter Wein zu trinken; aber der Angstgeruch war stärker als der leichte Weinrausch. In meinen Patronentaschen hatte ich ein paar Päcklein Job-Zigaretten verstaut. Es war verboten, auf der Wache zu rauchen, aber da ich nicht überrascht werden konnte – die eiserne Tür, zu der ich den Schlüssel hatte, war schlecht geölt und kreischte, wenn man sie öffnete –, so hatte ich wenig zu riskieren.

Rot wurde der Himmel, erdbeerfarben, dann violett wie Stiefmütterchen, und die Stadt sandte ihren Staub über die Umfassungsmauer. Acht Zellen im Schenkel, den die Tür verschloss, zehn Zellen im andern Schenkel, der rechtwinklig zum ersten stand und am Ende von einer hohen Mauer abgeschlossen wurde. Achtzehn Zellen...

Zuerst war es still. Es schienen Tote hinter den schweren Türen zu liegen, die nur ein winziges Guckloch in Augenhöhe hatten. Aber um halb neun wachten die gefangenen Vögel auf. Sie pfiffen ganz leise, verschüchtert. Ich horchte an einer Zelle, fragte: »Was gibt's?« – »Zigarette!«

Selbstverständlich. Ich schob die angezündete Job durchs Guckloch. Eine Zelle, zwei Zellen – und so weiter. Das machte siebzehn Zigaretten. Fast ein Paket. Ich war froh, dass ich damals, als mir die »Prime« ausbezahlt worden war, einen ordentlichen Vorrat von Zigaretten angelegt hatte. Und dass ich auch genug Zündhölzchen hatte. Und Wasser wollten die Vögel in den

Käfigen auch. Aber Wasser hatte ich keines. Ich versprach, um zwei Uhr eine Feldflasche einzuschmuggeln. Man denkt eben nicht an alles, wenn man so unversehens in die Hölle kommt – überhaupt, man ist meist gedankenlos im Leben, denn dächte man ein wenig nach, so wüsste man, dass die Verdammten Durst leiden.

Siebzehn Zigaretten (drei blieben noch im Zwanzigerpäckchen) und achtzehn Zellen. Eine Zelle, gerade an der Ecke, wo die beiden Schenkel des Rechtecks zusammenstiessen, blieb stumm. War sie leer? Nein. Ich hatte die »Consigne«, den Wachtbefehl erhalten. In ihm war mir mitgeteilt worden, dass alle Zellen besetzt seien. Ein guter Gefangenenwärter muss das wissen.

Eine Zelle blieb also stumm. Ich klopfte vorsichtig mit dem Zeigfingerknöchel an die dicken Bohlen – keine Antwort. »Ist er tot?« fragte ich mich, »oder krank?« und überlegte, ob ich den Doktor, den Herrn Major, alarmieren solle. Aber nein, das ging nicht. »Hallo!« rief ich, leise noch immer, »schläfst du?«

Schweigen.

Das war unheimlich. Ich rief lauter, auf die Gefahr hin, von draussen gehört zu werden. Da endlich kam eine Antwort.

Die Stimme! Die Stimme kannte ich, obwohl sie rauh war. Und die Stimme rief mich beim Namen: »Chlaus!« sagte sie. »Bist du da?«

»Aber Kind Gottes!« ruf' ich und muss mich zusammennehmen, um nicht allzu laut zu schreien. »Was machst denn du hier?« Und ich bin erstaunt. Denn bei der Wachablösung hatten wir die Bestraften noch im Hofe exerzieren sehen (das, was der korsische Hund Exerzieren nannte), ein paar Kameraden hatte ich erkannt – aber ich war sicher, dass Dolf, der blonde Ackermann, nicht unter ihnen gewesen war.

»Ich werde erschossen!« sagte Dolf. »Sie haben mich angeklagt wegen Mord. Sie lassen mich nicht aus der Zelle heraus. Ich bekomme nur gesalzene Suppe, mittags und abends, und keinen Schluck Wasser. Und er gibt mir Fusstritte. Fünfmal war ich schon vor dem Hauptmann, und ich soll gestehen, dass ich den Fleiner umgebracht habe, wegen seiner ›Prime‹, um ihm das Geld zu rauben, und ich bin es nicht gewesen.«

»Du«? sag' ich. »Den Fleiner umgebracht? Das ist doch Blödsinn.« Und ich erinnere mich gut an die Geschichte. Vor vierzehn Tagen war es. Da mussten wir eines Morgens im Kasernenhof antreten. Unsere Kompagnie zuerst, in Ausgehuniform, die weisse Flanellbinde um die Hüften und darüber an der Koppel das Bajonett. Zwei Zivilisten schreiten unsere Reihen ab. Wir müssen das Bajonett, das aussieht wie ein langes Stilett aus bläulichem Stahl, vorzeigen und die Binde auftun und die Ärmel zurückschlagen, damit man das Hemd sehen kann.

Die beiden Zivilisten schreiten unsere Linien ab, unser Capitaine, dicht hinter dem Obersten Desjardin, trabt hinter den beiden. Jeden von uns besehen sich die zwei – schwer ist es nicht, ihren Beruf zu erraten: kleiner Schnauz, breite Schuhe, steifer Kragen mit fertiger Masche; einer raunt es dem andern zu: »Geheimpolizei«. Aber wir wissen noch gar nicht, was passiert ist. Die beiden Detektive, die der Franzose respektlos »Kühe« nennt, sind mit unserer Kompagnie fertig.

»Abtreten.«

Nachher erfahren wir, dass ein Deutscher, namens Fleiner, der mit dem letzten Transport gekommen ist, an selbigem Morgen ermordet aufgefunden worden ist. Im schlammigen Bett des Bächleins, das östlich vom Araberviertel vorbeifliesst. Drei Bajonettstiche: Lunge, Herz, Unterleib. Taschen leer. Ausgeraubt. Von unserem Zimmer aus sehen wir, wie die anderen Kompagnien der Garnison antreten, die beiden mit den breiten Stiefeln und den in dieser Hitze höchst lästigen steifen Hüten, schreiten auch dort die Front ab. Aber dann bläst das Horn zum Essen, wir sehen nicht mehr zu. Am Abend heisst es, einer von der zweiten Instruktionskompagnie sei verhaftet worden. Der Name war nicht zu erfahren, und wir haben auch nicht weitergeforscht.

Also den Dolf, den Sohn des Kaufmanns Ackermann aus Frankfurt, hat es erwischt. Grosse Neuigkeit! Warum hat mir mein Freund Baskakoff nichts von der Geschichte erzählt? Und ich frage auch gleich:

»Aber Dolf, hast du nie mit dem Sergeanten Baskakoff gesprochen?«

»Nein«, sagte Dolf. »Nur mit dem Hauptmann von der Militärjustiz und den zwei Polizisten aus der Stadt.«

»Haben sie dich geschlagen?«

»Nein. Aber einmal zehn Stunden ausgefragt.«

Zehn Stunden! Allerhand! Und daneben Salzsuppe und kein Wasser!

»Willst du eine Zigarette, Dolf?«

»Doch gern, gern, sehr gern!« Und dann Schluchzen. Ich muss gestehen, dass ich sonst nicht sentimental bin. Aber mir sitzt auch eine Kugel im Hals. Das also war's! Der Gestank nach Todesangst! … Drei Zigaretten, und eine ist angezündet … »Und um zwei bring' ich dir Wasser. Morgen sprech' ich mit Baskakoff. Aber jetzt sei still. Die Ablösung kommt. Und pass auf mit meinem Nachfolger. Er ist nicht dicht.«

»Danke«, sagte die heisere Stimme. Das Schloss kreischt. Ablösung.

Zehn Uhr. Nein; Baskakoff kann ich jetzt nicht aufsuchen. Der ist in der Stadt. Er kennt eine Dame, die ihn manchmal zum Tee einlädt, in allen Ehren, jawohl.

Wir sind allesamt Sünder, und ich will gestehen, dass ich in der ersten halben Stunde nur an eines dachte: »Hast du dich«, dachte ich, »so sehr getäuscht? Hat dich der Dolf angeschwindelt? Ist er gar kein Kaufmannssohn, sondern ein verlottertes Bürschlein der Nachkriegszeit, das aus Frankfurt geflohen ist (Frankfurt? Es kann geradesogut Essen oder Hamburg oder Mannheim oder Karlsruhe sein), weil es etwas ausgefressen hat und ihm die Luft zu dick geworden ist?« Wie gesagt, wir sind allesamt Sünder und eitel obendrein. Es ist doch nicht gut möglich, dass man sich so getäuscht hat!

Bei mir war es verletzte Eigenliebe. – Aber dann sehe ich den Dolf auf dem Schiff, und deutlich klingt in meinen Ohren seine Stimme. Ich höre ihn die Geschichte erzählen von seiner unglücklichen Liebe, höre ihn von seinem Vater sprechen … Jung, kaum zwanzig. So sauber ist sein blondes Haar, seine Ohren sind wohlgeformt, sein Schädel ist lang, gesund und glatt seine Gesichtshaut. Schliesslich und endlich, ich bin doch kein heuriger Hase, ich habe schon genug Menschen gesehen …

Aber andererseits: Man mag über die Legion denken wie man will. Wenn nicht Indizien, schwerwiegende Indizien, wie die Kriminalisten sagen, vorhanden gewesen wären, dann hätte man den Dolf nie eingesperrt. Unnütz, über die Frage weiter nachzudenken, man wird den Dolf fragen müssen …

Zwei bis vier – acht bis zehn – und wieder zwei bis vier morgen nachmittag. Das sind die Stunden, die ich noch stehen muss. Sechs Stunden. Zeit genug. Und dann hab' ich gedankenlos die Feldflasche ausgetrunken – zwei Liter fasst sie, ich habe sie füllen lassen, bevor ich auf die Wache gezogen bin, ein Liter war noch vorhanden. Schwerer Rotwein… Und dann schläft man ein, tief und fest. Aber man wacht auf, ohne Wecker, Viertel vor zwei, und hat gerade noch Zeit, die Feldflasche mit Wasser zu füllen…

Den andern habe ich nichts gegeben. Dolf hat zwei Liter Wasser getrunken, nun ist ihm besser, seine Stimme tönt nicht mehr heiser, er kann Antwort geben. Aber es ist nicht viel, was er zu berichten weiss.

Seine »Prime« hat er schon am Sonntag verputzt gehabt. Nun ja, begreiflich. Wenn die Erzählung von seinem Leben richtig ist, so ist er in einem gutbürgerlichen Haus aufgewachsen. Dort ist das Taschengeld immer knapp. Und nun bekommt er plötzlich eine grössere Summe in die Hand. Was tut er damit? Er ist glücklich, wenn er sie verputzen kann. Eine sehr verständliche Reaktion. Wahrscheinlich hätte ich es vor fünf Jahren nicht anders gemacht. Gut. Er hat kein Geld mehr. Aber er möchte die Herrlichkeiten weiter geniessen. Sold? Fünfundzwanzig Centimes im Tag? Es langt kaum für Zigaretten. Fleiner ist ein Landsmann. Dolf ist mit ihm ausgegangen. – Fleiner, der Ermordete, ist ein Landsmann!… Er hat ihn freigehalten. Man – das heisst viele Kameraden – hat die beiden zusammen ausgehen sehen.

Und dann?

An jenem Abend, an dem Fleiner ermordet worden ist, hat Dolf kaum den Heimweg gefunden. Heimweg! Das ist auch so eine Redensart: den Weg in die Kaserne. Dolf war betrunken,

Fleiner auch. Unterwegs ist Dolf eingeschlafen, dann ist er aufgewacht, Fleiner war verschwunden, und dem Dolf hat es geschienen, als habe sich jemand an seinem Rock zu schaffen gemacht. Mehr noch, es kommt ihm vor, als habe er nicht mehr den gleichen Uniformrock an. Es ist ein Rock aus Khakistoff, natürlich, in der Legion trägt man ihn nicht, wie gewöhnliche Sterbliche ihn tragen, nein, man zwängt seine Schösse in die Hosen, knöpft die Hosen darüber zu und windet sich dann die flanellene Leibbinde, dreifach zusammengelegt, um die Hüften.

Der Rock war ein anderer – er hatte einen höheren Kragen –, und die Leibbinde war ganz lose.

Und am nächsten Tage, als die Geheimpolizisten die Front der zweiten Instruktionskompagnie abschritten, fanden sie, dass die Ärmel von Dolfs Khakirock vorn Blutspuren trugen. Wenige zwar, aber gut sichtbare – wenn man aufmerksam hinsah. Und das Bajonett – stilettartig, aus bläulichem Stahl – trug in seinen Rinnen Rostflecken. Kein Rost, nein, die nähere Untersuchung zeigt, dass es Blut ist. Menschenblut. Mein Gott, sogar in Bel-Abbès hat die Polizei gelernt, die Hämoglobin-Probe zu machen und die roten Blutkörperchen unter dem Mikroskop zu untersuchen. Ja, mehr noch: Das Blut am Bajonett, das Blut an den Ärmeln gehört zur selben Blutgruppe wie das Blut des ermordeten Fleiner...

Das alles hat man in den Verhören, die jeweils acht bis zehn Stunden dauerten, dem Dolf hundert-, zweihundertmal an den Kopf geworfen. Und der korsische Sergeant hat dafür gesorgt, dass der Durst die begonnene Einschüchterungsarbeit mit Erfolg kröne...

Mit Erfolg kröne... So spricht Dolf. Er scheint ein wenig Mut gefasst zu haben. Aber wir haben so lange miteinander geflüstert, dass ich nach meinen andern gefangenen Vögeln sehen muss. Sonst werden sie eifersüchtig. Ein zweites Päcklein Job muss daran glauben.

Vier Uhr... Bis acht schlafe ich. Nützlicheres kann man nicht tun. Um acht Uhr ist der korsische Sergeant Cattaneo vollauf beschäftigt, seine Tiere zu dressieren. »Auf! Nieder! Laufschritt! Eins – zwei – drei – vier! Nieder! Auf! Kniebeuge! Eins – zwei!« Alles mit einem zwanzig Kilo schweren Sack auf dem Buckel, Steine und Sand.

Ich habe also nur den Dolf zu bewachen. Aber am Tage heisst es vorsichtig sein. Der Sergeant ist ein schlauer Hund. Also frage ich zuerst, ob Cattaneo schon seine Morgenvisite gemacht hat. – Nein. – Gut. Also warten.

Nach einer Viertelstunde kommt er. Das Kommando im Hof hat er seinem Assistenten, einem Korporal, übergeben. Es geht dort stiller zu, scheint es. Der Korse blickt mich böse an, wie eine Katze, die Lust hat, einem gerade ins Gesicht zu springen; denn er hat so kleine Ohren, dass es aussieht, als lege er die Ohren zurück. Mit viel Gerassel schliesst er Dolfs Zelle auf, schnuppert... Der Rauch hat sich verzogen.

Dafür schreit er: »Mörder! Raus mit dem Mörder!« Ein ganzer Rosenkranz von Flüchen wird heruntergeleiert – und sie gelten alle dem Sohn des Herrn Kommerzienrat Ackermann aus Frankfurt.

Schön sieht er nicht aus, der Sohn. Kahlgeschoren, der Kopf voll Schorf. Hebt nicht Cattaneo gerade den Schlüsselbund? Da stehe ich ganz zufällig neben ihm, Gewehr bei Fuss, das Bajonett aus bläulichem Stahl drängt sich, als habe es einen eigenen Willen, zwischen den Herrn Gefängnisdirektor und sein Opfer – da sinkt der Schlüsselbund herab. Danke für den Blick! Dolf trägt einen Khakirock mit hohem Kragen – aber was ist das? Während Dolf in der Tür steht, den vollen Kübel in der Hand, beuge ich mich über den Ärmel.

Fadenenden, schwarze Fadenenden. Ein, zwei, drei Knöpfe, wie man sie eben in das Fadenende knüpft, wenn man verhindern will, dass der Faden wieder aus dem Stoff rutscht. Am rechten Ärmel ist es deutlich, am linken weniger...

Was näht man auf einen Ärmel? Zwischen Handgelenk und Ellbogen? Die »Schnüre«, die Abzeichen des Grades. Korporal, Wachtmeister tragen die »Schnüre« zwischen Ellbogen und Handgelenk, Fourier und Feldweibel noch andere zwischen Ellbogen und Schulter. Zwischen Ellbogen und Schulter ist der Ärmel von Dolfs Khakirock glatt. Nicht einmal leere Nadelstiche sind sichtbar, die ja immer entstehen, wenn wir etwas annähen. Wir brauchen dicke Nadeln zum Nähen und nicht feine. Wir sind keine Schneiderinnen...

Korporal? Sergeant?...

Dolf scheint nicht gelogen zu haben mit seiner verworrenen Erzählung vom Vertauschen seiner Khakikutte. Die Ärmel blutig, vorn am Rand... Ja, die Militärjustiz arbeitet anders als die Ziviljustiz. Sie lässt dem Angeklagten ruhig das Corpus delicti. Nur das Bajonett wird sie beschlagnahmt haben...

Sonst noch etwas?

Der Rock ist umgearbeitet worden. Der Kragen ist höher, als beispielsweise bei meinem Rock, er ist auf Taille geschnitten...

Eigentlich war meine Inspektion sehr kurz.

Ich schultere nachlässig das Gewehr und kehre dem Gefängnisdirektor und seinem Opfer den Rücken. Ich habe gar keine Lust, dass mich der Korse auf den Rapport gibt, besonders jetzt könnte ich das durchaus nicht brauchen, heute abend muss ich unbedingt mit Baskakoff sprechen... Mit Baskakoff, dem Juristen... Vielleicht hat er mich angeschwindelt – es wird soviel geschwindelt hier, alle Deutschen sind mindestens Grafen und alle Russen Fürsten oder Prinzen... Vielleicht ist Baskakoff gar kein Fürsprech? Dummes Zeug! Auch Skepsis kann weiter nichts sein als ein Zeichen von Müdigkeit – eine Reaktion...

Es ist gefährlich, aber ich tue es doch. Um zwei schmuggle ich noch einmal eine Feldflasche ins Gefängnis: halb Wasser, halb Wein. Die Feldflasche hat an der Seite ein dünnes Röhrchen, aus dem man trinken kann, das passt gerade ins Guckloch der Zellentür. Der Dolf bekommt einen leichten Rausch. Aber er ist folgsam und legt sich auf sein Bett... Sein Bett! Ein würfelförmiger Zementklotz, aus dessen rauher Oberfläche scharfe Kieselsteine ragen. Dolf weiss, dass ich seine Angelegenheit mit andern besprechen will...

Ein Sergeant? Ein Korporal?

Eher ein Sergeant. Die Korporale der Garnison, die ihre Uniformen zum Umschneidern geben, lassen sich an den Fingern einer Hand abzählen: Pierrard, der Klavierspieler, der nie Dienst tut, weil er den Kindern des Colonels Musikstunden geben muss (Pierrard: 1. Preis des Brüsseler Konservatoriums), Lavery, der Küchenkorporal (passt nicht, ist zu klein); wer noch?...

Sechs Uhr: Ablösung. Ins Zimmer hinauf, Patronentaschen abgeschnallt, Capotte fortgeworfen. Kein Hunger.

Am Tor wartet Baskakoff.

»Hören Sie, Baskakoff, haben Sie von diesem Mordfall gehört? Ackermann?«

Zuerst sieht sich Baskakoff um, und so habe ich Zeit, ihn wieder einmal in Augenschein zu nehmen. Er ist hässlich. Unzweifelhaft. Eine lange Nase, die vorne dick wird, hängt über seine Lippen, die bläulich angelaufen sind. Schlechte Blutzirkulation. Dazu ist er mager, mit richtigen Kavalleristenbeinen – O-Beinen, besser gesagt. Und ganz zusammenhanglos frage ich ihn:

»Haben Sie eigentlich bei den Kosaken gedient?«

Baskakoff nickt schweigend, lässt einen Augenblick Stille herrschen und sagt dann leise: »Ich war He...« und schlägt sich auf den Mund.

Hetman hat er sagen wollen, denke ich. Ist das nun wieder gelogen (obwohl Baskakoff mich noch nie angelogen hat, soweit ich dies kontrollieren kann) oder... Aber ein Rechtsanwalt Hetman einer Kosaken... Wie sind die Kosaken eingeteilt? In Schwadrone? Gleichgültig. Wir laufen schweigend nebeneinander her.

Geschminkte Offiziersfrauen führen ihre Männer spazieren – am Tage machen uns diese Männer Angst. Aber jetzt im staubig-heissen Abend sehen sie aus wie blaugestrichene Riesenköter, die brav neben dem »Fraueli« herzotteln. Wo ist die Leine? Unsichtbar.

»Am besten«, sagt Baskakoff, »wir gehen ins Hammam. Dort kann man ungestört reden. Dorthin verirrt sich kein Europäer.«

Also, auf ins Dampfbad! Eintritt fünfzig Centimes. Das demokratischste Lokal von ganz Bel-Abbès. Dort hockt der reiche Seidenhändler neben dem Strassenkehrer, der eine seift dem andern den Rücken ein, und der reiche Handelsmann vergilt gleiches mit gleichem. Vor Allah sind alle Menschen gleich. Aber was das Wichtigste ist, im Hammam wird nicht gestohlen.

Wir schweigen, während wir schwitzen, wir schweigen, während man uns massiert – eine andere Massage ist das, als die in Europa. Ein riesiger Neger renkt uns nach und nach alle Gelenke aus und wieder ein und grinst mit seinen schneeweissen Zähnen. Dann liegen wir auf Alfamatten, und der Besitzer bringt uns eigenhändig eine Tasse Kaffee. Der ist im Badepreis inbegriffen.

»Der Colonel!« sagt Baskakoff, »hat sich über den Fall Ackermann sehr aufgeregt.« Baskakoff spricht ein ausgezeichnetes Deutsch, er hat sicher lange im Baltikum gelebt. »Aber der Fall ist ihm aus den Händen genommen worden. Erst wenn die Untersuchung reif ist und eine Klage für das Kriegsgericht fällig, wird ihm der Fall unterbreitet werden – vorgekaut, ja. Und was haben Sie von der Sache erfahren?«

Ich erzähle: Die Überfahrt, Ackermanns Lebens- und Liebesgeschichte und auch vom Kommerzienrat Ackermann in Frankfurt. Baskakoff nickt. Er liegt auf seiner Matte, eingehüllt in ein weiches, weisses Tuch. Sein Hinterkopf ruht, wie der meine, auf einer Rolle, die hart ist wie Holz. So reden wir beide in die leere Luft hinein, aber beileibe nicht aneinander vorbei. Und dann berichte ich von meinen Beobachtungen, von den abgetrennten Schnüren am Rocke Dolfs. Ich bin fertig und schweige.

Da reckt Baskakoff seine schwarzbehaarte Hand in die Höhe und beginnt aufzuzählen:

»Dunoyer, Sergeant, erste Kompagnie, dritte Sektion; Veyre, erste Kompagnie, zweite Sektion; Schützendorf, zweite Kompagnie, zweite Sektion; Hassa, zweite Kompagnie, vierte Sektion. Vier Sergeanten mit über zehn Jahren Dienstzeit. Alkoholiker, alle vier. Nie einen Centime Geld im Sack. Und vergessen Sie nicht bei Ihrer Untersuchung: Cattaneo, Sergeant, Prison.« Er sagt Prisong und meint damit das Gefängnis. Ich korrigiere mechanisch und spreche ihm den Nasallaut »on« überdeutlich vor. Er wiederholt, sagt danke, schweigt.

»Aber, Baskakoff, ich kann doch nicht die Zimmer von fünf Sergeanten durchsuchen!« jammere ich.

»Es zwingt Sie niemand dazu. Ich dachte nur, Sie wollten Ihrem Freunde helfen.«

Ich wollte widersprechen: Dolf ist nicht mein Freund. Aber da sind Baskakoffs graue Augen auf mich gerichtet. Merkwürdige Augen, streng, mit einem kleinen Lächeln, das auftaucht, verschwindet, wie der Hals eines Schwanes auf ruhigem Wasser.

»Ich will Ihnen schon helfen«, sagt Baskakoff. »Wir können in die Kaserne zurück, ich führe Sie zu den Zimmern der vorhin aufgezählten Sergeanten, Sie machen Ihre Untersuchung, während ich draussen Wache stehe. Mir wird niemand etwas vorwerfen, wenn ich meine Kollegen besuchen gehe. Kommen Sie?«

Es ist erst halb acht, als wir durch das Tor der Kaserne schreiten.

Was hoffe ich zu finden? Ich weiss es selbst nicht. Angenommen, ein Sergeant hat Dolfs Rock angezogen, dann muss er sich mit einem Mannschaftsrock begnügt haben. A priori, wie die Herren Philosophieprofessoren sagen, von vornherein, wie wir gewöhnliche Sterbliche dies ausdrücken, wäre der Sergeant verdächtig, der einen frisch umgearbeiteten Rock in seinem Spind hätte...

Dunoyer (tätowiert am ganzen Körper) liegt auf seinem Bett. Baskakoff ist die Freundlichkeit selbst. Er lädt den Dunoyer zu einem Liter Wein in die Kantine ein. Ich bleibe zurück. Dunoyer: nichts Verdächtiges...

Veyre, in der gleichen Kompagnie, hat sein Zimmer nebenan. Das Zimmer ist leer, der Spind offen. Der arme Veyre! Er kann mit seinen Uniformstücken keinen Staat machen. Ein verrumpfelter Khakirock, sonst nichts...

Aber vielleicht trägt er den andern auf sich? Nein, da kommt er gerade über den Hof. Er ist lang, lang und dürr. Er kommt nicht in Frage. Denn der Rock, den Dolf trug, der sass! Hätte Veyre mit Dolf den Rock getauscht, das Kleidungsstück würde meinem Freund (gut, sei's drum! meinem Freund!) fast bis an die Kniekehlen reichen.

Nichts bei Hassa, nichts bei Schützendorf. Übrigens erinnerte ich mich jetzt, dass Schützendorf sehr korpulent ist, er ist Bayer und pflegt seinen Bierbauch. Er kann dies ungescheut tun, denn er hat einen Druckposten in der Küche. Und Hassa? Hassa ist fast ein Zwerg, ein

Zwerg, der aus dem Riesengebirge stammt. Kein Rübezahl … ein Zwerg, ein Gnom, mit schmalen Schultern. Dolf würde den Rock sprengen, zöge er ihn an …

Warum kommen die Überlegungen postnumerando – nachträglich?

Bliebe also nur – es fröstelte mich –, bliebe nur der Korse. Aber des Korsen Zimmer liegt im Gefängnis. Ich habe keinen Zutritt dazu. Ich stehe vor einer Mauer …

Halt! Und Baskakoff? Wer sagt eigentlich, dass es ein Sergeant sein muss, der viele Dienstjahre hat. Ein Rengagierter, wie wir sie nennen?

Merkwürdig ist doch immerhin, dass Baskakoff, der jahrelang Advokat gewesen ist, sich keinen Deut um die ganze Kriminalaffäre gekümmert hat. Er, der doch die Klage fürs Kriegsgericht aufzusetzen hat.

Wovon hat er zuerst mit mir gesprochen? Von Dostojewskys »Schuld und Sühne«. Von Raskolnikoff. Raskolnikoff, dem Studenten, der eine Wucherin und ihre blödsinnige Schwester ermordet. Warum hat er nach fünfzig Metern von diesem, immerhin abgelegenen Thema angefangen? Hier in der Legion, wo man sich, weiss Gott, nicht mit literarischer Kritik beschäftigt? Und dann noch zu mir, den er gar nicht kannte? Das schlechte Gewissen nimmt sonderbare Verkleidungen an. Es treibt nur allzu oft Mummenschanz, das schlechte Gewissen. Weiss ich das nicht? Gewiss! Ich weiss es nur zu gut …

Die Kantine. Sie liegt merkwürdigerweise gerade neben dem »Prisong«, wie Baskakoff sagt, neben dem Gefängnis. Ein dicker Spaniol schenkt dort Wein aus. Gläser gibt es nicht, man trinkt aus den Flaschen. Auch Sardinenbüchsen sind erhältlich, Brot, Wurst, Schokolade, Zigaretten.

Blau ist die Luft im Raume. Die Tische, die nie recht gefegt werden, haben einen schwarzen Schmutzüberzug, der in allen Regenbogenfarben schillert, wie Teer. In einer Ecke sind sechs versammelt. Zehn Flaschen vor ihnen. Sie singen: »Ja, das war die böse Schwiegermamama, Schwiegermamama, Schwiegermamama …«

Dort sitzt er, vor dem Schanktisch. Aber nicht Dunoyer sitzt bei ihm, sondern wahrhaftig der Korse.

Der Korse ohne Leibgarde. Ganz allein. Vielleicht fühlt er sich in Begleitung eines Kollegen sicher?

Baskakoff? … Cattaneo? …

Ganz unmerklich, nur mit den Augen, winkt mir Baskakoff, näherzutreten. Vor dem Korsen steht eine Flasche jenes giftgrünen Gesöffs, das aufgekommen ist, als der Absinth verboten wurde. Zur Hälfte leer. Cattaneos Backen glühen, und dies ist keine Metapher – sie glühen wirklich, oder, um ganz genau zu sein, sie erinnern an glühende Holzkohlen.

Baskakoff ist nüchtern und bleich, seine Nase hängt traurig über seine Lippen. Und jetzt erst bemerke ich, dass der Rechtsanwalt aus Odessa, der für einen Tischler, der sich verflüchtigt hatte, eingesprungen ist, einen simplen Uniformrock trägt, der von keinem Schneider einen Offiziersschnitt erhalten hat. Lose sind die goldenen Borten, der spitze Winkel auf dem Unterarm, lose sind sie angenäht.

Die beiden diskutieren. Auch das stimmt nicht ganz. Der Korse erzählt etwas, mit leicht gelähmter Zunge (der Pernod, wie man den Absinthersatz getauft hat, ist ein verräterisches Gesöff), und hin und wieder wirft der ehemalige Fürsprech ein Wort ein. Sie sprechen Französisch. Cattaneo erklärt etwas und fährt mit dem Zeigefinger in einer Lache herum, die von verschüttetem Wein herrührt. Ich schleiche näher, der korsische Sergeant bemerkt mich nicht, auch dann nicht, als ich endlich das Hockerli neben seinem Stuhl eingenommen habe. Es scheint, als sei er blind.

Er hebt die Flasche, nimmt einen langen Zug. Und beginnt wieder zu sprechen. Seine Rede ist klar. Er hat sich nüchtern getrunken, aber mir scheint, ich weiss es nicht warum, dass es eine gefährliche Nüchternheit ist.

»Kuik«, sagt er. Er hat aus der Weinlache einen Mann gemacht – das heisst, die primitive Zeichnung eines menschlichen Wesens: der Kopf: ein Kreis; der Rumpf: ein grösserer Kreis; zwei waagrechte Striche: die Arme; zwei senkrechte Striche: die Beine. »Kuik«, wiederholt er und trennt mit dem Zeigefinger den Kopf vom Rumpf – will es vielmehr tun, aber der Wein ist klebrig. Es gibt nur einen Strich, der dem Arm zur Linken des Korsen parallel läuft. »Kopfabhauen, das wird das beste sein. Sind alles Mörder, Spione, Verräter, Diebe. Die Neuen, die kommen. Spione, von Deutschland gesandt. Man muss sie vertilgen. Fort mit dem Hals, fort mit dem Kopf. Aber ich darf nicht, nur quälen! Das ist erlaubt! Sandsack schleppen! Auf! Nieder! Laufschritt! Hahahahah ...«

Und dabei passt der Ausdruck gar nicht zum Gesprochenen. Die Augen sind braun, sanft, mild. Sie schauen in weite Fernen.

»Bei uns daheim – Blutrache!« sagt er leise, und seine Hände (schöne, glatte Hände) trommeln auf dem Tisch. »Blutrache! Heilig! – Aber hier? Das gleiche. Ein ganzes Volk übt Blutrache am andern.«

Ganz leise, kaum hörbar, sagt Baskakoff:

»Und das Geld?« Er macht den gleichen Fehler wie vorhin, spricht die Endsilbe von »argent« zu hart aus, mit einem »g« am Ende.

»Ich brauche kein Geld«, sagt Cattaneo ruhig und lässt seine Finger kleine Tänze aufführen. »Ich habe zehn Jahre Dienst. Zweihundertfünfzig Franken im Monat, und ich gehe nicht in die Mess. Nein, nein. Ich esse Mannschaftskost. Meine Vögel müssen fasten, dann singen sie schöner. An einem Tag dieser, am andern jener ... Ich bekomme immer genug. Und spare. Aber du brauchst Geld!« schreit er plötzlich Baskakoff ins Gesicht. »Sechs Monate hast du erst und issest in der Mess. Hundert Franken Mess, bleiben dir lumpige zehn Franken. Glaubst du, ich habe dich nicht durchschaut? Hast Geld gebraucht, hast dem ... dem Ackermann deinen Kittel angezogen, hast dem Fleiner das Geld genommen. Aber ...« Flüsternd: »Das bleibt unter uns. Ein Kamerad verrät den andern nicht. Denk an die plombierten Wagen, Kamerad – Revolution in plombierten Wagen, wunderbarer Import. Wer hat importiert? Die Deutschen! Die Deutschen sollen die Suppe auslöffeln – und auch der ... der ... Ackermann!«

Schweigen. Am Tisch der sechs singen sie jetzt:

»Ich weiss nicht, was soll es bedeuten ...«

»Ruhe dort!« schrie der Korse. Baskakoff war ein wenig blass geworden. Seine Lippen hatten ihre Bläue verloren, und seine Nasenspitze war weiss. Auf den Nasenflügeln standen winzige Schweisstropfen. Der Korse hatte den Kopf gesenkt. Da blickte mich Baskakoff voll an, und seine Lippen, seine bleichen Lippen formten ein Wort, ein deutsches Wort. Dreimal musste er seine Lippen verziehen, deutlich die Zähne des Oberkiefers zeigen, den Mund weit öffnen, ihn schliessen, bis ich verstand: »Wache!«

Ich sollte die Wache rufen! Nein, ich wollte nicht. Sachte rutschte ich von meinem Stuhl herab, zahlte beim Kantinenwirt eine Flasche, schlich zum Tisch der sechs Sänger, zog einen am Ärmel (er war von meiner Kompagnie), zeigte ihm die Flasche und flüsterte ihm ins Ohr: »Für dich, wenn du zwei Mann von der Wache holst. Sag, es sei Befehl vom Obersten.«

Der Sänger glaubte mir. Er nahm die Flasche, liess sie in seiner Capotte verschwinden. Dann stand er auf und ging. Ich wollte die Wache dirigieren, wenn sie kam. Baskakoff oder der Korse? Fünf Minuten, dann war es entschieden.

»Sergeant«, sagte Baskakoff (und wenn er hundertmal geduzt wurde, immer siezte er seinen Partner), »Sergeant«, wiederholte Baskakoff, und sein Zeigefinger tippte auf das Männchen, das aus einer Weinlache entstanden war. »Sie haben gesagt: Kuik! und dazu die Gebärde gemacht des Halsabschneidens ...« Wie mühselig war Baskakoffs Französisch; ohne Zweifel, das Schreiben in dieser Sprache ging ihm besser von der Hand. »Kennen Sie den Bach beim Araberviertel?«

»Den Bach? Gewiss kenn' ich den Bach.« Lachen. Schluck aus der Pernodflasche. »Was weiter?«

Baskakoff schwieg. Er sass mit dem Rücken zum Schanktisch und behielt die Türe im Auge. Der Korse sah nur die vielfarbigen Flaschen, die der spanische Kantinenwirt sehr malerisch auf seinen Gestellen gruppiert hatte: den braunen Wermut, den purpurnen Byrrh, die giftgrüne Minze, den wasserhellen Dattelschnaps und die Pernodflasche mit dem silbernen Hut ...

»Ich brauche Geld«, sagte Baskakoff leise. Und als wolle er die Worte verwischen, fügte er hinzu: »Trinken Sie!« So zwingend war die Aufforderung, dass der Korse einen langen Schluck aus der Pernodflasche nahm. Das war unvorsichtig, denn ich sah es ganz deutlich, wie seine augenblickliche Nüchternheit plötzlich verflog und ein ganz schwerer Rausch seine Zunge lähmte.

»Ich brauche Geld«, sagte Baskakoff lauter. »Können Sie mir etwas leihen? Fünfzig Franken? Sie bekommen sie zurück am Ende des Monats.«

»Geld?« lallte Cattaneo. Er griff in seine Hosentasche, zog Banknoten hervor. »Geld haben wir genug.« Und warf eine Fünfzigernote über den Tisch. Ich konnte sie nicht recht sehen. Der Korse hielt seine Hand darüber.

»Aber natürlich!« Die glatte, schöngeformte Hand gab die Note frei. »Bei mir«, sagte Cattaneo, »ist immer Geld. Wenn sie ins Prison kommen, meine Vögel, haben manche die Taschen voll Geld. Das sehen sie nie wieder. Wozu auch? Hahahaha. Gegen Sergeant Cattaneo aufmucken? Gibt es nicht. Da hast du. Willst du mehr?«

Eine Hunderternote, noch eine.

Die Tür der Kantine ging auf. Im Türrahmen standen zwei Mann mit aufgepflanztem Bajonett. Ein Korporal begleitete sie.

»Mein Herr«, sagte Baskakoff und wandte sich an mich. »Sie sind Zeuge, dass mir Sergeant Cattaneo zwei blutbefleckte Banknoten übergeben hat. Korporal, treten Sie näher. Führen Sie den Mann ins Zivilgefängnis. Sie sind verantwortlich für ihn. Sie haften dem Obersten! Verstehen Sie?« Baskakoff sprach Deutsch, sonderbarerweise, und der Korporal von der Wache verstand ihn und seine Begleiter auch. »Im Wachtlokal können Sie ihn fesseln. Ihren Rapport erwarte ich im Büro des Obersten.«

Einen Augenblick zweifelte ich noch. War es nicht ein Taschenspielerkunststück meines Freundes Baskakoff? Hatte er vielleicht die Noten, die der Korse aus der Tasche gezogen hatte, vertauscht? Aber dann sah ich das Gesicht Cattaneos. Keine Spur von Rausch war mehr in den Zügen festzustellen. Die kleinen Ohren verschwanden fast, wie bei einer wütenden Katze, die ihre Muscheln fest an den Kopf gepresst hält und faucht. Die zwei Soldaten der Wache (kräftige, junge Kerle) packten den Gefängnisdirektor, zogen ihn hoch. Ein Stuhl fiel um. Die Sänger schwiegen. Und plötzlich war es, als habe den Korsen ein Faustschlag an der Schläfe getroffen. Er sank zusammen. Die beiden von der Wache, die nicht recht wussten, was sie mit dem Gewehr anfangen sollten, stützten ihn – und so, die Fussspitzen am Boden schleifend, verliess Sergeant Cattaneo (glasig und halbgeschlossen waren seine Augen) die Kantine.

Ich starrte ihnen nach. Da weckte mich eine Stimme, und die Stimme sagte:

»Die Flasche Pernod müssen Sie bezahlen, mein Freund. Das ist meine Spesenrechnung. Und nun gehen wir wieder fort. Im arabischen Viertel werden Sie mich zu einem Tee einladen. Das werde ich als mein Honorar betrachten. Denn Sie wissen ja«, ein Glucksen, das wie ersticktes Lachen klang, »wir Rechtsanwälte stellen immer eine ziemlich hohe Rechnung für unsere Arbeit.« Er sah meinen Blick, der sich an seinem Soldatenrock festgesehen hatte. »Ich bin zu arm, um mir schneidern zu lassen«, sagte er. »Und ein Hexenstück war das Ganze nicht. Ich weiss seit einer Woche, dass Cattaneo manchmal ohne Begleitung in die Stadt geht. Eine schwarze Brille verbirgt seine Augen, nur lose sind seine Galons angenäht. Und haben Sie gehört, mit welchem Plaisir (Plaisir! sagte Baskakoff) er vom ›Kuik‹, vom Halsabschneiden, vom Mord sprach? Ich freue mich, ich werde eine schöne Klage zu schreiben haben für das Kriegsgericht, denn wissen Sie, diesmal werde ich den Angeklagten selbst verhören. Aber ich verdiene nichts dabei. Untersuchungsrichter sind Staatsangestellte. Darum habe ich meine Sporteln als Advokat auf Ihre Rechnung geschrieben…«

Er schritt zur Türe. Der Abend, der im Kasernenhof ruhte, war still und staubig. Ein Horn blies irgendein Signal. Wir kümmerten uns nicht darum.

Ein toter Mann

»Wenn Sie wüssten«, sagte der dicke Herr, dessen Nacken Falten warf, »wenn Sie wüssten, wie schön wir es gehabt haben vor dem sogenannten Weltkrieg. Man brauchte keine Pässe, man brauchte sich nicht anmelden zu lassen – alles war einfach, die Zollwächter behandelten einen rücksichtsvoll. »Oh«, seufzte er und fuhr mit dem Zeigefinger dem Stehkragen entlang, »Sie wissen eben nicht, wie...« Er schwieg plötzlich; vielleicht war der Ausdruck auf den Gesichtern, die rund über dem Tisch schwebten, an dem plötzlichen Stillschweigen schuld. Denn deutlich verständlich war dieser Ausdruck – und selbst ein Seufzer der Langeweile wäre unnötig gewesen. Die ein wenig verzerrten Mienen der Zuhörer sagten etwa: Wie oft haben wir diese Klage schon hören müssen, wie oft haben schon ältere Herren über die Zeit geklagt, die nach dem Kriege angebrochen ist. Was nützt es aber, über sie zu klagen? Ist sie etwa neu? Nein! Dreimal nein! Schon als Napoleon III., den ein Dichter, der sich für gross hielt, Napoleon den Kleinen nannte, ans Ruder kam, ging es wie in unserer heutigen Zeit. – Der dicke Herr räusperte sich und begann von neuem: »Wenn Sie wüssten, welches Elend uns der Krieg hinterlassen hat! Der Geist ist tot, und einzig der Materialismus triumphiert...« Dann bestellte er sich einen Schnaps, während das Orchester einen Tango spielte.

Doch als die Musik schwieg, sass neben dem dicken Herrn, der so gerne klagte, ein anderer Mann. Sein einfach geschnittener Anzug war blau. Sein Gesicht schien noch jung, deshalb wunderten wir uns über das schneeige Weiss seiner zurückgestrichenen Haare. Sie liessen die Schläfen frei, die sich einbuchteten, und auch den Nacken, der braun war. Die mageren Hände lagen gefaltet auf dem Tisch. Der Kellner kam. »Kann ich ein Glas kalte Milch haben?« fragte der Weisshaarige. Der Kellner war erstaunt. Doch brachte er das Bestellte und verlangte dafür zwei Franken. Der Mann zahlte und faltete dann seine braunen Hände vor dem Getränk. Da sein Gesicht bartlos war, sah man, wie die Lippen sich spitzten ... Ein leiser Pfiff – und dann blies der Neue über die Oberfläche der kalten Milch. »Können Sie sich nicht vorstellen?« fragte der Dicke und zerrte an seinem Stehkragen. Die anderen schwiegen. Da schüttelte der Neue den Kopf und sagte leise: »Ich bin tot. Ich weiss nicht, warum ich noch herumlaufe. Ich bin am zehnten Dezember neunzehnhundertsiebzehn gestorben...«

»Solche Dummheiten«, meinte der dicke Herr und zog an seiner grünen Krawatte. »Sie sind doch nicht tot, wenn Sie kalte Milch trinken! Wenn Sie in das Tanzlokal eines Hotels gehen! Reden Sie keinen Unsinn!« Uns andere am Tisch fröstelte es, obwohl uns eine trockene Hitze umgab, denn unter jedem Fenster stand ein Heizkörper. Auf einer Tribüne begann die Musik wieder zu spielen. Alle Tische des Speisesaales in jenem grossen Hotel droben in den Bergen waren besetzt. In der Mitte des Raumes war ein leerer Platz, auf dem einige Paare langsame Tanzschritte versuchten.

»Sie wissen nicht, was es heisst, tot zu sein? Es ist merkwürdig. Vielleicht haben Sie meiner Sprache angemerkt, dass ich Franzose bin, obwohl ich das Deutsche ziemlich fehlerfrei spreche; ich stamme aus dem Elsass. Neunzehnhundertsechzehn liess ich mich als Freiwilliger in der französischen Armee anwerben, und da ich einundzwanzig Jahre alt war und schon drei Universitätsjahre hinter mir hatte, schickte man mich in eine Offiziersschule. Ich nahm Kurse, lernte Kanonen bedienen, besonders die grosskalibrigen, die in Festungen gebraucht werden, und übte am Maschinengewehr; viel Theorie schluckte ich ... Dann wurde ich in ein Rekrutenlager geschickt, als Unterleutnant, und musste junge Burschen ausbilden. Ende neunzehnhundertsiebzehn war ich soweit, dass ich kommandieren durfte. Als Oberleutnant. Ich wurde in eine Festung geschickt – der Oberst, der unsere Schule befehligte, sagte noch zu mir: ›Passen Sie auf! Dort oben werden Sie nichts zu lachen haben!‹ Ich lachte trotzdem... Dreiundzwanzigjährige haben selten gegen die Angst zu kämpfen.«

Der Mann im blauen, ein wenig abgeschabten Anzug spitzte die Lippen, pfiff leise über seine Milch, und seine Hände blieben gefaltet auf dem Tische liegen. Er wandte den Kopf, grosse Flocken strichen draussen lautlos über die Fensterscheiben. »Es war wie heute abend«, sagte er. »Als wir oben ankamen, beschien eine Bogenlampe den Hof; sie war scharf abgeblendet. Es wunderte mich, dass man alle Insassen der Festung im Hofe versammelt hatte. Die Soldaten trugen Mäntel, deren blaue Farbe an einen bleichen Himmel erinnerte. In weiter Ferne dröhnten Kanonen. Ein Offizier kam mir entgegen; auf seiner Kappe glänzten vier goldene Streifen, in der Rechten trug er den gezückten Degen, und seine Breeches waren rot; an den Absätzen seiner Reitstiefel klirrten Sporen. Ich fragte mich, warum der Kommandant – so nennt man bei uns einen Major – keine Felduniform angelegt hatte. Hinten im Schatten, kaum beleuchtet von der abgeblendeten Bogenlampe, öffneten sich Türen, die in die Kasematten führten. Diese Wohnräume der Truppe waren mit Steinböden bedeckt, darüber krümelte Erde, endlich kam Sand. Die Truppe war unbewaffnet. Dies sah ich erst, als der Kommandant ›Achtung, steht!‹ kommandierte. Dann standen die Männer reglos, deren Gesichter im Schatten der Helme unkennbar waren. Der hohe Offizier, der eine Galauniform des Friedens trug, sprach zu mir: ›Gehen Sie den Reihen entlang, Leutnant! Und bezeichnen Sie mir im ganzen fünfzig Mann!‹ – ›Wozu?‹ – ›Sie haben zu gehorchen und keine Fragen zu stellen! Verstanden?‹ Ich trug einen alten Mantel, und mein Säbel war in meinem Koffer zurückgeblieben. In der Hand hielt ich einen Spazierstock. Ich schritt die erste Reihe entlang und tippte mit meinem Spazierstock fünfzig Männern auf die Brust. Das Schweigen war drückend. Die Männer, deren Brust meine Stockspitze berührt hatte, traten vor, sie standen in einem Knäuel vor den beiden geraden Reihen, vier nebeneinander, so, als warteten sie auf eine Revue.

Ich wartete und fror. Meine Hände steckten in dünnen Handschuhen. Der Kommandant hob seinen Degen, er funkelte matt im Lichte der abgeblendeten Lampe. Da traten aus den Türen, die in die Kasematten führten, fünf Mann heraus. Ein Korporal gab leise Befehle. Einer seiner Begleiter trug auf der Schulter ein Maschinengewehr, der zweite den Dreifuss, der dritte zwei Kisten mit Munition. Die beiden letzten liessen ihre Hände baumeln.

Der Korporal führte seine kleine Gruppe zu den fünfzig Mann, die ich ausgelesen hatte, und liess den Trupp von seinen vier Untergebenen einrahmen. Ein leiser Befehl, der Kommandant hatte die behandschuhten Hände über den Degenknauf gelegt, und die Klinge lag schief auf dem schwarzen Uniformrock... Medaillen schimmerten: das kupferne Kriegskreuz mit Palmen und Sternen, das Kreuz der Ehrenlegion und die runde Militärmedaille. Die von fünf Mann eingerahmten Fünfzig schritten mit ziehenden Schritten zur Mauer, stellten sich mit dem Rücken gegen sie und warteten. Der Dreifuss wurde aufgepflanzt, dreissig Meter von ihnen entfernt, das Maschinengewehr in die Gabel gelegt, eine Munitionskiste öffnete sich, ein Mann setzte sich auf den mit Schnee bedeckten Boden, den Rücken den Fünfzig zugekehrt; ein zweiter sass auf dem winzigen Sitz des Dreifusses. Kein Kommando. Eine Bande führte der auf dem Boden Hockende ein, der Schütze zielte nicht lange, dreissig Schüsse knatterten, eine zweite Bande führte der Lader ein, wieder dreissig Schüsse... Sie klangen nicht laut – eher kam es mir vor, als übe sich im Büro der technischen Hochschule ein Fräulein an der Schreibmaschine ... Eine neue Bande, eine Sekunde Ruhe, endlich die letzten dreissig Schüsse. Vor der Mauer lagen fünfzig Männer tot...

Ich stand unter der abgeblendeten Bogenlampe und stiess die Spitze meines Stockes in den Schnee, der Stock bog sich, schnellte auf; Schneeflocken kühlten meine Wangen ... Vor der Mauer gab der Korporal einen leisen Befehl, der Schütze hob das Maschinengewehr aus der Gabel, ein zweiter hob den Dreifuss, der auf dem Boden Hockende packte die leeren Munitionskisten und stand auf. Die Gruppe ging langsam über den Hof – selbst der Kommandant verlangte von ihr keinen Taktschritt...

Ich ging auf den Offizier zu, dessen Hände noch immer auf dem Griff seines Degens lagen. ›Warum?‹ fragte ich. ›Meuterei!‹ krächzte der Kommandant. ›Wir hatten eine Meuterei. Sie ging so weit, dass Verrat im Spiele war. Zwei Spione haben drei Kanonen sabotiert. Wir konnten den Schuldigen nicht entdecken, der die beiden Feinde in die Festung eingelassen hatte. Ich habe sie alle verhört... die Verstockten. Da musste ich ein Exempel statuieren. Dezimieren war zu wenig – nur jeden Zehnten erschiessen? Jeder fünfte musste dran glauben! Der fünfte Teil von zweihundertfünfzig ist fünfzig. Verstehen Sie?‹ Es kam mir vor, als spreche der Mann mit zusammengebissenen Zähnen. Doch ein grauer Schnurrbart verbarg seinen Mund. ›Fünfzig...

haben…daran…glauben…müssen…Ich war froh, dass Sie heute kamen, so musste ich nicht die Leute auswählen. Ich kenne sie alle. Sechs von den Toten sind verheiratet, Frauen und Kinder werden warten. Wie soll man Verrat bestrafen? Sagen Sie mir das, Leutnant!‹

Von mir erhielt der alte Ordensträger keine Antwort. Ich liess mich von meiner Ordonnanz in mein Zimmer führen. Der Koffer war da, ich zog mich um. Dann trat ich vor den Spiegel, um mich zu kämmen. Da sah ich, dass meine Haare weiss geworden waren. Was wollen Sie, auch das Pigment scheint empfindlich zu sein, Angst verscheucht die Färbung. Und es flieht aus dem Körper, wenn der Schmerz unerträglich wird. Sechs Frauen!…Wieviel Kinder?…«

Der Mann, dessen blauer Anzug ein wenig abgeschabt war, trennte seine gefalteten Hände. Die Rechte ergriff das Milchglas, er trank es leer. »Ober«, rief der Mann. Und als der Kellner kam: »Jetzt können Sie mir einen Whisky bringen.«

Der dicke Herr aber sagte: »Unerhört! Solches zu erzählen! Da spricht man noch von Ritterlichkeit!« Er zog sein Schnupftuch und wischte sich den Hals.

Der Weisshaarige trank. Seine Lider blieben gesenkt, während er leise sprach: »Ich habe Ihnen schon gesagt, dass ich damals gestorben bin, damals, an jenem Dezembertag, da es schneite und in der Ferne Kanonen unzufrieden blafften. Mehr konnte ich nicht tun. Aber was wollen Sie: Auch der Tod kennt keinen Gehorsam. Er kommt nicht auf Anruf. Ich habe ihn gesucht und nicht gefunden, ihm gerufen …Am nächsten Tage gab es inmitten des Hofes der Festung ein Viereck, dessen gelber Lehm von seiner Umgebung abstach. Aber der Boden war festgestampft. Kein Kreuz …Nichts…«

Er stand auf, während das Orchester einen Rumba spielte. »Khäkhäkhä…« hustete der Dicke. »Unglaublich.« Der Weisshaarige stand am Fenster und blickte in die Nacht. Dichter strichen die dicken Flocken über die Scheiben. Er ging an unserem Tisch vorbei. »Morgen wird der Schnee sicher vierzig Zentimeter hoch sein. Ich will eine Skitour machen. Gute Nacht!« Schweigen antwortete ihm. Am nächsten Abend brachte ihn eine Rettungskolonne ins Hotel zurück. Er starb in der Nacht. Das Zimmermädchen, das bei ihm Wache gehalten hatte, erzählte am nächsten Morgen: »Er hat viel geredet, immer Französisch. Aber gegen Mitternacht ist er klar geworden, und da hat er gesagt zu mir, auf deutsch: ›Bist du verheiratet?‹ ›Nur verlobt!‹ Da hat der Herr gelächelt und sich aufgerichtet: ›Pass auf die Kinder auf! Auf deine Kinder! Sechs Väter hab’ ich gesehen, und ich sehe sie immer, obwohl ich sie nicht erkennen kann. Sie liegen vor einer Mauer. Sag deinem Mann, er soll sich vor Mauern hüten!‹ Sicher«, endete das Stubenmädchen, »sicher hat er im Delirium gesprochen.« Doch ich glaube, dass der sonderbare Mann nicht im Delirium gesprochen hat, im Gegenteil, er war wach. Im Knopfloch seines abgeschabten blauen Kittels war ein rosa Band befestigt, das ich zuerst für einen Orden hielt. Doch war es ein Seidenbändchen, wie man es braucht, um Kindern die Haare zusammenzuhalten. Und ich glaube, er hat die Frauen seiner Toten, er hat die Kinder seiner Toten nach dem Kriege besucht.

Im Fremdenbuch war hinter seinem Namen als Beruf »Arzt« eingetragen. Vielleicht hat der Vierundzwanzigjährige gehofft, wenn er Tote seziere, komme er dem Tode näher. Doch der Unsichtbare hat im Schnee auf ihn gewartet und ihm, mitleidvoll, wie er bisweilen ist, den Weg gezeigt, der in sein Reich führt. Der junge Weisshaarige musste nur über eine Felsenfluh springen. Während des Falles vergass er die Bogenlampe und den ordengeschmückten Offizier. Einzig an die Körper am Fusse der Mauer musste er sich noch erinnern. Diesem quälenden Bilde jedoch hat der Sprung das Entsetzen geraubt.

Die Begegnung

Es war eine kleine Station, an welcher der junge Mann den Zug bestieg. Mit gesenktem Blick schritt er durch den Gang des Wagens, und auch als er sich mir gegenüber ans Fenster setzte, sah er nicht auf. Die Haut seiner Lider war körnig und gelb, sie zitterten, und seine Hände bebten; wohl darum ballte er sie und steckte die Fäuste in die Hosentaschen. Nach einiger Zeit kam die Rechte wieder zum Vorschein und hielt eine Zigarette, welche die Hand wohl aus einem verborgenen Paket gefischt hatte. Die Linke half beim Anzünden. Nach einigen tiefen Zügen streifte der junge Mann die Glut am Aschenbecher ab und verwahrte den Stummel in der Westentasche. Auffallend war während dieser Zeit sein angstvoller Blick, der alle Bänke, alle Ecken absuchte – endlich betrachtete er mich, und wahrscheinlich drückte mein Gesicht Verwunderung aus, denn der Mann versuchte, seinen Mund zu einem Lächeln zu verziehen; dies misslang, und er stotterte: »Wissen Sie ...dort...« (er wies mit dem Daumen über die Schulter) » ...dort war das Rauchen verboten.« – »Wo denn?« fragte ich. Nun fühlte er sich zu einer Erklärung verpflichtet, und er gab sie in jenem singenden Tonfall, den man Kindern gegenüber braucht, wenn sie eine einfache Sache nicht verstehen und an diesem Mangel unschuldig sind. »In der Strafanstalt nämlich.« Dann schwieg er und schien auf die Wirkung seiner Worte zu warten.

Ich blickte ihn weiter ruhig an, da entspannte sich sein Gesicht, und er nickte mir fast freundlich zu. Das Zittern liess nach, er streckte seine langen Beine neben den meinen aus und fragte: »Fahren Sie weit?« Ich nickte, nannte ihm mein Ziel, und dies schien ihn zu freuen. »Dann fahren wir ja ein grosses Stück zusammen!« Er überlegte. »Wissen Sie«, sagte er stockend, »mir ist nämlich dort ein Erlebnis zugestossen« (er gebrauchte diese sonderbare Wendung), »ich bin jemandem begegnet, und diese Begegnung möchte ich gerne erzählen.« Er fuhr wieder zusammen, weil der Zugführer seine Fahrkarte sehen wollte, beruhigte sich aber, sobald die Uniform verschwunden war. »Wenn es Sie erleichtern kann«, sagte ich höflich und ärgerte mich über den konventionellen Ton, den ich gebraucht hatte. Aber er hatte den Blick wieder zu Boden gesenkt. Zerstreut suchte er den Stummel aus der Westentasche, zündete ihn an und tat ein paar tiefe Lungenzüge. Dann begann er zu sprechen, leise zuerst, lauter dann, begeistert schier, um am Ende wieder so leise zu werden wie zu Anbeginn.

»Ein Jahr hab' ich dort gemacht. Nicht gerichtlich, administrativ nennt man das. Für liederlichen Lebenswandel. Heut' hat der Direktor noch mit mir gesprochen, sehr freundlich, dann hab' ich fünfundzwanzig Franken bekommen und einen Anzug. Dieser Direktor ist schon alt, und wir hatten ihn gern, weil er uns freundlich gesinnt war. Er kannte uns alle beim Namen. Und mit den Wärtern war er strenger als mit uns. Die Stirn und der Schädel bildeten bei ihm eine glattpolierte Fläche; der untere Teil des Gesichtes war mit Bartstoppeln bedeckt, aus dem nur die Nase hervorragte, weiss und ein wenig knollig an der Spitze. Wir arbeiteten das ganze Jahr auf den Feldern, das war manchmal schwer, besonders im Winter, aber man gewöhnt sich an alles.

Am Sonntag spielte ich in der Kirche die Harmoniumbegleitung zu den Chorälen, und damit fing das Ganze eigentlich an. Vier Pfarrer waren es, die abwechselnd predigten. Ein wenig muss ich sie Ihnen wohl schildern. Der eine war ein noch junger Pfarrer aus dem Waadtland. Er trug einen Spitzbart, hatte ein rötliches Gesicht und gesunde Zähne. Begeistert predigte er, betete auch rührend, und die kleine Kapelle war stets überfüllt, wenn er sich ansagte. Es kamen auch solche, die kein Französisch verstanden. Aber das Abendmahl hat er nie gegeben, und meine Geschichte hängt mit dem Abendmahl zusammen. Der zweite, der auch französisch predigte, kam aus der benachbarten Stadt. Er trug viel graue Haare um die Lippen, und ein Gehrock beschattete seine Knie. Er sprach durchaus korrekt, bestieg nie die Kanzel, sondern lehnte sich an das Harmonium. Wenn er kam, war das Wetter immer schlecht, und im Winter schien die Zentralheizung bei seinen Ansprachen auszugehen. Das war vielleicht nur ein Eindruck. Auch den Kapuzinerpater muss ich noch erwähnen, der alle vier Wochen eine stille Messe zelebrierte. Ich spielte dann immer alte französische Liebeslieder: ›Plaisir d'amour ne dure qu'un instant‹ –

oder ›Eho,ého,ého, les moutons sont aux plaines‹. Dieser Pater war sehr freundlich, und ich war ihm dankbar, weil er mein Spiel lobte.

Und endlich war da noch der deutsche Pfarrer, bei dem mir eben dieses Erlebnis zustiess. Er kam aus dem nahen Dorf und roch unter dem weissen Schnurrbart nach Wein, wenn er mir die Nummern der Choräle gab, die ich zu spielen hatte. Ich hatte einen Lieblingschoral, den ich ihm stets aufdrängte. Das Lied war lebhaft (die Melodie von Haydn) und handelte von einem Weizenkorn, das sterben muss, bevor es wieder zum Lichte kann. Bei dieser Melodie schien sich die Starrheit der Gesichter zu lösen, ich sah es deutlich, wenn ich von den Noten aufblickte. Aber ich tat dies nicht gerne, denn ich sah dann auch die Inschrift an der Wand gegenüber: ›Kommet her zu mir alle, die ihr mühselig und beladen seid, ich will euch erquicken.‹ Was hätte der Galiläer wohl dazu gesagt, wenn er seine Worte auf einer Gefängniswand gesehen hätte?

Während der Predigt dieses alten Pfarrers musste ich oft das Lachen verbeissen. Er predigte zwar hinter meinem Rücken, von der Kanzel, so dass ich ihn nicht sehen konnte, aber er hatte eine Art, das Wort ›Geist‹ auszusprechen (er sagte ›Geischt‹), die komisch wirkte. Meistens gab er das Abendmahl. Dann stand ein weissgedeckter Tisch neben dem Harmonium, darauf zwei zinnerne Becher und eine Platte mit langen Streifen Weissbrot. Der Pfarrer teilte das Brot, die beiden Becher wurden vom Direktor und dessen Sohn gehalten. Beide sahen genau hin, dass niemand einen zu tiefen Schluck aus den Bechern nahm. Die Sträflinge drückten sich scheu am Tisch vorbei. Wie war es wohl damals, als der Herr am Osterfest den Wein verteilte und das Brot brach?

Knapp vor Weihnachten wurde ich beim Rauchen erwischt. Der Sommer war gnädig vorbeigegangen, und die Ernte auf den weiten Feldern hatte mich wahrhaft glücklich gemacht. Aber dann kam der Winter mit seinen grauen Regenwochen und den düsteren Sonntagen in der Zelle. Die Bücher waren ausgelesen, und eine süssliche Stimmung aus Velhagen und Klasing-Romanen zersetzte die Luft. Das Mittagessen lag schwer im Magen. Man ass ja nur aus Langeweile, und der gefüllte Körper begann erwartungsvolle Angst zu produzieren und bedrückende Traurigkeit.

Wieviel nutzlos vergeudete Sehnsucht bringt solch ein Nachmittag hervor. Die tiefstehende Sonne nimmt das Eisengitter im Fenster und wirft es als schwarzes Kreuz auf die Wand, dem Bette gegenüber. Draussen trippelt ein Kind vorbei und singt Vokale, nur Vokale; diese ›A‹ und ›O‹ machen die kalte Luft schneidend.

Kennen Sie die Sehnsucht, die einen manchmal ergreift, wenn man zufällig in einer grossen Stadt niemand kennt und zur Zerstreuung ins Kino geht? Sie sind allein, niemand kümmert sich um Sie. Sie sehen die berühmte Filmdiva auf der Leinwand ihre Faxen machen. Da beginnen Sie von diesem Weib zu träumen, das vielleicht herzlich unbedeutend ist; aber alles ist um sie: Luxus, Reichtum, Leidenschaft. Sie malen sich aus, dass Sie von dieser Frau geliebt werden; und diese Liebe gibt Ihnen jenes Selbstvertrauen zurück, das Ihnen die Einsamkeit, das Unbeachtetsein in der grossen Menschenmenge, geraubt hat. Nun, sehen Sie, eine ähnliche Sehnsucht plagte mich. Nicht von einer berühmten Frau geliebt zu werden, o nein, ich sehnte mich nach dem ›Meister‹, nach dem unverstandenen Meister, der sicher irgendwo auf dieser Welt leben musste; und diesem zu dienen, konnte meinem Leben erst den richtigen Sinn geben. Ich malte mir aus, dass nur ich den Meister richtig verstehen würde, dass ich mein Leben für ihn hingeben würde; nie wäre ich so feig wie die Jünger des Galiläers: Eher würde ich mich auspeitschen, mich kreuzigen lassen... keine grobe Hand sollte den Meister berühren. Wirklich, ich sehnte mich nach diesem Zustand des Dienens, nach diesem Opfer meiner selbst.

An jenem Sonntagnachmittag klapperten die Riegel der Zellentüre wie gewöhnlich um halb sechs. Die Blechgefässe mit dem Kakao, den Pellkartoffeln und dem Stückchen Käse standen auf einem grossen Holzbrett. Den Käse tauschte ich gegen Tabak um. Um acht Uhr ging das Licht aus, wie gewöhnlich; dann drehte ich mir noch eine Zigarette – als Papier benutzte ich wie alle andern ein Blatt des Neuen Testaments, weil dies Papier dünn war und beim Verbrennen nicht allzu unangenehm. Aber ich hatte nicht lange genug gewartet. Ein Schlüssel klapperte im Schloss, die Nase eines Wärters schnupperte herein. Kein Wort wurde gesprochen. Die Türe flog wieder zu. Ein paar Minuten nur vergingen, dann war der Wärter in der Zelle, der Sohn des Direktors begleitete ihn. Meine Zelle wurde ausgeräumt: Die Bücher aus der Bibliothek verschwanden, ein paar Hefte ›Verbreitung guter Schriften‹, zerfetzte, durchgeschmuggelte Kriminalromane. Dann knallte die Zellentüre wieder zu. Vorher hatte der Sohn noch höhnisch gesagt: ›Zwei Tage Arrest, verschärft.‹ Das hiess: zwei Tage eingesperrt bleiben, ohne jemanden zu sehen, Einzelhaft also, mit einer dünnen Suppe am Mittag und einem Achtel Brot dazu, sonst nichts. Im Grunde ja nichts Furchtbares.

Plötzlich schien mir die Arbeit im Freien, in der Kälte, die Arbeit, die mir oft verleidet gewesen war, ausserordentlich begehrenswert. Nur nicht allein sein, allein, den ganzen Tag. Ich fühlte mich wieder ganz klein wie damals: Der Vater hatte mir Prügel versprochen, aber er schob die Exekution zwei Tage auf, um auch die Angst wirken zu lassen. Gegen diese Angst, die aus der Vergangenheit aufstieg, war ich machtlos. Schlug ich Lärm, so wurde ich in den Dunkelarrest geführt. Ach, Sie wissen eben nicht, was es heisst, der Macht ausgeliefert zu sein. Unter mir im Dunkelarrest lärmte ein Verrückter. Ich legte mich aufs Bett und versuchte einige Methoden der Ablenkung. Das laute Sprechen von Versen: Es war so nutzlos wie das Heruntersagen des Rosenkranzes in verschiedenen Sprachen – Deutsch, Lateinisch, Französisch.

Dann war ich plötzlich gar nicht mehr in meiner Zelle. Ich schlich mit dem baltischen Baron, einem kahlen Männchen (Hochstapelei) durch die Gänge, befreite die Gefangenen. Der Direktor wurde überfallen, seine Frau, dann die Dienstmädchen. Sie mussten uns entschädigen für die vielen leeren Nächte. Die Telephonleitungen wurden durchschnitten. Wir organisieren. Ein Sträflingsrat wird gebildet; der baltische Baron und ich, wir kommandieren. Nur wir tragen Waffen, die Revolver der Wärter.

Ein Festmahl. Schweine werden geschlachtet. Der Direktor hat viel Wein im Keller.

Infanterie rückt an. Eine Kompagnie nur. Wir überfallen sie. Der Baron hat in der Weissen Armee gekämpft. Er weiss Überfälle ohne Waffen zu organisieren. Wir siegen, ziehen weiter, auf die Hauptstadt zu, besetzen die Kasernen, plündern, der Sträflingsrat hat die Herrschaft.

Nein, glauben Sie mir, ich habe nicht geschlafen, während ich all dies sah. Ich war wach, ganz wach. Meine Füsse waren kalt, meine Arme gefühllos: Jetzt erst merkte ich, dass ich die Hände unter dem Kopf gefaltet hatte. Nun warf ich sie auf die Bettdecke. Langsam füllten sie sich wieder mit jenem Blut, das sich alles in meinem Kopfe gesammelt zu haben schien.

Wie soll ich Ihnen deutlich machen, was es heisst, ›in Verzweiflung zu versinken‹? Stets ist die Verzweiflung grundlos, obwohl wir meinen, sie klar begründen zu können. Aber diese Gründe wirken einfach nicht, wenn unser Ich sich verkriecht und sich taub stellt. Ich gab mich auf. Um solche Wachträume zu haben, musste ich schlecht sein, rettungslos verloren, so dachte ich damals. Ich wünschte den Tod, der eine graue, sanfte Frau war, die mich rief, als wäre sie meine Mutter. Habe ich Ihnen gesagt, dass meine Mutter gestorben ist, als ich vier Jahre alt war?

Ich schlief dann ein, das heisst, ich tauchte unter. Es war heller Tag, als ich erwachte. Die Sonne stand schon im Süden. Da kam auch der Wärter und brachte mir eine dünne Suppe. Ich durfte meinen Kübel leeren, Wasser holen. Dann fiel die Türe wieder zu. Ich ass. Das eiserne Fensterkreuz war sehr verlockend. Ich probierte die Festigkeit meiner Hosenträger. Sie waren breit und gaben nur wenig nach. Es würde nicht weh tun. Wissen Sie, ich bin sehr feig und habe grosse Angst vor körperlichen Schmerzen. Stimmen klangen im Gang. Dann weiss ich von nichts mehr.

Verstehen Sie, ich erinnere mich auch heute noch nicht, wie ich es gemacht habe. Manchmal scheint es mir, als sei es gut, wenn manche Erlebnisse ganz ausgelöscht werden. Der Griffel versagt wohl hie und da, der unsere Erinnerungen einzugraben hat. Denn was würde aus uns, wenn vor unseren Augen stets der Film der Vergangenheit abrollen würde? Wir verstehen nicht mehr zu beten. Statt ›Erlöse uns von dem Bösen‹ sollte es heissen ›Erlöse uns von der Vergangenheit‹. Nicht wahr? Aber vielleicht meinte der Zimmermannssohn von Nazareth das gleiche. Ein lautes Poltern weckte mich auf. Ich lag im Krankenzimmer, und aus dem Bett, das mir schräg gegenüberstand, dröhnten dumpfe Schläge. Ich richtete mich auf, um zu sehen, was das Poltern zu bedeuten hatte. Das Bett war auf allen Seiten mit Brettern umgeben. Und der baltische Baron schlug seine Glieder mit aller Kraft gegen das Holz. Dann lag er wieder ruhig. Mund und Augen waren fest geschlossen, und auf dem fast nackten Körper waren die Muskeln derart angespannt, dass ich Angst bekam, die Haut könne jeden Augenblick Risse bekommen. Immer mehr spannten sich die Muskeln, der Krampf wuchs, in der Stille hörte ich die Zähne des Besessenen knirschen. Da hob sich sein Körper plötzlich, bildete einen schönen flachgewölbten Bogen und ruhte nur noch auf Hinterkopf und Fersen. Dann zerbrach der Bogen. Der Kopf wurde hin und her geschleudert, prallte ab von den Holzwänden, die Ellbogen dröhnten gegen die Bretter, die Fäuste hämmerten gegen das summende Holz. Und trotz des Lärms hörte ich den Atem durch den schmalen Spalt der Lippen pfeifen.

In der Türe stand der Direktor mit dem Wärter. Beide sahen dem Kranken eine Zeitlang zu. Der Krampf löste sich, der Baron blieb ruhig liegen, nur der Mund prustete noch leise. ›Gehen Sie‹, sagte der Direktor zum Krankenwärter; der schloss die Türe hinter sich.

›Wissen Sie, was Sie getan haben?‹ fragte mich der alte Mann. Ich schüttelte den Kopf. Dann erblickte ich den Kalender.

Dezember 22 Mittwoch

stand dort. ›Aber ich bin doch am Montag...‹ weiter kam ich nicht.

›Sie wissen es also nicht?‹ fragte der Direktor noch einmal. Ich schüttelte den Kopf und schluckte den Speichel. Das tat weh. ›Angina und Fieber‹, dachte ich, ›nun ja, ich bin krank, und Kranke bestraft man nicht.‹

Der Direktor nahm einen Spiegel von der Wand und hielt ihn mir vor. Dabei tupfte sein kalter Zeigefinger auf meinen Hals. Ich sah zwei rote Striemen, rechts und links, die schräg nach oben liefen.

›Ja, ja, mit den Hosenträgern‹, sagte der Direktor. ›So etwas sollten Sie nicht machen.‹ Er schüttelte den Kopf. Ich erwartete eine Predigt. Aber er schwieg. Langsam rollte sein gesenkter Kopf über die gestärkte Hemdbrust, und ich hörte das Knistern der Barthaare auf der glatten Fläche. Er legte den Spiegel auf die rote Tischdecke und ging im Zimmer auf und ab.

›Ich will schauen, dass ich Sie im Hause irgendwo beschäftigen kann. Wollen Sie die Bibliothek in Ordnung bringen? Gut. Am Sonntag können Sie wie gewohnt Harmonium spielen ... Warum haben Sie das gemacht?‹

›Die Zelle, Herr Direktor, in der Zelle ... ganz allein ... und dann die Angst ... ich konnte nicht mehr...‹

›Natürlich.‹ Er nickte. ›Das, was die Ärzte Haftpsychose nennen. Aber was heisst das? Es haben so viele Leute vor Ihnen in dieser Zelle gewohnt. Die Zelle muss ja ganz voll sein...‹ Er stockte. ›Nun, Sie bleiben jetzt eine Zeitlang im Krankenzimmer. Schlafen Sie sich aus. Wie alt sind Sie eigentlich? Neunundzwanzig?‹ Er öffnete seinen Mund, und starke gelbe Zähne wurden sichtbar. ›Immerhin also‹, der Direktor war ein wenig verlegen, ›Sie werden ja nicht immer hier bleiben. Und draussen gibt es auch noch Ziele. Man muss sie nur suchen. Und nicht nur so ... herumtorkeln.‹

Er ging hinaus. Ich fühlte grosse Zuneigung zu ihm, als ich seinen gebeugten Rücken sah. Hatte ich mich nicht nach einem Meister gesehnt? Der Gedanke ging mir wieder durch den Kopf. Aber dieser alte Mann? Nein, der war nicht der erwartete Meister, von dem ich träumte. Mitleid ist manchmal wohltuend, aber der Meister zeigt kein Mitleid, der Meister zeigt den Weg.

Der Krankenwärter, auch ein Sträfling, der wegen Betrug zu sieben Jahren verurteilt worden war, erzählte mir, was geschehen war. Der Missionar, der jeden Montag die Sträflinge besuchte, war auf seinem Rundgang zufällig in meine Zelle gekommen. Er hatte mich leblos am Fensterkreuz hängen gefunden, hatte Hilfe herbeigerufen. Eine Stunde lang war künstliche Atmung gemacht worden. Die zerschnittenen Hosenträger hatte der Missionar eingesteckt, denn er war abergläubisch.

Am Heiligen Abend lag ich noch im Bett. Ich war sehr schwach und hatte andauernd Kopfschmerzen. Aus der Kapelle drang gedämpftes Singen und der Geruch von angebranntem Tannenreisig.

Am Weihnachtstag sollte ich wieder Harmonium spielen. Um acht Uhr ging ich in die Kapelle, um noch ein wenig zu üben. Es war kalt. Der Dampf zischte eintönig in den Heizungsröhren. Gegen neun Uhr kam eines der Dienstmädchen des Direktors und deckte den Tisch für das Abendmahl. Sie brachte zwei Becher, eine grosse Kanne mit Wein, stellte alles auf den Tisch und wandte sich wieder zur Tür. Erst dort nickte sie mir ängstlich zu. Vielleicht sah ich sehr schlecht aus. Ich spielte dann das Lied vom Weizenkorn: War ich auch nicht gestorben, und sollte ich nun nicht auch zum Lichte emporwachsen? Mein Kopf war leer und finster. Die Töne des Harmoniums quäkten unangenehm, meine Beine waren zu schwach, um die Blasbälge kräftig zu treten. Auf dem Tisch stand eine Kanne voll Wein. Der Geruch drang bis zu mir. Ich stand auf und trank aus der Kanne, nicht viel, niemand sollte es merken. Ob das wohl Gotteslästerung war, dachte ich noch. Dann war nur noch Freude und Kraft in mir. Der Wein war gut und wirkte stark. Meine Gelenke wurden geschmeidig, das Harmonium bekam Klang, und ich griff nicht mehr daneben. Auch mein Hals verlor die Steifheit. Ich übte: ›Tochter Zion freue dich!‹ Das Lied wollte ich als Einleitung spielen und während des Abendmahls ein leichtgesetztes ›Ave verum‹ von Mozart.

Die Predigt war auf zehn Uhr angesetzt. Einige Minuten vorher wurden meine Kameraden hereingeführt. Sie schwatzten laut im Gang. Sobald sie eingetreten waren, verstummten sie. Ich begann zu spielen und wandte mich auch nicht um, als der Direktor mit seiner Frau und seinem Sohne eintrat. Es war noch jemand bei ihnen. ›Irgendein Besuch‹, dachte ich.

Ich spielte weiter, begleitet von Hüsteln, Schneuzen, Bankrücken. Die Familie des Direktors hatte hinter meinem Rücken auf einer Bank neben der Kanzel Platz genommen. Dann trat der Pfarrer ein, der alte mit dem weissen Schnurrbart, der so gern jasste und Wein trank. Es war eine unbekannte Freudigkeit in mir. Ich fand den Pfarrer gar nicht mehr komisch. Da fühlte ich einen Blick auf meinem Rücken, einen Blick, der mich zu rufen schien, und ich wandte mich um.

Der Direktor, seine Frau und sein Sohn sassen an dem einen Ende der Bank. Am anderen Ende sass eine einsame Gestalt. Einsam schien sie zu sein, obwohl sie mitten unter uns war. Ein ganz gewöhnlicher Mensch, dachte ich. Er war ziemlich jung, glattrasiert, mit nach hinten gekämmtem Haar, das die Ohren frei liess, aber den Nacken verdeckte und den Kragen des grauen Rockes berührte. Graue Pumphosen (Knickerbocker nennt man sie, glaub’ ich), graue Wadenstrümpfe, graue Wildlederschuhe mit Gummisohlen. Ich nahm das alles mit einem Blick auf, denn ich fühlte, für mehr als einen Blick blieb mir keine Zeit: Ich musste die Augen suchen. Suchen? Sie waren auf mich gerichtet. Die Augen grüssten mich, der Fremde nickte, nicht mitleidig, nein so, als wolle er sagen: ›Ich weiss, ich weiss.‹ Natürlich musste er wissen.

Während der alte Pfarrer oben auf der Kanzel das Weihnachtsevangelium las, musste ich immer wieder zu diesem fremden Mann hinüberschielen. Er hatte das Kinn auf die Brust gelegt (sein Hemd stand vorne offen, er trug keine Krawatte), die Hände um das linke Knie gefaltet. Der Fuss pendelte leicht auf und ab. Während des Gebetes blieb er in derselben Haltung sitzen. Ich spielte sehr schlecht und war froh, dass es bekannte Lieder waren. Die lauten Stimmen übertönten meine falsche Begleitung.

Gewöhnlich blieb ich während der Predigt auf dem Stuhl sitzen. Heute stand ich auf und setzte mich auf einen freien Platz in der ersten Bank, um den Fremden sehen zu können. Er blickte nur einmal auf, und ich erkannte sein Gesicht kaum wieder. Es war verzerrt, so, als müsse er einen unerträglichen Schmerz erleiden.

Die Predigt war zu Ende. Ich spielte das Schlusslied:

›Wenn alle untreu werden...‹

Dann stand der Oberaufseher vor den Bänken und sagte laut: ›Die Sträflinge, die am heiligen Abendmahl teilnehmen wollen, mögen sitzen bleiben. Die anderen sollen aufstehen und ruhig hinausgehen.‹ Ich hörte noch das Knarren der Kanzeltreppe unter den schweren Schritten des

Pfarrers. ›Halt!‹ rief plötzlich eine Stimme. Der Fremde stand aufrecht vor der Bank. Die bleichen entblössten Hände schimmerten neben seinem Kopf. Doch er liess die Arme herabfallen und ging wieder an seinen Platz zurück. Die Kapelle leerte sich. Etwa zwanzig Mann blieben in den Bänken sitzen. Der Pfarrer las die Liturgie. Die Frau des Direktors nahm ein Stück Brot aus der Hand des Pfarrers, ergriff den Kelch und trank. Der Direktor hob den einen Kelch auf, sein Sohn den anderen. Beide stellten sich an der Schmalseite des Tisches auf. Ihre Gesichter waren ausdruckslos.

Die ersten Sträflinge schlurften scheu heran. Der Fremde hatte sein Gesicht in seine Hände gelegt. Ich sah, dass er zitterte. Vielleicht war es die Kälte.

Leise begann ich das ›Ave verum‹ zu spielen, zog die Töne in die Länge, denn nach jeder Note, die ich abgelesen hatte, wandte ich mich um. ›Er kann das alles doch nicht dulden!‹ dachte ich. Die Freude von vorher hatte sich in Angst verwandelt. Aber es war eine Angst, die ich noch nicht kannte. ›Halt!‹ sagte da wieder eine Stimme hinter mir. Mit weitausholenden Schritten trat der Fremde an den Tisch.

›Gehen Sie‹, sagte er zum Pfarrer. ›Sie auch.‹ Er winkte dem Direktor. Auch der Sohn stellte seinen Becher ab. Die drei gingen nach der hintersten Bank, setzten sich dort und blieben starr. Der Fremde winkte mir, und ich trat zu ihm. Dann stützte er die beiden weissen Hände auf das Tischtuch und blickte mit weitgeöffneten Augen in den Raum. Er schien jeden einzelnen zuerst forschend zu betrachten. Sein Kopf bewegte sich kaum merklich. Er begann in einem sonderbar fremdländischen Deutsch zu predigen. Die Sätze waren durchaus richtig, aber die Betonung der einzelnen Silben war ungewohnt, und die Vokale sprach er wie ein Engländer.

›Ich sagte nicht, dass Ihr Knechte seid, denn ein Knecht weiss nicht, was sein Herr tut. Ihr aber wisst, was ich von Euch will. Euch habe ich gesagt, dass Ihr Freunde seid. Kommt, einer soll dem andern den Becher reichen. Wir wollen trinken. Ist nicht der Wein mein Blut? Und das gebiete ich Euch, dass Ihr Euch untereinander liebet.‹

Die Männer starrten ihn an. ›Kommt!‹ sagte er ungeduldig. Da verliessen sie die Bänke und sammelten sich im Kreise um den Tisch. Er aber überragte sie alle. Denn er stand aufgerichtet unter ihnen, die sich vor ihm beugten. Ich hatte meinen Kopf an die Schulter des Fremden gelegt, und er duldete es schweigend. Ich dachte an das Märchen vom Demantberg: Er ist eine Meile hoch, eine Meile breit, eine Meile lang. Und alle hundert Jahre wetzt ein Vöglein seinen Schnabel am Berg. Und wenn der ganze Berg abgewetzt ist, ist die erste Sekunde der Ewigkeit vorbei... Da kam die Trauer über mich und die gleiche Verzweiflung wie in jener Nacht. Dann sah ich den baltischen Baron, der mit seinem Kopf gegen das Holz schlug. Aber vor mir war eine hohe Mauer aus grauem Stein. Gegen die stiess ich mit dem Kopf, und sie wich nicht... Da sah ich wieder die Kapelle, der Fremde liess den Becher herumgehen, füllte ihn wieder, wenn er geleert war.

In der hintersten Bank stand der Direktor auf und kam näher. Bevor er dazwischentrat, musste ich meine Antwort haben. Ich packte des Fremden Ellbogen und fragte laut: ›Herr, was soll aber ich?‹ Wer hatte diese Worte schon früher einmal gesprochen?

Er wandte mir das Gesicht zu. Die Stirnhaut hatte tiefe, waagrechte Falten, und auch um den Mund waren Falten ... Das Antlitz schien uralt und traurig. Dann wurde es wieder glatt und jung, und mit einem Lächeln sprach der Mund:

›So ich will, dass du bleibest, bis ich komme, was geht's dich an?‹

Ich wollte schreien: ›Nicht zu viel, verlang nicht zu viel!‹ und schloss wieder die Augen. Es war still in der Kapelle. Selbst der Direktor schien stehengeblieben zu sein. Aber unter meinen Lidern sah ich nicht den rötlichen Schimmer, den das Tageslicht gibt, wenn es durch die blutgefüllte Haut dringt, sondern einen blendend weissen Schein, der schmerzte.

›Jetzt ist's genug‹, sagte die Stimme des Direktors. Ich schrak auf. Der Fremde hob die Achseln, stellte den Kelch, den er in der Hand gehalten hatte, auf den Tisch und ging mit lautlosen Schritten zur Tür hinaus. Ein Wärter führte die Zurückgebliebenen ab.

Der Direktor sprach mit dem alten Pfarrer. ›Der Sohn eines englischen Kollegen‹, hörte ich, ›sehr religiös. Aber...‹ Dabei klopfte er mit einem Fingerknöchel auf seine Stirn, ›ein wenig überspannt‹.

Ich habe den Rest meiner Strafe abverdient. Es war nicht schwer. Aber ich suche immer noch eine Erklärung. War der Fremde wirklich verrückt, oder hat er gesehen, was in mir ist? Etwas Unvergängliches? Ich habe eine Stelle bei einem Gärtner angenommen. Früher war ich, was man ›eine gescheiterte Existenz‹ nennt. Aber was soll ich tun? Ich kann doch nicht nach England fahren und den Fremden fragen, ob er nur seinen Spass mit mir getrieben hat. Vielleicht ist er auch schon längst irgendwo interniert. Aber wer kann beweisen, dass nicht ein anderer aus diesem modern gekleideten Jüngling gesprochen hat? Dass ein anderer in mir war, dem diese Worte galten? Ich will warten. ›Was geht's dich an?‹ hat er gesagt, ich bin doch damals durch den Tod gegangen. Meinen Sie, das sei bedeutungslos?«

Der junge Mann zog seine langen Beine an sich, suchte mit ungeschickten Fingern nach seinen Zigaretten. Er fand sie endlich in der oberen Westentasche. Während er eine anzündete, zitterten seine Hände. Sein Blick wurde wieder furchtsam, wie bei seinem Eintreten.

Und dann stieg er aus, ohne Gruss.

Die Eule

Eigentlich war ich gar nicht mit ihm verwandt, obwohl ich ihn Onkel nannte. Er war nur der Schwager meiner Stiefmutter, und das ist eigentlich kein behördlich zugelassener Verwandtschaftsgrad. Aber ich hatte ihn gern, weil er dem Helden meines damaligen Lieblingsbuches glich, dem Onkel Benjamin von Claude Tillier. Im Gehaben und in der Ausdrucksart glich er diesem Romanhelden, und beide hatten sie den gleichen Beruf: Mein Onkel Léon war Landarzt. Seine Körpergestalt aber war eher dürftig: mittelgross, sehr mager, mit hängenden Schultern und konkavem Brustkasten; ein weisser Spitzbart verlängerte das knochige Gesicht. Onkel Léon hustete viel und trug bis in den Juni hinein einen schweren Pelzmantel, den er vorne offen hielt, die Fäuste tief in den Hosentaschen vergraben. Und die Notabeln des Dorfes, der Bürgermeister – ein Genfer Aristokrat, der wie ein pommerscher Krautjunker aussah –, der Gemeindeschreiber, Herr Corbaz, der zugleich Lehrer und Leiter des Gemischten Chores war, die Mitglieder des Gemeinderates, voran der Gastwirt Raymond und der Schmied Vuillettaz, grüssten von ferne ehrerbietig den Herrn Doktor – saluaient de fort loin Monsieur le Chevalier, an diesen Vers Henri de Regniers musste man unwillkürlich denken –, und als Antwort wurde ihnen ein kurzes Nicken des stets hutlosen Hauptes zuteil.

Es war erstaunlich, dass man ihn immer noch grüsste, den Dr. Léon Courvoisier, denn seine Glanzzeit war vorbei, seit der neue Arzt, Dr. Trémoillère, sich in Jussy niedergelassen hatte. Aber nicht von der Rivalität zwischen diesen beiden Ärzten möchte ich erzählen, sondern von den Umständen, die den Tod meines Onkels herbeigeführt haben. Denn er ist wirklich an Kummer gestorben; aber das Merkwürdige ist, dass das Schicksal oder die höhere Macht ihm den erduldeten Kummer scheinbar hoch angerechnet hat. Sein Tod war schön, er wirkte auf uns wie ein Geschenk, und eine Eule spielte dabei eine merkwürdige Rolle. Es ist aber notwendig, vorerst von den Kümmernissen zu erzählen.

Onkel Léon war katholisch, hatte in Löwen studiert und war dann nach Genf gekommen. Dort hatte er sich in die Tochter eines angesehenen Bürgers verliebt, dessen Name unwichtig ist, der aber mit vielen Kindern gesegnet war. Dr. Courvoisier heiratete, nachdem er sicher war, die Stelle als Gemeindearzt in Jussy zu erhalten. Die Bedingungen waren günstig: Ein Haus wurde ihm zur Verfügung gestellt, dazu ein jährliches Fixum. Die Privatpraxis erstreckte sich über die französische Grenze bis nach Savoyen hinein. Das war in den neunziger Jahren des vorigen Jahrhunderts.

Die Ehe blieb kinderlos, und meine Tante Amélie begann sich zu langweilen. Sie hatte eine hübsche Stimme und begleitete selbst die Lieder, die sie sang – aber auf die Dauer genügte ihr das nicht. So kam es, dass das Ehepaar ein kleines Mädchen von fünf Jahren zu sich nahm. Berthe sah zerrauft und vernachlässigt aus, als sie ins Doktorhaus kam, denn sie war ziemlich heftig in der Welt herumgeschupft worden. Sie entstammte nämlich einer kurzen Liebschaft des ältesten Bruders meiner Tante Amélie mit einem Modell (der Bruder war, glaub' ich, Bildhauer gewesen, Schüler von Rodin, aber er verkam dann), und das Kind wanderte eine Zeitlang von Hand zu Hand: Von einer Pariser Portierfamilie zu Weinbauern in der Provence – die Mutter hatte eine ausgedehnte Verwandtschaft –, dann wollte es plötzlich niemand mehr, den Vater ergriff eine späte Reue, er schrieb an seine Schwester – kurz, Berthe kam nach Jussy, Tante Amélie war nicht mehr allein, das Mädchen verstand es, den eingenommenen Platz zu behaupten, und blieb.

Als Kind wird Berthe wohl nicht viel anders gewesen sein als später, als ich sie erwachsen sah: Die Haare waren von einem stumpfen Braun, das Gesicht wirkte scharf, vielleicht wegen der farblosen Augen, die Haut wurde auch im Sommer nicht braun, sie blieb bleich. Dies alles zusammen mit dem kühlen, altklugen Gehaben, musste auf die Pflegeeltern aufreizend wirken, weil beide warme, offene Menschen waren. Nun wird ja behauptet, Wesensfremdheit stosse ab, doch ist viel häufiger das Gegenteil der Fall. Sobald der erste Widerstand überwunden ist, wird der Reiz Notwendigkeit. Verschwände der Reiz, so entstünde eine Leere, die ärger wäre, als die zuerst empfundene Störung.

Berthe ging zuerst zu Herrn Corbaz in die Schule. Ihre braunen Zöpfe waren lang und weich. Sie spielte wenig mit den Kindern des Dorfes. Später fuhr sie alle Morgen nach Genf in die Sekundarschule; sie lernte fleissig und eifrig, kam abends zurück und machte still ihre Aufgaben. Sie sang mit Tante Amélie zusammen Duette aus alten Operetten: »Ma mère, j'entends le rigodon...« oder Volkslieder in Moll: »C'était Anne de Bretagne, duchesse en sabots...« Das Wohnzimmer war gross, in einer Ecke stand das Spinett, im Winter brannte ein helles Feuer im offenen Kamin, im Sommer stand die Glastüre offen, die in den etwas verwilderten Garten führte; mein Onkel Léon sass immer in einem Lehnstuhl aus Rohrgeflecht und hörte dem Gesang zu. Später, viel später, etwa ein Jahr vor seinem Tode, sagte er zu seiner Frau: »Hab' ich dir nicht schon damals gesagt, dass die Kleine kein Herz hat?« Dieser Ausspruch bezog sich auf Berthes Stimme. Sie wirkte ...Kennen Sie jene Zitronendrops, die mit Minze parfümiert sind? Zuerst schmecken sie erfrischend. Aber sie hinterlassen im Munde einen so abscheulichen Geschmack von falscher Frische und schaler Säuerlichkeit – Berthes Stimme wirkte ähnlich.

Als ich in das Haus meines Onkels kam, war Berthe seit einem Jahre verheiratet, mit einem gewissen Calve, der, wie mein Onkel behauptete, seinem Namen alle Ehre machte. Denn er war trotz seiner Jugend schon kahlköpfig, und das französische »chauve« kommt ja vom lateinischen »calvus«. Ich merkte gleich, dass mein Onkel nur mit einem gewissen Widerwillen in diese Heirat eingewilligt hatte, obwohl jener Jules Calve aus guter Familie stammte und später einmal reich sein würde. Merkwürdigerweise hatte gerade mein Onkel Angst vor diesem zukünftigen Reichtum, und, wie sich herausstellen sollte, mit Recht. Übrigens war schon die Vorgeschichte dieser Heirat mit einigen Kümmernissen verbunden.

Berthe war mit zwanzig Jahren Lehrerin geworden und unterrichtete an einer Primarschule in Carouge. Abends kam sie immer nach Jussy zurück. Zu ihren Pflegeeltern war sie zärtlich, aber mit Distanz, hilfsbereit, aber mit Mass. Das magere Geschöpf, das seine langen braunen Zöpfe kranzförmig um den Vogelkopf trug, hatte viele Verehrer. Es liefen ihr nach: der Sohn des Pastor Leblanc, ein hübscher Bursche von neunzehn Jahren, der jeden Morgen ins College fuhr und knapp vor der Matur stand, der Sohn des Gastwirtes Raymond, bäuerlich plump, mit groben Händen, ja sogar der Sohn des Bürgermeisters, ein sechzehnjähriger Junge, der ebenso zart war wie seine Mutter. Berthe war mit allen von einer stillen, klugen Freundlichkeit. Aber sie schien zu warten.

Dann wurde sie krank, und während ihrer Krankheit tauchte zuerst jener Calve auf, der sie später heiraten sollte. Berthes Krankheit aber war der Auftakt zu den nachfolgenden Kümmernissen. Sie hatte irgendwo eine Angina aufgelesen, und zugleich mit ihr erkrankte auch der Sohn des Bürgermeisters, und zwar auch an Halsschmerzen. Für solche Fälle hatte mein Onkel eine Rosskur auf Lager, die er bis jetzt stets mit Erfolg angewandt hatte. Er liess seine Patienten ein halbes Glas Diphtherieserum trinken, hernach Lindenblütentee mit Rum und gab dazu massive Dosen Aspirin. An mir hat er später diese Kur mit ausgezeichnetem Erfolg praktiziert. Aber die beiden andern Patienten waren wohl zu zart; statt nach drei Tagen wieder aufzustehen und, als ob nichts gewesen wäre, herumzulaufen, blieben sie boshaft im Bett liegen, klagten über allgemeine Schwäche und geschwollene Beine und wollten nicht gesund werden. Mein Onkel Léon entschloss sich, die Universitätsbibliothek in Genf aufzusuchen, dort verschiedene Wälzer zu konsultieren, kam zurück, versuchte Diät, gab Arsen zur Kräftigung. Es nützte alles nichts. Die Kranken blieben wie lahme Fliegen. Da berief Pastor Leblanc eines Tages, als mein Onkel nach Savoyen gefahren war, heimlich einen Homöopathen. Dieser, ein unauffälliger Mann mit glattem Gesicht, sah sich die beiden Kranken an, zog dann ein Röhrchen aus der Tasche (Anticanceroso stand darauf, und die Medizin stammte aus der Offizin des Grafen Mattei), entnahm dem Röhrchen ein weisses Kügelchen, kleiner als ein Stecknadelkopf, warf es in ein Glas Wasser und verordnete, man solle den Kranken jede Stunde einen Kaffeelöffel dieser Lösung eingeben. Für die nächsten Tage liess er noch einige Kügelchen zurück. Die Patienten genasen überraschend schnell.

Hier taucht zum ersten Male die Eule auf. Von jener Fahrt nach Savoyen hatte sie mein Onkel mitgebracht, und er hatte ihr das Leben gerettet. Ein Hauer hatte sie über seinem Scheunentor kreuzigen wollen, denn er behauptete, sie bringe den Tod ins Haus. Mein Onkel hatte sie dem Mann aus der Hand genommen, ihn bös angefaucht und den Vogel mitgenommen. Zu Hause angekommen, hatte er sie in einem hohlen Baum im Garten abgesetzt, und die Eule war geblieben. Am Abend setzte sie sich vor das geschlossene Fenster des Wohnzimmers und wartete, bis ihr geöffnet wurde. Dann blickte sie mit ihren grossen, gelben Augen eine Weile ins Zimmer, liess sich sogar streicheln, aber nur von meinem Onkel, und flog dann wieder fort. Manchmal verzehrte sie auch gnädig ein Stück kaltes Rindfleisch. Zuerst hasste meine Tante das Viehzeug, wie sie sagte, aber sie gewöhnte sich an den stillen Vogel, besonders später, als Berthe nicht mehr im Hause war. Die Eule war auch schuld, dass die Geschichte mit dem Homöopathen so gnädig verlief.

Als nämlich mein Onkel von dieser geheimen Konsultation erfuhr, wurde er, wie mir meine Tante erzählte, ganz blau im Gesicht. Er wankte ein wenig, stand dann gerade, ging mit steifen Schritten zum Kamin, nahm von der oberen Leiste eine kleine Pendule und warf sie mit Schwung auf den grauen Herdstein. Dann schwankte er zu seinem Lehnstuhl zurück und liess sich hineinfallen. Er sagte nur: »Und ich hab' doch eine ganze Nacht bei ihr gewacht.« Es war merkwürdig, weder dem Pastor, der doch die Konsultation einberufen hatte, noch dem Bürgermeister war er böse. Nur Berthe, die sich eigentlich passiv verhalten hatte, konnte er den »Mangel an Vertrauen«, wie er es mir gegenüber nannte, nicht verzeihen. »Siehst du«, sagte er – und suchte auf dem kleinen Sofa, auf dem er lag, eine bequeme Stellung – »das Vertrauen. Das ist die Hauptsache. Wenn Vertrauen da ist, kannst du Kröteneier geben oder pures Wasser, der Mensch wird doch gesund. Aber wenn das Vertrauen fehlt...« Dann schwieg er eine lange Weile und sah in den rötlichen Schimmer, der durch die Glastüre sickerte. In der Küche nebenan klapperte Tante Amélie mit Tellern. »Und wie sie uns diesen Calve ins Haus gebracht hat. Er war plötzlich einmal da, und dann hat sie ihn geheiratet. Gut und recht. Der Mann wird einmal reich sein, und ich mag es Berthe gönnen. Ich habe nicht gespart und werd' es einmal brauchen können, und Amélie auch. Aber Berthe hätte doch wenigstens ein Wort sagen können. Ich mag ihn nicht, diesen Calve, er ist ja jetzt sozusagen mein Schwiegersohn, aber was soll man mit Leuten anfangen, die beim Essen den Ringfinger abspreizen und den kleinen Finger einklemmen und die faule Witze erzählen, über die man beim besten Willen nicht lachen kann...« Da ging die Türe auf, meine Tante trat ein, der Boden des Zimmers zitterte unter ihren Tritten, sie war sehr voll und rheumatisch auch, das gab ihr ein so hartes Auftreten. Mein Onkel Léon fuhr vom Sofa auf, ergriff ein altes Buch, das auf dem Tisch lag, und begann mit seiner lautschallenden Stimme vorzulesen. Es war jenes Kapitel im Gargantua, in welchem verschiedene Versuche mitgeteilt werden, ein durchaus natürliches Geschäft zu absolvieren. Meine Tante hielt sich die Ohren zu und sagte: »Mais Léon.« Dann aber hörte sie doch auch zu und lachte Tränen.

Dass es viele Kämpfe gegeben hat und viele Schwierigkeiten, bis Berthes Heirat zustandekam, ist mir von den verschiedensten Seiten bestätigt worden. Pastor Leblanc zum Beispiel, der ausser für Homöopathie noch für Verlaine schwärmte und dessen »Alles übrige ist Literatur« gern zitierte, wurde doch einmal ganz pathetisch und sagte: »Dein Onkel hat sich aufgeopfert, und was hat er nun als Dank?« Ein andermal, als es feststand, dass die beiden alten Leute das Haus verlassen mussten, in dem sie dreissig glückliche und ruhige Jahre gelebt hatten, während Berthe es hätte verhindern können, sagte meine Tante: »Er hat doch recht gehabt, sie hat kein Herz.« Das war nun eine ziemlich billige Behauptung; denn irgendein Rest blieb, ein ungeklärter Rest, der Berthes Verhalten, wenn nicht entschuldigte, so doch irgendwie verständlich machte. Ich kam durch einige sonderbare Andeutungen meines Onkels auf die Spur, will aber nicht behaupten, dass diese »Imponderabilien«, wie psychologisch geschulte Leute sagen, diese »Unwägbarkeiten«, in Berthes Verhalten eine Rolle gespielt haben.

Wenn nämlich Onkel Léon über seine Adoptivtochter sprach (er hatte Berthe kurz vor der Heirat regelrecht adoptiert, um den »Schandfleck der unehelichen Geburt« zu tilgen, wie die Mutter Calve Berthens zivilrechtliche Stellung nannte), so kam er fast immer auf zwei Bücher zu sprechen. »Kennst du«, fragte er dann, »das greuliche Buch jenes Erzschmierers Zola? Es heisst Doktor Pascal. Und es ist weniger schlecht als seine übrigen. Ein alter Doktor, der sich mit siebzig Jahren in ein junges Mädchen verliebt, es heiratet und mit ihr glücklich wird? Kennst du nicht? Schadet nichts. Aber das Buch Ruth kennst du? Booz und Ruth? Schön, nicht wahr?« Dann schwieg er meistens, blickte schweigend die Decke an, und dabei stach sein kurzer Spitzbart senkrecht in die Luft. Er schnaufte geräuschvoll. »Es war doch schön, als sie krank war«, sagte er still. »Ich hab' bei ihr gewacht. Du wirst es noch erfahren, deine Tante versteht nichts von Krankenpflege. Hühnersuppe kann sie kochen, das ist alles. Aber ich habe bei Berthe gewacht. Ich bin mit ihr spazieren gegangen, trotz ihrem Verrat«, damit meinte er die Konsultation des Homöopathen, »und die Abende waren schön. Ihre Hand war ganz leicht, wenn sie auf dem Ärmel meines Pelzmantels lag.« Ich muss wohl ziemlich erstaunt dreingesehen haben, derart lyrische Ergüsse war ich bei meinem Onkel nicht gewohnt, denn mit einem »Das verstehst du nicht, du junger Hund!« sprang er auf, holte seinen Pelzmantel und storchte mit weit ausholenden Schritten zum Gastwirt Raymond ins Dorf, um dort seine Flasche Bier zu trinken. Sie bekam ihm gewöhnlich schlecht, denn er hustete dann viel, auch war manchmal Blut in seinem Taschentuch zu finden.

Die Hochzeit Berthes! Sie wurde in Jussy gefeiert. Die Schwiegereltern der Braut müssen ein Albdruck gewesen sein. Frau Calve, eine dürre, distinguierte Dame, ganz in Lila, mit teuern Spitzen um den sehnigen Hals, ihr Mann, klein, gepolstert, mit einem rosigen Babygesicht, der seine Gattin mit kindlichem Respekt behandelte. Er hatte Grund zu dieser Haltung, denn er war stets mit einem schlechten Gewissen belastet. Seine Frau hatte das Geld, er vegetierte so nebenher und war bei allen Damen beliebt. Seine kleinen Seitensprünge waren stadtbekannt. Dann habe ich noch die Photographie des Brautpaares gesehen. Jules Calve, kahlen Hauptes, schaut missmutig vor sich hin; sein Gehrock ist auf Seide gearbeitet, aber die groben Schuhe passen nicht zu diesem Tenue. Berthe neben ihm hat ein merkwürdiges Lächeln in den Mundwinkeln. Dieses Lächeln, sagte Tante Amélie, sei immer um Berthes Mund erschienen, wenn ihr Bräutigam zärtlich mit ihr geworden sei, ihr die Hände geküsst oder ihr Haar gestreichelt habe. Ich habe über dies Lächeln nachgegrübelt, denn es kam mir sonderbar vor, obwohl ich seine klare Ursache zuerst nicht recht zu begreifen wusste. Bis ich es verstand. Es ist ganz einfach das Lächeln des kleinen Kindes, das sich lange Zeit im Dunkeln gefürchtet hat, und plötzlich sieht es den tröstlichen Schein der Lampe, welche die Mutter in Händen hält. Dann ist die Sicherheit da. Unsicher war Berthes Kindheit gewesen, die Pariser Portierloge und der Bauernhof in der Provence müssen noch sehr lebendig in ihr gewesen sein. Und war etwa Onkel Léons Haus Sicherheit? Der Doktor verdiente gut, gewiss, besonders früher, aber er hielt ein gastfreies Haus, er hatte nichts erspart. Sollte sie Lehrerin bleiben, ihr Leben lang, die alten Leute unterstützen mit ihrem kleinen Gehalt? Jules war die Sicherheit, der kahle Jules, über den sich Onkel Léon immer lustig machte. Jules bedeutete eine Wohnung, ein sicheres Auskommen, später eine Villa, ein Auto vielleicht. Ich mochte Berthe nicht, aber zu begreifen war ihre Heirat immerhin.

Die Trauung fand in der Kirche in Jussy statt, und Pastor Leblanc hielt die Rede. Tante Amélie spielte die Orgel. Lange hatte sich mein Onkel besonnen, ob er mit seiner zehnjährigen Gewohnheit brechen und offen in die protestantische Kirche gehen wollte, entschloss sich aber dann, sich selbst treu zu bleiben. Er wartete, bis alle in der Kirche versammelt waren, dann stahl er sich behutsam durch die offene Tür, der Küster hatte ihm, wie sonst, einen Stuhl hinter die Orgel gestellt, und dort wohnte er verborgen der Feierlichkeit bei. Es waren wenig Leute geladen, man ass im Garten des Doktorhauses. Die Eltern Calve wurden durch die ziemlich freie Tischrede meines Onkels leicht skandalisiert, verbargen es aber. Sonst verlief die Feier ohne Zwischenfall. Die Hochzeitsreise machte das Paar an die Riviera. Ein ziemlich ausgefallener Gedanke, denn es war Sommer.

Und dann wurde den alten Leuten noch ein ruhiges Jahr geschenkt, ein schwerer Herbst mit vielen Birnen im verwilderten Garten und dem Trommeln der herabfallenden Rosskastanien an den windigen Abenden, ein Winter, mit dem klagenden Pfeifen der Bise ums Haus, und ein warmer Frühling mit dem feuchten Brausen des Föhns. Im Sommer aber begann es, Schlag auf Schlag.

Der neue Arzt, Dr. Trémoillère, hatte Kapital. Er baute sich ein eigenes Haus, auch ein Auto schaffte er sich an. Es sprach sich herum, dass er moderner sei als der alte Courvoisier. Nun war mein Onkel Léon noch immer Gemeindearzt, aber das Fixum, das er neben dem Hause für die Funktion erhielt, war gering genug. Seine Praxis ging zurück. Das Wenige, das er erspart hatte, war für Berthes Aussteuer draufgegangen. »Wenn man etwas tut, soll man es recht tun«, hatte er auf seiner Frau Vorhaltungen geantwortet. Es kamen aber neue Leute in den Gemeinderat, ein neuer Bürgermeister, und meinem Onkel wurde das Haus auf den einunddreissigsten Dezember gekündigt. Er hing an dem Haus, das er dreissig Jahre lang bewohnt hatte. Es war ein alter Bau aus der Barockzeit, ganz mit Glyzinien überwuchert, und es wohnte sich gut in ihm. Mein Onkel ging betteln, obwohl es ihm schwer wurde. Betteln ist vielleicht übertrieben, er suchte einen Käufer für das Haus, einen Käufer, dem er gerne Miete zahlen würde, bis – wie mein Onkel sagte – »bis ich den Löwenzahn an der Wurzel benagen werde«. Er fand keinen. Der alte Bürgermeister sprach vom Krieg (der hatte gerade begonnen), von der Unsicherheit der Zeiten, Berthe wollte sich nicht an ihre Schwiegereltern wenden: »Du verstehst, Papa«, sagte sie, »ich kann das nicht. Sie lassen es mich immer fühlen, dass ihr Sohn eine viel bessere Partie hätte machen können. Sie mögen dich nicht, das fühle ich. Du musst dich eben einrichten.«

»Einrichten!« wiederholte Onkel Léon, als er am Abend aus der Stadt zurückkam. Trotzdem er beim Coiffeur gewesen war, stand sein weisses Haar widerspenstig vom runden Kopf ab. »Hundert Franken im Monat will sie uns geben, hat sie gesagt. Damit sollen wir leben. Und die Calves haben eine Villa. Vielleicht hat's die Berthe auch nicht leicht«, seufzte er noch. Tante Amélie hatte Tränen in den Augen, sie war leicht gerührt. Ich war wütend auf Berthe. Dann klopfte es ans Fenster. Onkel Léon nahm ein schwarzes Tuch, breitete es über die Lampe. Der Riegel kreischte, ein dunkler Schatten huschte ins Zimmer; Tante Amélie ging still hinaus, kam wieder. Sie trug einen Teller in der Hand mit einem Stück Fleisch. Die Eule hockte auf dem Tisch, sehr ruhig und sehr weise, sie verzehrte das Fleisch mit vielem Anstand. Onkel Léon lachte. »Der Vogel der Athene«, er sprach das »th« englisch aus, und nie hätte er die Göttin der Weisheit anders genannt, etwa Minerva, »der ist uns geblieben. Ich bin neugierig, ob er bei uns bleiben wird.« Da nickte die Eule, ihr krummer Schnabel verschwand im dichten Federkleid ihrer Brust, dann sass sie wieder still und glich einem riesigen Briefbeschwerer. Plötzlich flog sie auf, stiess Laute aus, die an das zarte Klagen von jungen Katzen erinnerten, flog auf und mit ausgebreiteten Schwingen ein paarmal durchs Zimmer, dann zum Fenster hinaus. Die ganze Nacht klagte sie in den Bäumen. Es war weder schauerlich noch störend, eher tröstend. Ich habe meinen Onkel nur einmal weinen sehen. Das war, als in den Zeitungen die Nachricht kam, die grosse Bibliothek in Löwen sei eingeäschert worden. Er murmelte vor sich hin, während ihm die Tränen über die Wangen liefen, die Barbaren hätten seine Jugend verbrannt. Dann fluchte er über sich selbst, über seine Rührseligkeit, erzählte einige Studentenstreiche, die lustig sein sollten. Sie wirkten müde. Im Oktober starb Jules Calves Mutter und hinterliess ihrem Sohn ihr gesamtes Vermögen; eine Klausel bestimmte, dass Jules seinem Vater bis an dessen Lebensende eine Rente auszahlen sollte.

Als Onkel Léon die Todesanzeige in der Zeitung gelesen hatte, freute er sich. »Nun wird alles gut«, sagte er, »nun kann Berthe das Haus kaufen.« Aber es kam anders. Berthe schrieb einen Brief (sie kam nicht einmal selber), in welchem sie mitteilte, ihr Mann habe über das Vermögen schon anderweitig verfügt, auch hätte er verschiedene schwere finanzielle Lasten auf sich nehmen müssen, aber sie sei bereit, ihre Eltern nach Möglichkeit zu unterstützen. Eine bescheidene Wohnung werde sich wohl in Jussy finden. Zwei Tage sprach Onkel Léon kein Wort. Er ging morgens und abends ins Dorf, trank dort beim Gastwirt Raymond seine Flasche Bier, hustete viel, besonders in der Nacht. Als Tante Amélie ihn einmal mit »mein armer Alter« anredete, wurde er direkt böse, seine Erbostheit war schweigsam und drohend. Am liebsten hockte er am Abend vor dem offenen Kamin, bei gelöschter Lampe, starrte ins Feuer (der Oktober war kühl) und hob manchmal die Augen zur Eule auf, die auf dem Kaminsims sass, genau an der Stelle, an der einstmals die nun zerschmetterte Pendule gestanden hatte.

Merkwürdigerweise schloss er sich in dieser Zeit an den Pastor Leblanc an. Dies war ein älterer, unauffälliger Herr, Vegetarier, Abstinent, und, wie ich schon erzählt habe, Homöopath, alles Attribute, die meinem Onkel in der Seele zuwider sein mussten. Und doch verstand er sich sehr gut mit diesem tugendhaften Herrn, der im Grunde, und besonders andern Leuten gegenüber, sehr large Ansichten hatte. Darum überraschte es mich, dass er in den Gesprächen mit meinem Onkel sehr scharf, sehr boshaft sogar, gegen Berthe loszog. Er tat dies aber hinterhältig und verbarg dabei seine Augen hinter den schweren Lidern. Anfangs pflichtete mein Onkel ihm bei, beklagte sich bitter über die Undankbarkeit der Menschheit, ohne andere Antworten zu erhalten als: Das sei nun einmal so, schön sei es nicht, aber ...und dann griff Herr Leblanc Berthes Charakter von einer andern Seite an. Auch hier stimmte ihm mein Onkel zuerst zu, bis ihn Herr Leblanc durch das Preisen der homöopathischen Behandlungsart (ich höre noch seine leise, spitze Stimme, wenn er sagte: »Mein lieber Doktor, es hilft Ihnen alles nichts, es ist nicht nur Suggestion, selbst Pferde werden von den Pillen des Grafen Mattei gesund«) so in Harnisch gebracht hatte, dass Onkel Léon, sobald die Rede wieder auf Berthe kam, diese zu verteidigen begann. Zuerst unwillig, dann eifriger, bis er sich an einem Abend zu einer Erklärung verstieg, die etwa folgenden Sinn hatte: Die nachfolgende Generation fühle sich immer verpflichtet, genau das Gegenteil von dem zu tun, was sie bei den Eltern gesehen habe. Die Kinder von Geizkragen seien gewöhnlich Verschwender, die Söhne von Trunkenbolden Abstinenten (womit er nicht persönlich zu werden gedenke, fügte er hinzu, mit einem Neigen des Oberkörpers – und der Pastor quittierte die Entschuldigung mit einem kaum merkbaren Lächeln); nun, er, der Dr. Courvoisier, habe immer gerne breit gelebt, nichts gespart, das sei vielleicht bei Berthe ins gerade Gegenteil umgeschlagen. Man kenne übrigens viele Beispiele, dass gerade reiche Leute viel ängstlicher mit ihrem Gelde umgingen als arme. Wer gebe die reichlicheren Trinkgelder, der Millionär oder der Schwerarbeiter? Pastor Leblanc solle sich einmal bei den Kellnerinnen erkundigen. Daher sei es nicht verwunderlich, wenn Berthe nun, da sie reich geworden sei, plötzlich anfangen wolle zu sparen. Das sei nun einmal so, und menschlich sehr begreiflich. Wozu er aber immerhin zu bemerken wünsche, dass ein Begreifen einer Handlung noch lange nicht ein Verzeihen dieser Handlung bedeute...

An dieser Stelle unterbrach ihn der Pastor sehr ruhig: Mehr habe er auch gar nicht erwartet, ihm genüge vollauf diese Einstellung, und er sei froh, den Doktor zu einer vernünftigen Auffassung der ganzen Angelegenheit zu bringen. Onkel Léon schwieg zuerst, dann zog er die Lippen ein, wölbte sie wieder vor und sagte dann scharf: »Sie hätten Jesuit werden sollen, Pastor.« – »Ach Gott«, erwiderte Herr Leblanc. »Jesuit? Warum den heiligen Ignatius bemühen? Genügt Ihnen Sokrates nicht? Ich habe meine Methode eher von diesem gelernt. Und mir scheint, er passt auch besser zu Ihrer Eule als der Spanier.« Mein Onkel nickte. Er schaute auf zum Kaminsims. Aber dieser war leer. Die Eule war ein einsamer Vogel und abhold jeglicher Geselligkeit.

Der endliche Käufer des Hauses, ein Genfer Bankier, brauchte das Haus erst im Frühling. So feierten wir noch Neujahr im alten Hause. In der Silvesternacht standen die beiden Alten Arm in Arm vor der Tür, als es zwölf Uhr schlug. Strenge Kälte war in der Luft, der Himmel war schwarz, aber deutlich klang das Dröhnen der grossen Glocke von St.Pierre durch die Nacht. Dann tranken wir Grog. »Dreissig Jahre, meine Alte«, sagte mein Onkel und stiess mit seiner Frau an. Da pickte die Eule an die Fensterscheibe.

Im Frühjahr bezog mein Onkel eine kleine Wohnung ausserhalb des Dorfes. Er lebte ärmlich, man hatte ihn abgesetzt als Gemeindearzt, wenig Patienten suchten ihn auf, und von diesen nahm er kein Geld. An einem Sonntag, Ende Juni, kam ich ihn besuchen. Es war gegen Abend, und nur meine Tante war daheim. Sie war unruhig, weil ihr Mann schon seit zwei Stunden fortgegangen war. Sie erzählte mir, der Onkel sei sehr gealtert; in diesem Jahre sei er zum ersten Male ganz offen in die Predigt des Herrn Leblanc gegangen. Nicht dass er sich bekehren wolle; übrigens, ob ich das nicht auch merkwürdig gefunden hätte, dass sie, obgleich verschiedenen Glaubens, doch immer so gut mit ihrem Léon ausgekommen sei? Ich fand das gar nicht sonderbar. Die beiden hatten eben viel zu gut zueinander gepasst. Tante Amélie nickte. Dann wurde sie wieder ängstlich: Wo auch Léon bleibe?

Der Sommerabend war weich, und die trägen weissen Wolken, hinter denen die schon tiefe Sonne stand, hatten silberne Ränder. Ich suchte den Alten lange, aber die Strassen waren leer. Nur ganz in der Ferne trommelte ein verspäteter Wagen. Die Dämmerung kam, und immer noch suchte ich die gebeugte Gestalt. Dann sah ich rechts von der Strasse einen schmalen Grasstreifen, der zwischen zwei Feldern lief, auf denen der Roggen hoch stand. Die Halme waren schon gelb, aber sie reckten sich auf, sehr gerade, denn die Ähren waren noch leicht. Und auf diesem Grasweg fand ich meinen Onkel.

Er lag halb aufgerichtet, den Kopf auf seinem zusammengelegten Mantel, und rechts und links von ihm standen die gelben zierlichen Speere; einige von ihnen waren rot gesprenkelt. Dem Toten zu Häupten aber sass, auf dem Zweig des wilden Birnbaums, die Eule.

Als Pastor Leblanc vorschlug, dem alten Doktor als Grabstein eine Eule zu setzen, begegnete er nur Widerspruch. Das sei heidnisch, warf man ihm vor, und da er nur von mir unterstützt wurde, fiel er mit seiner Anregung durch. Berthe kam übrigens nicht ans Begräbnis, obwohl sie in Graubünden war. Meine Tante ist ein Jahr darauf in einem Altersheim gestorben. Berthe hat ein kleines Mädchen zur Welt gebracht, aber das hat nicht lange gelebt. Wir wollen da nicht von ausgleichender Gerechtigkeit sprechen, das sind heikle Dinge. Besonders da Berthe scheinbar sehr glücklich ist. Sie besitzt ein Auto und zwei Windhunde.

Juliette

Lege dich nicht auf die Kiesel, sie sind hart. Aber auf dem Hügel unter den Korkeichen, von deren Stamm sie die Borke geschält haben, ist der Boden weich. Und auch das Meer kannst du sehen. Lange genug bist du geschwommen; hab keine Angst, auch dort oben wirst du nicht frieren. Der Wald ist gedeckt gegen den Wind, der von den Bergen kommt; und durch die Blätter dringt die Abendsonne noch warm und geduldig.

Liegst du gut?... Komm, ich will dir noch meinen Bademantel unter den Kopf legen; ich bin zufrieden mit dieser Wurzel... Sieh, durch die Blätter flimmert der Himmel, wie eine bunte Zimmerdecke im Fiebertraum ... Schläfst du?... Du hast nur die Augen geschlossen, weil das Licht dich blendet? Frierst du nicht?... Du bist noch feucht und riechst nach Meer... Warum ich lache?... Weil nicht viel gefehlt hätte und ich läge nicht neben dir, hier, wo es warm ist und hell und die strengen Berge Linien zeichnen gegen die Wolken, die stets am Vergehen sind... Und weisst du, gerade hier muss ich an die graue Stadt denken, die fast niemals Sonne hatte. Dort gilbten die Blätter schon im Juli, denn voll Staub und voll giftiger Gase war die Luft. Immer sank dort der Regen, der schwarze Regen, der Flecken zurückliess auf der Haut. Klein waren die Menschen, die durch die Strassen liefen, hässlich, mit schwarz gesprenkelter Haut.

Lass mich nachdenken. Wo habe ich sie nur zuerst getroffen? Sonderbar, sogar ihren Vornamen habe ich vergessen. Deutlich sehe ich nur ein Bild von ihr: Sie sass auf meinem Bett, es war Nacht, die Knie hatte sie gegen das Kinn gedrückt und starrte ins Leere. Manchmal erzählte sie. Damals wohnte ich in einem möblierten Zimmer, das mit einem Kochherd und mit Kochgeschirren vermietet wurde. Ein Tisch stand darin, zwei wacklige Stühle und ein sehr breites Bett.

Wie ich das nur vergessen konnte!... Natürlich, im Zirkus hatte ich sie getroffen. Sie sass neben mir in der leeren Stuhlreihe, die Vorstellung war schlecht besucht. Zuerst bemerkte ich sie nicht. Dressierte Hunde wurden vorgeführt, und diese fesselten mich sehr. Sie starrte mich an, und dann musste ich sie doch ansehen...

Warum kehrst du dein Gesicht ab? Stört dich die Sonne? Bald wird sie untergehen, und der warme Abend ist dann da, der seinen schweren Mantel über das Meer legt. Was ist schliesslich ein Gesicht? Man kann es beschreiben. Aber von den Worten zum Bild ist ein weiter Weg, den keiner, schier, zurückzulegen vermag. Wenn ich dir diese Frau schildere, siehst du doch nur einen zerfliessenden Schatten vor dir...

An deiner Hand sehe ich, dass du ungeduldig wirst. Komm, lass mich deine Finger halten, damit du nicht meinst, ich sei fort. Immer bin ich da, auch wenn ich Vergangenes träume, Vergangenes, das irgendwann doch Gegenwart war.

Die Strassen waren mit dickem Nebel angefüllt, als wir durch das Tor traten. Im Zirkus selbst hatten wir nicht miteinander gesprochen, aber sie fühlte wohl, dass ich ihr die Stufen hinunter gefolgt war. Denn sie zögerte auf der Strasse, schritt nur langsam aus, so als habe sie Angst, mich zu verlieren. Ich bin sehr ungeschickt, wenn es gilt, Frauen anzusprechen. Das kennst du ja. Wenn du mir damals nicht zugenickt hättest, weisst du, an jenem Abend, als wir zum erstenmal zusammen tanzten, wir hätten uns wohl verfehlt. Ganz anders als du war sie, als du, die du schlank bist und blond. Nicht ganz so gross wie du, breiter gebaut, mit sehr dunklen Haaren und einem runden Gesicht. Ich ging neben ihr und begann zu sprechen, ohne Begrüssung. Von den Hunden erzählte ich, die wir gesehen hatten. Sie schwieg. Ich aber wollte ihre Stimme hören. Wo sie denn wohne, fragte ich sie. Da sprach sie zum erstenmal: Sie sei Krankenschwester.

Siehst du, wieder will ich in den Fehler verfallen, dir ihre Stimme zu schildern. Nachmachen könnte ich sie nicht, und wenig Worte stehen uns zur Verfügung, um den Ton einer Stimme zu verdeutlichen. Es war die Stimme einer schweigsamen Frau, die des Redens ungewohnt ist, nicht aus Schwerfälligkeit oder Dummheit, sondern, so schien es mir, aus Angst vor dem entstellenden Wort und Klang. Eine graue Stimme, möchte ich sagen. Irgendwo klirrte ein Sprung darin, ein seelischer Riss wohl mehr als eine Verletzung der Stimmbänder.

Du lächelst? Ein wenig höhnisch wohl…Nun, mach dich nur lustig über mich und meine papierenen Vergleiche…Du schüttelst den Kopf?…Und willst nicht sagen, warum du mich auslachst?…

Ich begleitete sie bis vors Spital. Was wir noch gesprochen haben, ich weiss es nicht …, denn ich war es wohl, der die ganze Zeit redete. Ich war damals ziemlich einsam, und dann geschieht es eben, dass er plötzlich losbricht, der Redestrom.

Sie machte mir selbst den Vorschlag, mich besuchen zu kommen. Sie sprach ganz natürlich; sie sagte: »Wo wohnen Sie? Ich werde morgen abend zu Ihnen kommen.« Ich gab ihr meine Adresse.

Nun sass sie in meinem Zimmer auf einem der Stühle. Es war warm. Vor den Fenstern stand eine zähe Dunkelheit.

Du kannst dir diese Dunkelheit nicht vorstellen, besonders hier nicht, wo der Abend klar und hell, die Nacht aber getränkt ist von dem Licht, das ihr der Tag schenkte. Dort brennt die hellste Lampe trüb wie ein Grubenlicht, es ist, als steige die Dunkelheit mit den Kohlen empor aus den Schächten, als vergifte sie jegliches Licht.

Sie sagte, sie habe Hunger, sie sei gleich nach dem Dienst aus dem Spital fortgelaufen. »Du hast mir gefallen«, sagte sie. Ich war nicht weiter erstaunt über das Du. Sie sah erhitzt aus. Auch dass ich ihr gefalle, freute mich. So lange hatte niemand nach mir gefragt, und nach diesen Worten lockerte sich das Einsamsein.

Ich brachte eine Serviette, die ich über den Tisch breitete, ich selbst hatte auch noch nicht gegessen. Eine Fleischsuppe hatte ich gekocht, mit viel Gemüse drin. Das ganze Zimmer roch danach.

Zwischen uns stand die Petroleumlampe; zackig leuchtete die Flamme durch den staubigen Zylinder. Weisst du, wenn man allein ist, hat man keine Lust zum Putzen. Jetzt habe ich ganz deutlich den Geschmack des Rossfleisches im Munde, das ich damals gekocht hatte. Rossfleisch war billig und nahrhaft, und ich hatte wenig Geld. Viel hat sich ja seither nicht geändert. Und an die Fische, die hier nach dem harten Licht schmecken, das über dem Meere liegt, musste ich denken nur wegen des Rossfleisches. Ich arbeitete damals in einem Büro, so Übersetzungen, weisst du. Und vorher hatte ich in den Gruben auf Nachtschicht gearbeitet.

Immer schweife ich ab, weil es so schwer ist, von dieser Sache zu erzählen. Geschehen ist ja weiter wirklich nichts. Nun, eingescharrt wäre ich fast worden, dort oben, in der kalten, schwarzen Erde, die vollgesaugt ist mit Feuchtigkeit. Zuerst erzählte sie vom Spital. Sie schien seit dem ersten Abend ein Hindernis beiseite geschafft zu haben, denn ihre Rede war zusammenhängend, obwohl die Worte nur langsam von den Lippen geformt wurden, diesen Lippen, die viel Farbe hatten, obwohl sie nicht geschminkt waren. Sie sprach von den Kranken, besonders von denen, die noch zäh am Leben hingen und sich wehrten, obwohl keine Hoffnung mehr für sie war. Diese pflege sie mit Vorliebe, und im Spital rufe man sie auch immer zu diesen Fällen; denn die Wirkung ihrer Gegenwart sei bekannt. Ganz ohne Beruhigungsmittel käme sie aus, sie brauche sich nur neben den Kranken zu setzen, der ungebärdig sei; er werde sogleich still, wenn sie seine Hand nehme, und dann bleibe sie bei ihm, bis er erlöst sei. Erlöst, sagte sie.

Wieso erlöst? fragte ich, sie sei doch sicher gläubige Katholikin wie all ihre Landsleute. Sie wurde verlegen. Ja, antwortete sie, gläubig sei sie wohl, aber sie wisse, dass die Kranken, die neben ihr stürben, Ruhe gefunden hätten.

Dass sie weder in die Hölle noch ins Fegefeuer kämen, sondern auf dem geradesten Wege ins Paradies? Ich musste lächeln, während ich diese Frage stellte. Aber sie blieb ernst. Weder ins Paradies noch in die Hölle, entgegnete sie, nicht einmal ins Fegefeuer. Sie würden sich auflösen, wie Rauch in klarer Luft (diesen Vergleich gebrauchte sie), und weder Schmerz noch Freude mehr empfinden …Während sie dies sagte, blickte sie abwesend aufs Tischtuch und zeichnete mit der Gabel einen kleinen Kreis.

In der Verkürzung sah ihr Gesicht merkwürdig aus. Sehr viel flaches Weiss, nur die Wölbung der Augen warf einen scharfen Schlagschatten auf ihre Wangen. Es sah aus, als seien an diesen Stellen zwei dunkle Löcher.

Ich schwieg und betrachtete sie. Ihre Kleidung war streng; eine schwarze Bluse, die den Hals in einen schwarzen Seidenkragen einschloss. Auch um die Handgelenke legten sich breite Seidenbänder. Die Finger waren kurz und stumpf. Ich bat sie, mir ihre Handfläche zu zeigen. Das, was die Handdeuter die Lebenslinie nennen, war tief eingegraben, reichte kaum bis zur Mitte des Daumenballens und wurde in kurzen Abständen von vielen Fältchen senkrecht durchschnitten.

Auch dir soll ich aus der Hand weissagen? Das kann ich nicht, dazu muss ich ein wenig betrunken sein, und auch dann stimmt es gewöhnlich nicht. Und sind wir nicht vernünftig geworden, wohl allzusehr? Hände oder Sterne, wir glauben nicht mehr an sie, darum glauben auch die Linien, die stets sich kreuzenden, nicht mehr an uns.

Wir sprachen nicht mehr viel. Sie half abwaschen, dann wollte sie noch mein Zimmer in Ordnung bringen, holte sich sogar einen Besen von meinen Nachbarsleuten. Ich lag derweilen faul auf dem Bett und rauchte. Sie rauchte nicht. Ich begleitete sie wieder heim. Ein feuchter Schnee fiel, die Strassen waren schlüpfrig, sie nahm meinen Arm. Ihr Mantel war aus weichem Stoff und fühlte sich an wie die Haut eines Tieres. Sie war nur wenig kleiner als ich. Dann fiel ein Gitter zu, sie stand einen Augenblick als schwarzer Schatten in einer erleuchteten Tür und winkte kaum merklich.

Es wird wohl ein Zufall gewesen sein, dass ich auf dem Rückwege von Betrunkenen angerempelt wurde. Drei waren es, klein zwar, aber breit in den Schultern, mit muskulösen Armen, die lang waren, wie die der Affen. Ich verteidigte mich, den Rücken gegen eine Häuserwand gelehnt. Ganz in der Nähe brannte eine Laterne. Eine Messerklinge spiegelte deren Schein und zuckte wie eines jener bengalischen Zündhölzchen in Kinderhand. Das Messer traf mich nicht. Ich erhielt nur einen starken Schlag auf die Schläfe und fiel hin.

Als ich aufwachte, lag eine dünne Schicht nassen Schnees auf mir. Meine Zunge war aufgequollen und schmeckte schlecht. Ohne Sterne war der Himmel; ich hinkte heim, und mir war sehr übel.

Am nächsten Tage war ich krank. Wohl ein wenig erkältet, mit Fieber und einem dumpfen Kopf. Zum erstenmal empfand ich die Trostlosigkeit meines Zimmers; es war auch noch nie vorgekommen, dass ich in ihm einen Tag zubrachte. Sonntags war ich sonst immer vor seiner Düsternis geflohen, in irgendein Café, und dort geblieben bis zur Dunkelheit, manchmal auch bis tief in die Nacht hinein. In einem Café macht eben die Einsamkeit viel mehr Spass. Gegen Mittag stand ich auf und kochte mir Tee. Es war still im Haus. Meine Nachbarsleute hatten keine Kinder, der Mann rückte am Morgen aus in die Grube, die Frau schlief lange, und dann beschäftigte sie sich so geräuschlos, dass ich manchmal meinte, der Raum neben meinem Zimmer sei unbewohnt.

Dann schlief ich wieder ein. Mein Zimmer war dunkel und kalt, als ich wieder erwachte. Mir tat der Rücken weh, auch fror ich.

Auch jetzt noch bekomme ich die Gänsehaut. Sieh, mein Arm ist ganz rauh…aber das vergeht wieder…Ja, du hast recht, auch der Körper erinnert sich. Warum sollte nicht auch er manchmal in der Vergangenheit leben, wenn es der Seele so gut gelingt.

Ich zog mich an, die Decke auf meinem Bett war dünn, dann legte ich mich wieder hin. Ich war viel zu müde, um die Lampe anzuzünden. Irgendeine trübe Laterne, draussen, in dem Hof, auf den mein Fenster ging, spritzte schmutziggelbe Flecken gegen die Zimmerdecke. Auch meine Uhr war stehengeblieben.

Und in dieser Dunkelheit, in der das Fieber summte und gärte, sah ich die sonderbare Frau wirklich zum erstenmal. Ihr Bild war deutlich, greifbar und sehr nahe, sie lächelte mit geschlossenem Munde, so als habe sie etwas zu verbergen. Dann fiel mir ein, dass ich nicht einmal wusste, wie sie hiess. Auch ihren Vornamen kannte ich nicht, und darum sehnte ich mich nach ihr. Ich wollte fragen, vieles wollte ich sie fragen. Und dann wusste ich plötzlich, dass sie draussen vor der Türe stand.

Es war ihr Klopfen, das nun kam, und ich rief: »Herein.« Sie hatte Blumen mitgebracht, nach dem Geruch mussten es Chrysanthemen sein. Leise sagte die Frau: »Guten Abend«, trat an den Tisch, zündete die Lampe an; sie fand sie ohne weiteres im Dunkel. Und dann legte sie die Blumen auf den Tisch.

»Wie heisst du eigentlich?« fragte ich.

»Juliette.« Und nach einer Weile: »Bist du krank?«

Ich nickte. »Du hast sicher Hunger«, meinte sie. »Soll ich dir etwas kochen?« Sogar eine Schürze hatte sie mitgebracht, eine weisse Schürze, die nach Chlor roch. Sie kniete nieder vor dem Herd, räumte die Asche aus, schnitzte Späne. »Du wirst dich ganz schmutzig machen«, sagte ich. »Soll ich dir helfen?« Sie schüttelte den Kopf. Sie schüttelte den Kopf mit grosser Energie. Ihr Haar ging auf, es lag als Knoten auf ihrem Nacken. Nun fiel der Zopf, ein dicker Zopf, über die schwarze Bluse und stach doch schimmernd braun ab von dem dunklen Grunde. Ich habe später oft mit diesem Haar gespielt, es gekämmt, geflochten. Weisst du, meine Mutter hatte ebensolche Haare, und als sie starb, habe ich immer weinen müssen, wenn ich an das Haar der Mutter dachte...

Juliette blieb die Nacht bei mir, und seltsam war diese Nacht. Die Frau sass am Fussende des Bettes, die Knie gegen das Kinn gedrückt, und starrte in das Licht der Lampe. Gegen Morgen erlosch die Lampe. Juliette aber blieb sitzen. Manchmal erzählte sie zwischendurch einiges, in ihrer langsamen, schweren Art...

Zweimal sei sie verlobt gewesen, erzählte Juliette, und beide Male, kurz vor der Hochzeit, seien die Männer gestorben. Der eine sei eine Treppe hinuntergestürzt und habe das Genick gebrochen, der andere sei beim Abspringen von der Strassenbahn unter ein Auto gekommen. Nun glaube sie, sie bringe Unglück – wenn der Tod ein Unglück sei. Bei mir habe sie weniger Angst. Mir werde wohl nichts geschehen. Ihr komme es vor, als stünde ich mit dem Tode auf vertrautem Fuss. Ich musste ihr recht geben. Ich dachte oft und gern an den Tod. Unangenehm war mir nur der Gedanke, dort oben in der verwässerten, schmutzigen Erde zu liegen. Aber das war doch nur ein Vorurteil.

»Auf Wiedersehen«, sagte sie, als sie mich am Morgen verliess. Ich fragte sie nicht, wann sie wiederkommen wolle. Es war zuviel Unwahrscheinliches in ihrem Kommen. Da nützten präzise Fragen nichts.

Dann ging ich ins Büro und arbeitete halb im Schlaf. Es waren ja immer die gleichen Briefe, die ich zu übersetzen hatte. Aber die Frage, die ich am vorigen Abend nicht gestellt hatte, quälte mich den Tag hindurch: Ob sie wohl wiederkommen würde, heute schon?

Sie kam. Wieder zündete sie die Lampe an. Dann setzte sie sich zu mir und legte den Kopf an meine Schulter. Auch ihr Haar roch ein wenig nach Chlor. Ich wusste nicht, an was mich dieser Geruch erinnerte; es hing mit Gräbern zusammen.

Dann schlief sie ein. Ich legte sie zurecht und blieb neben ihr sitzen. Auf ihrem verschlossenen Gesicht lag viel Müdesein.

Die nächste Zeit war seltsam. Ich weiss eigentlich heut' noch nicht, war ich in sie verliebt oder nicht. Liebe, musst du wissen, hat verschiedene Masken. Ich nannte sie »sœurette«, es klingt zärtlicher als das deutsche »Schwesterlein«. Sie kam allabendlich zu mir, blieb manchmal die ganze Nacht, hin und wieder ging sie schon um zehn Uhr fort. Dann lag ich noch wach und dachte an sie. Es waren verworrene Gedanken. Als ob ich sie seit Ewigkeiten kennte, so war es; in mein Kinderzimmer war sie getreten, als ich noch klein war, und hatte mit mir gespielt. Und früher noch, vor diesem Kinderzimmer, war sie dagewesen, in jenem dunklen Reich, das voll Trostlosigkeit ist und Versunkensein. Aber ihre stete Gegenwart machte auch die Finsternis jener zeitlosen Ewigkeiten erträglich, in denen kein Tag ist, nur der Schein verblichener Sterne.

Hier, auf Erden, schlichen wir aneinander vorbei, wie Schatten, die ihren Leib verloren haben. Manchmal sprach ich von diesen Dingen zu ihr. Dann kam jenes Lächeln wieder, jenes Lächeln mit geschlossenem Mund, das in einem meiner Träume auf ihrem Gesicht entstanden war, bevor ich es in Wirklichkeit gesehen hatte.

Während der Zeit, in der ich mit ihr zusammen war, gab es nur einen Ansatz zu einem Unglück. Wir waren zusammen in die nahe Hauptstadt gefahren, an einem Samstagabend, den Sonntag wollten wir dort verbringen. Der Zug stand still, ich stieg zuerst aus; als ich einen

Fuss auf den Bahnsteig setzte, ruckte der Wagen und fuhr einige Meter zurück. Ich warf mich nach vorn und fiel auf die Knie. Juliette stand bleich hinter mir. »Fast wärest du unter den Zug geraten«, stotterte sie. Aber nur der obere Teil ihres Gesichtes zeigte Angst: Die Augen, die gefurchte Stirne; geschlossen lächelte der Mund.

Nach einem Monat merkte ich erst, wie stark ich mich verändert hatte. Ich ging nicht gerne in das Büro, das kannst du mir glauben. Aber nun kam eine Gleichgültigkeit über mich, die ich früher nicht gekannt hatte. Ich verliess meine Stellung und blieb tagsüber zu Hause. Und wartete. Auf was ich wartete, weiss ich nicht, oder besser, ich kann es nicht beschreiben. Ich war immer müde, lag auf dem Bett und redete mir ein, ich warte auf den Abend. Denn am Abend kam sie, immer pünktlich. Aber doch wusste ich, dass ich auch in den Stunden, in denen sie bei mir war, auf etwas wartete. Und sie fühlte es. Einmal erzählte ich ihr, ich hätte fast kein Geld mehr. Es war eine Lüge, ich hatte noch eine kleine Summe auf der Bank, aber diese wollte ich nicht angreifen. Es war meine Reserve, eine unbewusste Vorsicht vielleicht. Sie bot mir sogleich Geld an. Und ich nahm es.

In der letzten Zeit sprach sie viel vom Tode. Ich wusste genau über die Kranken Bescheid, die in ihrer Pflege starben. Manchmal fragte ich sie auch, was aus uns werden solle; ob wir heiraten wollten, sie habe doch Familie, und im Spital würde doch sicher über unsere Freundschaft geklatscht. Sie zuckte mit den Achseln und schwieg. Nur einmal sagte sie: »Wir werden wohl bald erlöst sein.« Ich lachte ein wenig über diese Antwort.

An einem Abend kam sie nicht, auch am nächstfolgenden fehlte sie. Ich lag in meinem Zimmer und wartete. Viel habe ich nicht gegessen in diesen Tagen und Nächten. Und dann lag ich immer im Dunkeln. Ich durfte die Lampe nicht anzünden, das war ihr Amt und nicht mehr meins. Manchmal war es mir, als riefe sie nach mir. Ihre Stimme war dünn und ängstlich. Endlich am dritten Tag ging ich ins Krankenhaus und fragte nach ihr.

Der Portier war mürrisch. Sie sei gestorben, sagte er, und das Begräbnis sei morgen. Dann schlug er das Tor zu. Es war etwa vier Uhr nachmittags. Ich ging auf die Bank und holte mein Geld. Aber glaubst du, dass ich wusste, was ich damit anfangen sollte? Einen Augenblick freuten mich die Scheine. Ich könnte damit irgendwohin essen gehen, dachte ich, und nachher in den Zirkus oder ins Kino. Aber dann verschwanden diese Wünsche wieder, und es war sehr einsam auf der Strasse. Die Wolken am Abendhimmel waren fettigrot wie zerlaufene Schminke. Darum hab' ich sie immer rufen hören, dachte ich, das war, weil sie krank war. Und nun sollte ich sie nie mehr sehen. Aber ich hatte sie doch schon früher gekannt, sie war als kleines Mädchen zu mir gekommen, damals, und sie trug ein rotes Kleidchen und erzählte Märchen. War sie es wirklich, oder hatte ich das nur als Kind geträumt?

Ich war in meinem Zimmer angekommen und packte meine wenigen Sachen zusammen. Die Miete war vorausbezahlt. Was sollte ich noch in der dunklen Stadt? Ich ging zum Bahnhof.

Dort kaufte ich eine Bahnsteigkarte, ja, wirklich, ich habe es damals nicht gewagt, ein Billett nach irgendeinem Ort zu kaufen. Ich trat auf den Bahnsteig hinaus und ging neben den Schienen hin und her. Es waren nur wenige Leute da, die auf einen Zug warteten. Aber sie kamen mir ausserordentlich unwirklich vor. So verschwommen schienen sie, ohne feste Konturen. Nur einen gelben Herrn sah ich deutlich, der in einem dicken Pelzmantel zu frieren schien. Ich dachte, er kommt sicher aus den Tropen und ist leberkrank. Oder vielleicht ist die Galle nicht in Ordnung. Auch er muss bald sterben. Das letzte muss ich wohl gesagt haben, denn der Herr sah mich an. Die Pupillen seiner Augen waren gross. Ich nickte ihm zu, und er kehrte sich ab.

Dann ging ich auf und ab. Plötzlich wurde es dunkel. Der Bahnhof verschwand, überall lagerten nächtliche Wolken, darüber glänzten faustgrosse Sterne und gaben ein mildes, goldenes Licht. Fast sah es aus wie die Dekoration zu einem Zaubermärchen, aber es war viel wirklicher, ohne den widerlichen Beigeschmack der Kartonkulissen. Auf diesen Wolken kam ein Wagen näher gerollt, den vier schwarze Strausse zogen. Die Schwanzfedern der Vögel wehten wie Wimpel, und solche Federbüsche hatte ich auch auf den Köpfen der Pferde gesehen, die einen Leichenwagen zogen. Der Wagen war schwarz, sah aus wie eine altertümliche Chaise. Juliette sass darin. Neben ihr war noch ein Platz frei. Sie winkte mir und sprach – scheinbar. Denn ich hörte keinen Laut. Jetzt erst fiel mir die grosse Stille auf, die über den Wolken lag. Dann hielt der Wagen an, ich wollte einsteigen, da hörte ich einen dumpfen Donner, dessen Rollen immer mehr anschwoll. Und eine Hand packte mich am Arm.

Ich sah das Gesicht des gelben Herrn. Der Mund darin arbeitete heftig, aber ich verstand kein Wort. Der Donner rollte an meinen Ohren. Da stand ich auf dem Bahnsteig, und eine Schnellzugslokomotive fuhr an mir vorbei. Auf einem Puffer wehte etwas, das aussah wie ein schwarzes Kleid. Ich wollte mich losreissen, dort sass doch Juliette, und ich musste zu ihr. Aber der gelbe Herr hatte knochige Finger, die hielten mich fest. Nun verstand ich auch, was er schrie (er musste schreien, der Zug lärmte und pfiff). »Was sind das für Sachen«, schrie der gelbe Herr. »In die Maschine hineinzulaufen. Wollen Sie sich umbringen?«

Ich muss ihn ziemlich dumm angesehen haben, denn er lächelte ein wenig. Dann sah er mich an, so, von oben bis unten, wie etwa ein Rosstäuscher ein Pferd ansieht, das er kaufen will. Inzwischen hatte sich der Zug beruhigt. »Bisschen melancholisch? He?« sagte der gelbe Herr. »Luftveränderung notwendig? Wie?« Er hatte eine Stimme, die sich bei den Fragewörtern überschlug. »Liebeskummer? Was?« Er lächelte immer noch, seine Zähne waren gelb und breit. »Stenographie? Maschinenschreiben? Ja?« Ich nickte. Sein Sekretär sei krank geworden, ob ich mitkommen wolle? Er müsse seine Memoiren weiter diktieren. Er schwenkte ein Fahrschein- heft, packte mich am Arm und schleppte mich in den Zug. Wir fuhren nach Paris.

Ich bin nicht lange bei ihm geblieben. Seine Memoiren waren wirklich schlecht, und ich konnte seine Stimme nicht mehr hören. Aber ich muss ihm wohl dankbar sein. Sonst läge ich wahrscheinlich doch in der feuchten Erde dort oben.

Du schweigst? ...Es war doch eine so schöne Geschichte. Aber jetzt will ich meinen Kopf auf deine Schulter legen. Dein Arm ist kühl, und deine Haut schmeckt noch ein wenig nach dem Salz des Meeres. Später wollen wir durch die Rebberge heimgehen und nach reifen Trauben suchen. Die Beeren werden noch warm sein von der Sonne ...Ja, und weisst du ...Schwestern sind eben selten im Leben, man findet sie nur, um sie wieder zu verlieren. Aber nach dem Tode wird das Leben ja so lange sein. Man muss nur Geduld haben...

Beichte in der Nacht

Nun, junger Mann? Was sagen Sie jetzt? Sie haben wohl nicht gedacht, dass ich mich an Ihren Tisch setzen würde? Sie waren tapferer, als Sie mit Ihrer Suite zusammensassen, den aufgedonnerten Mädchen – obwohl aufgedonnert ein altmodisches Wort ist und abgedonnert für Ihre Begleiterinnen besser passen würde. Als Sie in Gesellschaft waren, da hatten Sie ein besseres Maul. Warum sind Sie auch zurückgeblieben, allein? Ein wenig Kater gehabt? Die Gesellschaft ist Ihnen auf die Nerven gegangen? Ja, Sie waren sehr lustig, und ich war die gegebene Zielscheibe Ihrer Witze. Mein altmodischer Smoking, meine Leibesfülle. Glauben Sie mir nur, die täuscht. Ich bin gar nicht so dick, wie Sie meinen, gepolstert könnte man eher sagen, und es gibt Frauen, die dies zu schätzen wissen. Natürlich spreche ich nicht von der Art Dämchen, die Sie da um sich versammelt hatten. Richtige Frauen, meine ich, die noch Gefühl haben für den Wert, den transzendentalen Wert eines Mannes. Und der liegt nicht in einer modischen Kleidung, liegt nicht in der Tatsache, dass einer gut tanzen kann – der Wert, von dem ich spreche, liegt tiefer, glauben Sie mir. Aber das versteht die Jugend nicht, das verstehen die Frauen nicht, solange sie noch jung sind, Ausnahmen gibt es natürlich; wissen Sie, was ein grosser Dichter über uns Männer sagt, die der Schlankheit entbehren? Natürlich wissen Sie es nicht. Sie sind nur orientiert über den Demi-Final und den letzten Boxsieg, aber dass es einmal einen Dichter gegeben hat, der Shakespeare hiess – was? Sie haben den Namen auch gehört? Den Namen? Haha. Aber sonst wissen Sie nichts von dem Herrn? Oder? Wann er gelebt hat? ... Schulweisheit, selbstverständlich, und Sie stehen im praktischen Leben. Da war doch Ihr Doppelgänger ein anderer Kerl...

Ja, glauben Sie vielleicht, ich hätte mich zu Ihnen gesetzt, weil Ihre Visage mich angezogen hat? Da trompieren Sie sich schwer. Der Grund liegt viel tiefer. Sie gleichen jemandem, Sie gleichen ihm dermassen, dass ich einen Augenblick gedacht habe, er sei es. Darum habe ich auch versäumt, Sie zur Rede zu stellen, als Sie mich auslachten, ob meiner Dicke. Ich bin dick, junger Mann, gewiss bin ich dick, aber kann ich etwas dafür? Mein Vater war dick, meine Mutter war dick, ich selbst, mein Herr, habe zwei Abmagerungskuren durchgemacht. Mit welchem Erfolg? Nun, den Erfolg sehen Sie ja. Wir wollen etwas trinken ... Lasst dicke Männer um mich sein, sagt Shakespeare, und die nachts gut schlafen – oder so ähnlich. Aber da macht der englische Dichter einen Fehler. Mein Schlaf ist nicht gut, meine Verdauung will nicht recht funktionieren, das wird es wohl sein. Ich habe übrigens letzthin einen Spezialisten konsultiert, er hat mir Diät verschrieben, gut und recht, er will eine neue Kur an mir probieren. Aber ich kann mich doch nicht einen Monat ins Bett legen. Was denkt er auch! Ich habe Pflichten gegen die Gesellschaft, ich stehe auf einem verantwortungsvollen Posten, wenn ich die Arbeit nicht tue, ist keiner da, der mich ersetzen könnte ... der mich ersetzen kann. Aber wenn ich nun sterben sollte, wird man mir wohl einen Nachfolger geben. Nun, der soll dann sehen, wie er zurecht kommt. Glauben Sie mir, ohne mich ist der Finanzdirektor hilflos wie ein kleines Kind. Unsere Stadt würde schon lange mit einem Defizit arbeiten, wenn ich nicht wäre. Ich bin es, der immer alles ins Geleise bringt, der unmögliche Projekte einfach in den Papierkorb wirft oder sie in einem Aktenschrank verschwinden lässt – zur gelegentlichen Erledigung. Haha, hahaha, das ist ein Witz von mir, eine Trouvaille, wie der Franzose sagt. Zur gelegentlichen Erledigung! Gut gesagt, nicht?

Ah, hier kommt der Wein ... Aber Emmy, ich habe Ihnen doch deutlich befohlen, den Wein zu temperieren, und er ist eiskalt ... Nein, nein, liebes Kind, wo denken Sie hin, ihn wieder mitnehmen, wo er doch schon da ist? Nein, da wärme ich lieber mein Glas in den Händen ... Hübsches Kind, nicht wahr? ... Nicht Ihr Geschmack? Sie sind wählerisch, aber auf eine falsche Art. Im Grunde sind Sie ein Vielfrass, Sie nehmen jede, die sich Ihnen anbietet, hab' ich nicht recht? ... Nein? ... Aber ein Feinschmecker sind Sie nicht, ich sehe das an der Art, wie Sie diesen Wein hinunterschütten. Den Wein lässt man auf der Zunge zergehen, man kostet ihn aus. Und mit den Frauen? ... Haha, lieber Herr, mit den Frauen dito, desgleichen. Wie heisst das schöne Lied? »Wenn man fünfzig ist, man noch gerne küsst, besonders wenn man spaaaarsam gewesen ist«, aber »wenn man sechzig ist, schmeckt allaaain nur der Waaaain.« Hehe. Sie hören, wir alten Herren sind auch noch auf der Höhe, wenn es sich um die neusten Schlager handelt. »Schmeckt allaaain nur der Waaain.«

Verzeihen Sie, ich singe nicht mehr gut, aber es gab eine Zeit, da hatte ich eine schöne Stimme, eine richtige Baritonstimme. Und ich habe sogar einmal in unserer Kirche gesungen, im Chor versteht sich, aber ich hatte ein Solo. Alle Leute haben mich nachher beglückwünscht. Sie waren ergriffen. Ich habe mich manchmal gefragt, ob ich nicht hätte zur Oper gehen sollen, mich ausbilden lassen. Theater, Erfolg, das wäre etwas für mich gewesen. Aber ich habe eben die ernstere Seite des Lebens vorgezogen. Lassen Sie sich sagen, und beherzigen Sie meine Worte: Das Leben ist kein Kinderspiel! Ihr Doppelgänger, der Mann, dem Sie ähnlich sehen, er glaubte auch, das Leben sei da zum spielen, aber er hat sie bitter bereut, seine Einstellung. Er ist verdorben und vielleicht gestorben, das weiss ich nicht. Und ich hatte mir so Mühe gegeben, ihn vor dem Abgrund zu retten, aber er war undankbar, hat mich betrogen, bestohlen, seine Schulden habe ich zahlen müssen. Er war nur zwölf Jahre jünger als ich, ich war wie ein älterer Bruder zu ihm, ich habe ihn bei mir aufgenommen, ich habe ihn aus der peinlichsten Situation gerettet, und wie hat er mir gedankt? Haben Sie die Dame bemerkt, mit der ich getanzt habe? Es war meine Frau ... Das täuscht, sie ist gar nicht soviel jünger als ich, obwohl sie so aussieht. Sie versteht es eben, sich zu schminken, herzurichten. Sie haben wohl bemerkt, wie begehrt sie war, nur einmal habe ich mit ihr tanzen können, sonst waren all ihre Tänze versprochen. Ja, es war meine Frau, sie heisst Emilie mit dem Vornamen, aber ich nenne sie immer Mowgli, das hat sich so gegeben mit der Zeit. Der Name stammt ja nicht von mir. So heisst ein Junge in einem Buch des englischen Dichters Kipling, von dem Sie wahrscheinlich auch nie etwas gehört haben ...

Soll das Hohn sein, junger Mann? Sie spotten über meine Belesenheit ... Gut, ich will Ihnen glauben, Sie haben das nicht gemeint, ich will es gerne glauben, ich glaube Ihnen alles, was Sie sagen. Sie werden einen Unglücklichen nicht anlügen. Wie habe ich gesagt? Einen Unglücklichen? Ich bin gar nicht unglücklich, Herr, es ist freundlich von Ihnen, dass Sie eine bedauernde Miene ziehen, ich brauche Ihr Bedauern nicht. Ich bin vollkommen glücklich, ich führe die harmonischste Ehe, die Sie sich denken können, wir sind ein Herz und eine Seele, meine Frau und ich ... Ja, wenngleich sie heute nicht bei mir geblieben ist, sie ist heimgegangen, sie war müde und hatte Kopfweh, Freunde von uns, eine bekannte Familie, der Mann ist Sekundarlehrer, ich sage Ihnen, ein bedeutender Kopf ... ja, mit diesem Sekundarlehrer und seiner Frau (die Frau ist ein wenig klatschsüchtig, aber das schadet nichts, eine ausgezeichnete Hausfrau ist sie und sparsam, sparsamer als ...), also dieses Ehepaar hat sich anerboten, meine Frau heimzubegleiten. Ich wollte noch ein wenig bleiben. In Ruhe ein Glas Wein trinken, in angenehmer Gesellschaft. Und die habe ich ja gefunden. Ich hätte nie gedacht, dass ich einen so sympathischen Kumpan finden würde, ich hätte nie gedacht, dass wir uns so gut verstehen würden, damals als ich bemerkte, dass Sie mich auslachten. Aber sehen Sie, das ist eben der springende Punkt. Ich schmeichle mir, ein Menschenkenner zu sein. Ich habe sofort gesehen, dass Sie tiefer veranlagt sind. Mich täuscht man nicht so leicht. Und ich habe Sie durchschaut, vom ersten Augenblick an, als Sie im Kreise Ihrer Dämchen ... Nun, genug davon, ich will Sie nicht beleidigen. Sie gefallen mir, junger Mann, Sie sind ein aufmerksamer Zuhörer, ermüde ich Sie nicht mit meinem Geschwätz? Gut, ich danke Ihnen ... Aber dann müssen Sie mir gestatten, mir, als dem Älteren ... darf ich Ihnen das »Du« anbieten? Wollen wir Schmollis trinken? Nach alter Väter Sitte, haha. Wie heissen Sie mit dem Vornamen? ... Waaas ... Da hört doch alles auf. Wirklich Peter? ... So hiess er nämlich auch, der Doppelgänger, wir nannten ihn Pit ... So nennt man Sie auch? Zeichen und Wunder! ... Nun, prost Pit, sollst leben! Aber Ex ... Ich heisse Hans. So, Pit, das wäre erledigt, deine Hand ...

Lass nur, Pit, lass nur. Es geht vorbei. Ich bin sonst nicht sentimental, aber manchmal überkommt es mich. Weisst du, was mir in diesem Moment, den wir wohl als erhebend qualifizieren können, weisst du, was mir in diesem Momente einfällt? Eine andere Szene, aber eine Szene gleicher Art. Und du hast genau das gleiche Gesicht gemacht wie dein Doppelgänger, als ich ihm das »Du« antrug. Jaja, Ihr gleicht Euch sogar in der Mimik. Ist das nicht merkwürdig?...

Es war am Weihnachtsabend, vor ... wart einmal, ... vor zehn? ... nein vor zwölf Jahren ... Jaja, man wird alt ... Da hatte ich ihm das Du angetragen. Und er zog genau das gleiche verlegene Maul wie du. Aber wir tranken unsere Gläser aus, mit verschlungenen Armen, wie es sich gehört, und nachher war er sehr rot, dein Bruder Pit ... Prost, junger Pit, sollst leben ... Und dann wollte auch Mowgli mit ihm Schmollis trinken, natürlich, warum nicht. Da weigerte er sich zuerst. Der dumme Kerl! Als ob ich nicht gemerkt hätte, schon lange gemerkt hätte, dass sie sich duzten, meine Frau und Pit. Was ging das mich an? Nun, gewiss, es tat manchmal weh, wenn ich aus dem Büro heimkam, und die beiden hockten im Wohnzimmer, und wenn ich in der Türe erschien, da lastete plötzlich ein Schweigen über dem Zimmer ... Ich machte gewöhnlich recht laut die Korridortüre auf, dass man nur ja nicht etwa meine, ich wolle sie überraschen, aber einmal, und es war lange vor jenem Weihnachtsabend, da bin ich fortgegangen, am Abend, und die beiden haben mich bis auf den Flur begleitet; ich war schon fast an der Haustür, da fiel mir ein, dass ich meine Handschuhe vergessen hatte, und ich stieg wieder in die Höhe, ich hatte Gummisohlen an meinen Halbschuhen, und die beiden standen noch auf dem Gang. Da hab' ich es gehört! »Du!« sagte Pit gerade, und es klang sehr zärtlich. Ich bin leise wieder die Treppen hinunter und habe auf die Handschuhe verzichtet ... Ja, es war merkwürdig, solche Szenen liest man oft in Romanen, da schiesst der Ehemann oder er verprügelt den Nebenbuhler ... Das Papier ist geduldig, in der Wirklichkeit sieht es eben anders aus. Warum Pathos? Und dann hatte ich Pit eigentlich ganz gern, so, wie man einen Menschen gern hat, der das gerade Gegenteil von einem selber ist. Dann kommen einem die Berührungspunkte, die man mit ihm hat, doppelt kostbar vor ... Was rede ich da für einen Stuss zusammen: Berührungspunkte, die kostbar sind. Aber es ist nun doch einmal so. Siehst du, Pit – du Pit, der da vor mir sitzt –, dem andern, deinem Doppelgänger, habe ich ja die Sache nie erklären können, er hielt so verteufelt auf Distanz; nur ein Beispiel: Ich sang ihm einmal einen Vers vor aus dem schönen Liede »Die Wirtin an der Lahn«, du kennst es doch auch, im Militärdienst haben wir es gesungen, weisst du: »Frau Wirtin hatte auch einen Star, der war ein Vogel sonderbar ... und sang die Marseilläääse!« Haha, hahahaha, den kanntest du nicht? Haha ... »Und sang die Marseilläääse« ... So lach doch, du bist gerade so steif wie der andere Pit, der hat nämlich auch nicht gelacht. Ganz kalt hat er mir gesagt: »Ich liebe unanständige Witze nur, wenn sie gut sind, für reine Schweinereien habe ich keine Sympathie« ... Da stand ich da ... und dabei küsste er meine Frau und sagte Du zu ihr ... »Habe ich keine Sympathie!« ... War doch ganze zwölf Jahre jünger als ich und erlaubte sich, mir ... mir ... Direktiven zu geben über mein Verhalten ... Mir, der damals schon Bürochef war, rechte Hand des Bürgermeisters, ständiger Berater in Finanzdingen ... »Und sang die Marseilläse« ... Findest du es nicht auch komisch, Pit? Nun, schadet nichts.

Dabei, wenn du ihn gesehen hättest, den Pit, deinen sauberen Bruder, wie er zu uns gekommen ist. Sein Anzug war zu eng, zu kurz die Ärmel des Rockes, die Hosen liessen die Knöchel frei, er trug Halbschuhe. Was mich aber wunderte, war, dass er sich deswegen gar nicht zu genieren schien, er bewegte sich mit einer Sicherheit, die wundernahm bei einem eigentlich so jungen Menschen, er war erst sechsundzwanzig Jahre alt, zwölf Jahre jünger als ich ... Er war Maler, behauptete er wenigstens, und ausserdem wurde er von der Polizei gesucht, war ausgeschrieben im Fahndungsanzeiger. Das gab er ohne weiteres zu, schämte sich nicht einmal. Es war wohl eigentlich nichts Wichtiges: Schulden, die man im Begriff war, als Unterschlagung und Betrug auszulegen, ein Herr, der ihm hundert Franken gepumpt hatte auf ein Bild, das schliesslich nicht gemalt wurde, so irgend etwas war es. Nun, ich brachte die Sache in Ordnung. Leistete sogar Bürgschaft. Ich kannte den Statthalter, der die Untersuchung zu leiten hatte, ich schrieb ihm, ich bürgte ... Habe ich mich nicht etwa anständig benommen? Gewiss, Mowgli war daran schuld, dass ich mich so für ihn einsetzte. Sie kam mich mit ihm an einem schönen Abend vom Büro abholen, und dann sprach ich mit dem Menschen. »Mowgli«, sagte ich zu meiner Frau und fasste sie zärtlich um die Schulter, denn dies Recht hatte ich doch, auch auf der Gasse, als Ehemann, nicht wahr? »Mowgli«, sagte ich, »lass mich mit dem jungen Mann allein, wir Männer können solche Sachen besser ohne weibliche Mithilfe erledigen.« Aber sie schüttelte meinen Arm ab, das fiel ihr nicht schwer, Sie …du wollte ich sagen; du hast ja gesehen, dass sie viel grösser ist als ich. Hast du ihr Gesicht gesehen, Bruder Pit? Oder warst du anderweitig beschäftigt? Du hast es gesehen …So …Und was sagst du zu diesem Gesicht? Ja, das sagte er auch, dein Doppelgänger, ein anziehendes Gesicht, sagte er, erinnert an eine Vollblutstute, das macht der Mund, weisst du, der grosse Mund, der manchmal so zitternd und nervös lächeln kann …Bist du etwa auch Maler? Was treibst du eigentlich? Ich habe dich da apostrophiert und hab' dich für einen Ladenschwengel gehalten, der sich um die letzte Schönheitskonkurrenz und das Lächeln der Lilian Harvey mehr kümmert als um …So, so, auch du bist Maler …Brotlose Kunst, oder … Du verkaufst gut? Ja, dann …Natürlich, Plakate und Graphik, das geht noch, da lässt sich wohl ein wenig Geld damit verdienen …Glaub's schon, dass du schwer hast unten durchmüssen … Ihr seid eben Idealisten, Ihr Maler und Künstler, aber wenn Ihr uns nicht hättet, uns Männer des praktischen Lebens, so würdet Ihr ja glatt vor die Hunde gehen …Ich will schauen, ob ich dir nicht …ich kann viel ausrichten …eine Bestellung verschaffen kann. Man fragt mich oft um Rat in Kunstdingen, ich gelte als Sachverständiger, weisst du, der Stadtpräsident hört auf mich, und damals hat er auch auf mich gehört, als ich mit ihm wegen Pit verhandelte …Gib nur acht, dass ich Euch beide nicht durcheinanderbringe.

Was wollte ich erzählen? Prost! Auf guten Erfolg …Weisst du, da war auch einmal so ein Abend, es war nach dem Weihnachtsabend, von dem ich dir erzählt habe. Er hatte uns damals ein Bild geschenkt, ich habe es auf den Estrich getan, weil ich es nicht mehr sehen konnte. Denk dir doch, ich hatte ihm bei uns daheim ein Atelier eingerichtet, nun, ein richtiges Atelier war es nicht, eine grosse Bodenkammer, aber Nordlicht hatte es. Mowgli hatte zu mir gesagt: »Siehst du denn nicht, dass der Junge Ordnung braucht, ein geregeltes Leben? Wir wollen ihn bei uns behalten, die Kammer oben ist frei, da kann er malen oder zeichnen, wenn er Lust hat. Und essen kann er bei uns.« – »Ja«, habe ich gesagt, »bong und schön, aber er muss schauen, dass er uns Miete zahlt, Pension, meine ich, so hundert Franken wird er schon aufbringen können. Ich will schauen, dass ich ihm Bestellungen verschaffe. Aber zuerst muss ich natürlich sehen, was er kann.« Seine Bilder waren irgendwo in der weiten Welt, das eine hier, das andere da, es schien, als sei es ihm ganz Wurst, was mit seinen Werken geschehe. Dann kamen endlich zwei, das eine sollst du sehen, es ist eben jenes, das ich auf den Estrich gestellt habe. Es war merkwürdig, es war sehr, sehr merkwürdig: Stell dir vor, ein Holzpferd, wie man es auf den Karussells sieht, im Vordergrund, und darauf, im Damensitz, ein Weibsbild mit einer ganz weissen, ausdruckslosen Fratze. Dieses Weibsbild trug einen blauseidenen Rock, aber die Seide war so durchscheinend, dass man den roten Unterrock erriet, den sie darunter trug. Und hinter diesem Weibsbild, steif aufgepflanzt, drei Männergestalten, eckig, verschlafen: ein Pierrot, ein Arbeiter, in braunem Anzug, und ein Gigolo im Frack. Und die Gesichter der drei waren sehr ähnlich, nur trug jedes einen verschiedenen Ausdruck, einen verschiedenen Ausdruck der Verschlafenheit. Ich hab' mir das Bild angesehen, hab' den Pit angesehen und gefragt: »Sind das nicht drei Selbstporträts?« – »Vielleicht«, hat er geantwortet. – »Und ist das symbolisch gemeint, diese drei Figuren mit Ihrem Gesicht?« – »Quatsch, symbolisch!« hat er gesagt. »Sehen Sie denn nicht, wie das gelöst ist? Ich meine in den Farben? Ich garantiere Ihnen, so ein verrücktes Violett, wie der Rock, der doch eigentlich blau ist, das hat nicht einmal der alte Renoir fertiggebracht, und der konnte doch allerhand…« Ja, siehst du, Pit, das ist es eben, wenn man diesen Leuten mit Höherem kommt, mit urtümlichen Bildern oder mit dem Kollektivunterbewusstsein, da versagen sie, da verstehen sie nichts mehr. Da reden sie von Handwerk …von Handwerk, spielen sich als solide Arbeiter auf, und in ihnen ist das Chaos, das Chaos, ich wiederhole es dir. Und du bist auch nicht anders, das seh' ich deinen Augen an; du bist ganz gleich, im Grunde, wie dein Namensvetter, wie dein Doppelgänger …Wenn du mich ansiehst, denkst du nicht an das, was hinter meiner Stirne vorgeht, sondern du siehst nur, wie das Rot meiner Wangen zur Farbe meiner Augen passt, und welche Farbe du für meine Glatze wählen musst, damit das Ganze eine Einheit gibt. Du schüttelst den Kopf, meinst, ich sei besoffen? Gar nicht, ich sehe unglaublich klar. Du hast dich schwer getäuscht in mir, Pit, ich bin nicht nur der kleine dicke Mann, der Verse aus dem

Wirtinnenlied singt, vielleicht bin ich auch etwas anderes. Wir haben alle zwei Gesichter, wenn nicht mehr ... Jetzt lachst du, das sei eine alte Weisheit, meinst du? Nun, ich bin nicht originell, ich kann es mir nicht leisten. Aber man wird wohl die Erkenntnisse aussprechen dürfen.

Ich habe begonnen, dir etwas zu erzählen ... Was war es nur? Ja, von einem Abend wollte ich dir erzählen, einem Abend, der sehr merkwürdig war. An einem Sonntagnachmittag, im Februar muss es gewesen sein, lud ich Pit ein, mit mir spazieren zu gehen. Mowgli hatte Besuch von ihrer Mutter, ausserdem war sie nicht wohl und lag im Bett. Da sagte ich, Pit, sagte ich, wir wollen einen Bummel machen. Er nickt, zieht seinen Mantel an und kommt mit (übrigens hatte er sich einen neuen Anzug gekauft, er hatte ganz gut verdient in der letzten Zeit, ein Plakat für unser Schützenfest hatte er gemacht, und ein paar Programmentwürfe für Liebhabervorstellungen, auch Zeichnungen hatte er verkauft, es ging ihm nicht schlecht, er hatte auch pünktlich seine Pension gezahlt, aber immer erst, wenn ich ihn daran mahnte). Anderthalb Kopf grösser als ich war er, der Pit – weisst du, wie meine Frau ihn nannte? – Teddybär ... Ein merkwürdiger Name, der gar nicht zu ihm passte, höchstens im übertragenen Sinne. Er sah gar nicht wie ein Spielzeug aus, aber Frauen sehen da manchmal schärfer, vielleicht war er eben doch nur ein Spielzeug, seelenlos ... Was hältst du von der Seele, Pit? Nein, schweig, ich will nichts wissen ... Wir zogen los. Bummelten durch den Wald, der kahl war, und nur ein wenig Wind pfiff durch die Zweige. Wir schwiegen. Ich setzte ein paarmal zum Reden an, aber über den Menschen da neben mir war eine so schwere Traurigkeit hereingebrochen, ... hereingebrochen, ich wiederhole das Wort, dass ich mich nicht getraute zu reden. Und ich bin sonst nicht scheu, das kannst du mir glauben. Wenn man mitten im Leben steht wie ich, täglich mit soundso vielen Leuten verhandeln muss, mit unzufriedenen Steuerzahlern, mit schlecht aufgelegten Vorgesetzten, da lernt man das Reden, da könnte man Reisender werden, so gut versteht man es, mit Menschen umzugehen. Aber mit diesem Schweiger da? Er war traurig, sag' ich dir, wie ... ich habe einmal eine gefangene Giraffe im Zoologischen gesehen. Wie eine traurige Giraffe sah er aus, mit seinem langen Hals und der vorstehenden Mundpartie, kein Kinn, und auch über dem Mund floh das Profil in schiefer Linie nach hinten. Schön war er nicht, nein, gerade so wenig wie du, ohne dich beleidigen zu wollen ... Warum hast du eigentlich nicht mit meiner Frau getanzt, Pit? War sie dir nicht schön genug ... Nein, schweig, ich will dich ohnehin um etwas bitten, aber später. Jetzt lass mich fertig erzählen. Ich bin ja bald zu Ende.

Wie eine Giraffe habe ich gesagt, und ich begriff da zum erstenmal, warum Mowgli ihn Teddybär nannte. Ich fühlte eine ganz merkwürdige Zärtlichkeit zu ihm, wie zu einem fremden Tier, das sich in ein unbekanntes Klima verirrt hat und mit dem Klima nicht zurechtkommt, krank wird ... was Klima! Mit den Verhältnissen meine ich. Und gerade, wie ich ihn fragen will, ob er sich denn bei uns nicht wohlfühlt, ob er wieder in den Dreck zurück will, aus dem ich ihn gezogen habe, gerade in diesem Augenblick sagt er zu mir: »Du, Finanzminister«, so nannte er mich nämlich immer im Spass, aber jetzt war kein Spass in seiner Stimme, und das Wort war ihm nur herausgerutscht, so mehr aus Gewohnheit, »du, Finanzminister«, sagt er, »du solltest deine Frau anständiger behandeln«. Ja, Pit, das hat er gesagt. Ich war sprachlos, dann, als ich mich ein wenig gefasst hatte und ihm gehörig meine Meinung sagen wollte (obwohl es eigentlich schwer war; denn ich durfte ihm doch nicht sagen, dass ich gehört hatte, einmal vor der Tür, wie er mit meiner Frau stand), da spricht er weiter: »Denn du musst bedenken, Finanzminister, dass Ihr zwei beide nicht auseinander könnt, du kommst von ihr nicht los, und sie ... ja, sie auch nicht von dir, obwohl...« Dann schweigt er wieder, und ich schaue ihn an, schaue ihn an ... »Du darfst nie vergessen, dass sie es schwer gehabt hat, in ihrer ersten Ehe« (hab' ich dir gesagt, Bruder Pit, dass sie sich von ihrem ersten Mann hat scheiden lassen, es ging nicht mehr, er war ein Säufer und schlug sie, ist an Delirium tremens gestorben) »und nachher, wie sie sich hat ihr Brot verdienen müssen, als Ladenfräulein und dann als Empfangsdame bei einem Arzt. Sie hat's nicht schön gehabt, weiss Gott nicht.« Dann schweigt er wieder. Ich will mit ein paar leichten Worten die Situation retten, das war doch peinlich, was er da sagte, mir, einem Ehemann Vorschriften zu machen, wie ich meine Frau zu behandeln habe; aber ich muss doch vorsichtig sein, dass ich mich nicht verschnappe, er darf ja nicht wissen, dass ich weiss, und vielleicht weiss er doch … Eine richtige Strindbergsituation, von einem schweizerischen Strindberg entworfen, aber gerade wie ich ansetze zur Rede, fährt er schon fort. »Schau, ich will ganz ehrlich sein mit dir, Finanzminister, ich hätte ja mit ihr durchbrennen können, mit Mowgli, ich hab' sie gern, aber das würd' nicht gehen. Wir sind einander zu ähnlich, verstehst du? Vorgeschlagen hat sie mir's ja, denk dir, sie hat sogar ihren Schmuck verkaufen wollen. Aber ich hab' nein gesagt. Und dafür sollst du mir dankbar sein. Du musst ihr das aber nicht vorwerfen, sie kann ja nichts dafür, ich werd' schauen, dass ich mich so bald als möglich von hier drücken kann. Aber ich weiss nicht recht, was ich anfangen soll. Du verstehst solche Sachen wohl nicht, Finanzminister, nämlich, dass man eine Frau im Blut haben kann. Das ist unangenehm. Was will man da machen?« Ja, da bin ich stehen geblieben. Vorher haben unsere Schritte im Laube gerauscht, und die Zweige der Büsche am Wegrand haben geklirrt, es war elend kalt, und mein Unterkiefer hat angefangen zu zittern, ich musste die Zähne zusammenbeissen – aber ich brachte kein Wort heraus.

»Komm«, sagt da dein Doppelgänger, »komm, Finanzminister, wir wollen trinken gehen. Kennst du keine Beiz in der Stadt, wo man sich einmal ordentlich besaufen kann?«

Und packt mich unter dem Arm und schlagt einen Galopp an, dass ich mit meinen kleinen Beinen gar nicht mitkomme. Es ging bergab, die Wege waren glitschig, aber er hält mich fest, manchmal, wenn ich stolpere, lüpft er mich, so dass ich glaube, ich fliege. Dann waren wir in der Stadt. Und dann hockten wir in der Beiz. Cognac, dann Rotwein, dann Weissen, dann wieder Schnaps. Alles auf nüchternen Magen. »Prost, Finanzminister«, sagte er, aber er blickte mir nie in die Augen, starrte auf den Tisch. Das viele Trinken hat mir Courage gegeben, weisst du, ich kann sehr böse werden, ich bin jähzornig, das ist eine Erbschaft von meinem Vater … der hat mich manchmal geprügelt, im Jähzorn, dass die Mutter mich hat fortreissen müssen, sonst hätte er mich totgeschlagen … Und so eine Wut ist plötzlich über mich gekommen, ich hätte den Kerl da vor mir, der so stumpfsinnig trank und mich verhöhnte mit seinem Finanzminister, glatt erwürgen können. Aber … ja, aber … es stand zu viel auf dem Spiel. In der Stadt klatschten sie ohnehin schon über mich und fragten mich so spöttisch, ob meine Frau denn zufrieden sei mit dem neuen Zimmerherrn, und erzählten mir Witze über Hörner und solche Sachen, und ob ich es bald zu einem Sechzehnender bringen werde, man sehe das Geweih ja wachsen; – wie sie es in einer Kleinstadt eben tun … Aber ich hatte doch nur Verachtung für die Leute … Ich blieb still, aber ich wurde langsam rot, vielleicht habe ich auch mit den Zähnen geknirscht, es war eine aufregende Situation, das begreifst du doch, einem so gerade auf den Kopf zu sagen, dass die eigene Frau einen hat verlassen wollen, mit wem? Mit einem kleinen Kunstmaler? Während man doch selber immerhin ein nützliches Mitglied der Gesellschaft ist und die rechte Hand vom Finanzdirektor, man gilt etwas … ich gelte etwas, eine sichere Position … und alles nur, weil ich zu gutmütig war, weil ich einen Menschen aus purer Güte vor dem Abgrund gerettet hatte … Purer Güte? … Wir wollen ehrlich sein. Glaubst du, Bruder Pit, ich habe nicht gemerkt, dass meine Frau nicht zufrieden war mit mir? Und ich hab' sie doch lieb gehabt. Wie sie damals am Abend zu mir gekommen ist und gesagt hat, dass ich dem Menschen da, dem Kunstmaler, der traurigen Giraffe helfen soll, wie hat sie da ausgesehen? Weisst du das, du Stummer? Wie ein junges Mädchen hat sie ausgesehen, zehn Jahre jünger. Und ich hab' ihr doch eine Freude machen wollen, ein Spielzeug, nicht wahr? Ihr einen Teddybären schenken. Einen lebenden. Hat sie das nicht verstanden, hat sie nicht begriffen, dass ich gern bereit war, ein Auge zuzudrücken, wenn sie nur ihren Spass hat. Aber Spass, wohlverstanden, nur Spass … Und da ist es ernst geworden? Kann sie von mir fort? Kann sie mich wirklich verlassen wollen, um mit solch einem Vaganten durchzugehen, und ich soll dem p.p. Vaganten noch dankbar sein, dass er … dass er nicht eingestiegen ist, sonst wären sie über alle Berge … Aber nicht lange wären sie über alle Berge gewesen, ich habe meine Connexionen, ich weiss, wie ich mich zu verhalten habe in solchen Situationen, ich hätte die Bundespolizei hinter sie gehetzt, sie wären ins Gefängnis gekommen … nicht wahr, man kann immer so etwas inszenieren, Anklage auf Diebstahl, nicht wahr? Das wäre doch eine Haupt- und Staatsaktion geworden, ich hätte mich rächen können. Warum ist er nicht mit ihr fort? Sondern erzählt mir noch die Sache? Der soll aber seinen Finanzminister noch kennenlernen, ich will schweigen, sag' ich zu mir, aber dich Bürschlein, dich erwische ich noch in der Kurve. Wart du nur, denk' ich; und sage in aller Seelenruhe: »Prost, Pit, bist ein guter Kerl.« Er schaut auf, und jetzt zum erstenmal lässt er seine Augäpfel langsam aufwärts rollen, bis wir uns in die Augen schauen. Dann lächelt er mit seinem breiten Mund, zeigt seine gelben Zähne und sagt langsam, während er mit mir anstösst: »Tu's nicht, Finanzminister, ich hab' dir ja nicht weh tun wollen. Aber ein wenig Sauberkeit ... Ihr habt alle so wenig Sauberkeit ... Nur Kompromisse kennt ihr. Und dann bildet ihr euch soviel ein, auf eure Zivilisiertheit ... Wir sind doch alle arme Hunde, du, Finanzminister, ich und das Mowgli.« Dann lässt er die Lider zuklappen, fuhrwerkt in seiner Tasche und zündet sich eine Zigarette an. Zieht den Rauch tief ein und sagt: »Wir wollen heimgehen. Aber dass du mir dem Mowgli nichts sagst, sonst...« Und droht mir mit seiner Spachtelhand.

Dann ging es Schlag auf Schlag. Ob er Mowgli sagte, dass er mit mir gesprochen hat, weiss ich nicht. Aber meine Frau bekam Angst vor mir. Denk dir doch so etwas: Schickt sie mir den Vaganten weiss Gott eines Tages ins Büro, es war an einem fünfzehnten, glaub' ich, und lässt mich fragen, ob ich ihr nicht hundert Franken schicken könne, sie müsse Rechnungen bezahlen. Dabei gab ich die Hälfte meines Gehaltes als Haushaltungsgeld, vierhundert Franken, und die Wohnungsmiete hab' ich immer selbst bezahlt. Das hab' ich nicht verputzen können. Und dann kam's noch ärger. Ich hab' natürlich dem Pit zu verstehen gegeben, es wäre mir lieber, er würd' nicht mehr bei uns essen, hab' ihm eine gute Pension angeraten und ihm ans Herz gelegt er soll sich ein anderes Zimmer suchen. Tat er dann auch, hat aber keins gefunden, so hockte er immer in seinem Dachzimmer, und ob die Frau ihn noch sah, weiss ich nicht, ging mich nichts an ... Ihren Teddybär ...

Und dann kam der grosse Krach. Wir waren alle drei eingeladen eben bei jenem Sekundarlehrer, es war ein fideler Abend, ich bin richtig aufgetaut, der Wein war gut, und die Frau vom Sekundarlehrer, die war nicht wie üblich, hatte Sympathie für mich, ich war wohl eine angenehme Abwechslung gegen ihren Mann, das Knochengerüst. Nur Mowgli ist den ganzen Abend abwesend herumgesessen; direkt unhöflich war sie diesen netten Leuten gegenüber, und ich brauchte doch den Mann, den Sekundarlehrer, er war Vorsitzender von irgendeiner Wahlkommission. Also, auf dem Nachhausewege sage ich ihr ganz nett und freundschaftlich, sie müsse sich ein wenig mehr zusammennehmen, ihre Launen etwas zügeln ... Nun, was man bei diesen Gelegenheiten eben sagt. Sie antwortet spitz, sie werde wohl noch tun und lassen können, was ihr beliebe, und wenn sie Kopfschmerzen habe, so könne sie doch nicht lustig sein, und übrigens ginge ihr die Frau Sekundarlehrer auf die Nerven. – Worauf ich anmerkte, dass sie mir meine Stellung nicht noch mehr erschweren solle, ich hätte ohnehin zu kämpfen genug, und die Missstimmung in den bürgerlichen Kreisen der Stadt sei ohnehin gross gewesen bei meiner Heirat, und die Leute hätten viel geklatscht. – Gewiss, das hätte ich nicht sagen sollen, aber ich hatte ziemlich Rotwein genossen. Übrigens ging Mowgli zwischen uns, ich als Ehemann ging an ihrer linken Seite, Pit hatte sie rechts untergefasst. Darauf schweigt Mowgli, dann schluchzt sie einmal trocken auf und macht ihren Arm von mir frei. Aber den Pit lässt sie nicht los. Schwierige Situation, kannst du dir denken; warten wir, bis wir daheim sind, dort wird sich alles klären, sobald uns der Kunstmaler allein lässt. Aber der Pit, der drängt sich uns nach, in die Wohnung, statt in sein Bodenzimmer zu steigen, und nun stehen wir alle im Salon. Mowgli trug eine kurze Pelzjacke und einen kleinen, schwarzen Hut mit einem Schleier, der ihr Gesicht bis zur Nasenspitze bedeckte. Sie setzt sich auf die Ottomane, ich bleibe ihr zu Häupten stehen, Pit pflanzt sich am Fussende auf. Und da stehen wir. Ich rede vernünftig, ich rede ruhig, aber ich muss mich zur Ruhe zwingen, denn ich bin ein jähzorniger Mensch, mein Vater ... ich habe das von meinem Vater ... Ich ziehe den Mantel aus, Pit behält den seinen an, hat die Hände in den Taschen vergraben und beobachtet mich. Beobachtet mich. Er sieht mich nicht etwa an, er hat einen abwesenden Blick, sehr starr, so, als wären seine Augen die beiden Linsen eines Aufnahmeapparats für stereoskopische Bilder. Mowgli hält den Kopf gesenkt, und da sehe ich plötzlich, wie mein Gegenüber, der Pit, seine Linsen senkt, und ich blicke auch hin, und weiss Gott, Mowgli lässt stillschweigend Tränen in ihren Schoss tröpfeln. Eine

Märtyrerin, ich bitte dich, eine Märtyrerin, als ob ich der grausamste Ehemann wäre. Da hat mich die Wut gepackt, der Jähzorn, du weisst, und ich brülle los, das sei eine verdammt niederträchtige Schweinerei, wie man mir mitspiele, mich zum Haustyrannen stempeln wolle. Mowgli schluchzt. Pit schweigt. Ich rede mich immer mehr in Wut, ich fühle, dass ich rot werde, und schon damals hatte mir der Arzt dringend geraten, mich nicht aufzuregen, es könne böse Folgen haben, wegen meiner Korpulenz, die Blutzirkulation sei auch nicht, wie sie sein sollte, wegen meiner sitzenden Lebensweise, aber wie soll unsereiner zu Bewegung kommen ... Ich brülle also – »Finanzminister«, sagt der Pit und grinst unverschämt mit seinen Giraffenzähnen, »Sie sollten Ihre Frau anständiger behandeln«. »Sie«, sagt er, sonst sind es die gleichen Worte wie damals auf dem Spaziergang. Da packt mich erst recht die Wut, ich werfe ihm alles an den Kopf, was ich auf dem Herzen habe, er sei ein Vagant und so und störe das friedliche, harmonische Eheleben eines anständigen Menschen. Pit schweigt. Aber da muss ich Atem holen, ich habe starkes Herzklopfen, der Schweiss steht mir auf der Stirne, und da sagt Pit, während ich in allen Taschen nach meinem Nastuch suche, sagt Pit: »Jetzt sollte man Sie malen, Finanzminister!« Und Mowgli lacht, lacht unter Tränen, ein hohes, kreischendes Lachen, dass mir die Ohren weh tun und ich nur rufen möchte (nicht brüllen): »Hör auf! Hör auf!« Aber ich krieg' keinen Ton heraus. Dieser Hohn, wie ein Faustschlag in den Magen. Ich springe vor und haue dem Pit eine herunter. Ganz einfach eine Ohrfeige. Dazu gehörte Tapferkeit, weisst du, denn der Pit war anderthalb Kopf grösser als ich. Aber ich lange ihm eine, und dann weise ich ihm mit dem Finger die Tür, er soll meine Schwelle nicht mehr überschreiten, wir sind geschiedene Leute ... Und er geht, sieht traurig auf Mowgli, zuckt die Achseln, als ob er sagen wolle, er könne doch nicht helfen. Geht. Und dann höre ich seine Schritte droben in der Bodenkammer.

Er ist dann noch eine Woche im Haus geblieben. Am nächsten Tag hat er sich bei mir entschuldigt, ist ins Büro zu mir gekommen. Ich war ganz kalt und ruhig, denn ich hatte die notwendigen Schritte schon unternommen. Vormundschaftsbehörde antelephoniert, Fall auseinandergesetzt, Kunstmaler, wissen Sie, verkommene Existenz, Talent, gewiss, aber haltloser Charakter, ja, nach meiner Meinung wäre eine zeitweilige Versorgung angebracht, das Gesuch an den Statthalter besorgen Sie? Danke. Werde mich erkenntlich zeigen. Adieu, Herr Doktor, hat mich sehr gefreut, – wie das bei uns so geht.

Und sie wären ihn wirklich abholen gekommen; nach acht Tagen war die Sache perfekt. Aber ich hatte nicht schweigen können, mit Mowgli hatte ich mich versöhnt; wie sagte der Teddybär? »Denn du musst bedenken, Finanzminister, dass ihr zwei beide zusammengehört.« Und zusammengeblieben sind wir auch. Mowgli hat den Pit gewarnt, und wie man ihn holen wollte, war er fort, über die Grenze. Ich habe nie wieder von ihm gehört.

Prost, junger Pit, Doppelgänger. Es kommt der Morgen. »Die bange Nacht ist nun herum«, haha, könnte man singen. Oder mit Heine: »Es ist eine alte Geschichte und bleibt doch ewig neu, und wem sie just passieret...« Nun, mir ist das Herze nicht entzweigebrochen, im Gegenteil, unsere Ehe ist die harmonischste Ehe, die man sich denken kann. Ja, traurig ist Mowgli manchmal. Aber ich habe meinen festen Platz im Leben, ich bin unentbehrlich im Getriebe der Stadt... Mowgli ist manchmal traurig.

Sag mal, Bruder Pit, wir müssen uns verabschieden, ich muss heim, obwohl morgen Sonntag ist und ich ausschlafen kann. Aber wie wär's ... Komm doch zum Mittagessen zu uns? Weisst du, ganz sans Facon, auf einen Bissen. Und dann lernst du das Mowgli kennen. Weisst du, ich bin nicht so. Man muss mit den Frauen Mitleid haben, es wird sie zerstreuen. Sicher ... Sie hat so lange keinen Teddybären gehabt, hehe. Jaja, wenn man älter wird, ein wenig kälter wird, bleibt allein nur der Wein...

Nausikaa

Wenden Sie bitte das Gesicht ein wenig von mir weg ... so ... jetzt ist es besser. Ihr Profil ist ein wenig hart, wie überhaupt Ihr Gesicht zwei verschiedene Ausdrücke hat ... Und diese Zweiheit ist das Interessante an Ihnen ... Nein, durchaus nicht, ich sage das nicht jedem Kunden, ich meine es wirklich ehrlich ... Sie glauben mir nicht? ... Ich weiss, ich weiss, Sie meinen, es sei eine erniedrigende Beschäftigung, sich den Kunden dieses Lokals allabendlich aufzudrängen und sie inständig zu bitten, sich abzeichnen zu lassen, der Lohn ist gering, und wenn Sie finden, dass meine Zeichnungen auch künstlerisch nichts taugen, so kann ich Ihnen nur Recht geben ... Aber was wollen Sie, man muss leben, ich bekomme keine Arbeitskarte hier in Frankreich, ich muss sehen, wie ich mich durchschlagen kann ... Und einen Vorteil hat ja diese Beschäftigung, ich habe die Nacht für mich, und am Tage kann ich schlafen; so vermeide ich es, gewisse Blicke zu sehen, Blicke ... Ich bin nämlich verheiratet ...

Wenn Sie tanzen wollen, mein Herr, bitte ... Lassen Sie sich nicht abhalten, ich kann die Zeichnung auch später beenden. Und wenn ich Sie ein wenig beobachten kann, während Sie sich bewegen, so wird es dem Ausdruck, den ich Ihrer Physiognomie zu geben gedenke, nichts schaden. Es hängt doch alles zusammen. Der Gang und das rhythmische Schreiten übers Parkett, wenn Sie eine Frau im Arm halten – es sind gute Mädchen hier, geben Sie der Erwählten ein kleines Trinkgeld, und Sie werden mit Erstaunen feststellen, dass Sie plötzlich wunderbar tanzen können, auch wenn Sie in Ihrem Heimatland bei Hausbällen nie fähig gewesen sind, einen Tango zu tanzen. Es sind gute Mädchen, ich kann sie Ihnen warm empfehlen, sie werden Sie nicht ausplündern, im Gegenteil. Und wenn Sie sich ein wenig am Tanze erfreut haben, haben Sie vielleicht Zeit ... Gegen drei Uhr leert sich das Lokal, und dann können wir plaudern ... Ich plaudere gern ... Der Patron des Lokals ist mir wohlgeneigt, und wir können dann einige Flaschen Vouvray trinken, und ich erzähle Ihnen ... Lieben Sie Monologe? ... Ich erzähle übrigens interessant, ohne mich rühmen zu wollen ... Ich will Ihnen dann die Geschichte Nausikaas erzählen, Nausikaas, der Tochter des Phäakenkönigs, aber der Schluss wird anders sein als beim alten Homer ... Mein Odysseus hatte keine Penelope daheim, die auf ihn wartete, und darum hat meine Geschichte auch eine andere »moralite«. Geschichten sind wie Fabeln, sie müssen einen belehrenden Schluss haben, finden Sie nicht? ... Aber ich schwatze und schwatze, gehen Sie jetzt tanzen. Darf ich Ihnen Fräulein Berthe vorstellen? Berthe, du darfst dann mit uns eine Flasche Wein trinken, der Herr lädt dich ein. Tanze recht gut mit ihm, mein Kind, während ich an meiner Zeichnung herumstrichle und mir, mit Ihrer Erlaubnis, mein Herr, einen Cognac mit Selterswasser zu Gemüte führe. Mein Gemüt braucht derartige Stärkungen, es ist ein wenig abgestumpft und dennoch so zart, dass es leicht, sehr leicht umkippt, und dann gibt es Tränen ... Das wollen wir verhüten ...

Sie sehen, meine Prophezeiung war richtig. Die Musik packt ihre Instrumente zusammen, der Chasseur bringt den letzten Pärchen ihre Garderobe, manchmal, wenn die Tür sich öffnet, hören Sie das Surren eines Anlassers, müde, wie das Summen einer Hummel im Herbst ... Wollen wir Wein trinken? Er ist nicht teuer ... Ich will Ihnen gestehen, dass ich zehn Prozent vom Preis der Flasche bekomme, ich werde sie redlich mit Fräulein Berthe teilen; denn Berthe braucht Geld. Sie hat eine kranke Schwester daheim – früher war sie ... Aber das interessiert Sie wohl nicht ... Setz dich neben den Herrn, mein Kind, er wird nichts dagegen haben. Gib ihm die Geduld, die er nötig haben wird, um mir zuzuhören, und wenn du müde bist, mein Kind, leg deinen Kopf an seine Schulter, er wird nichts dagegen haben ... Und er wird es auch nicht seiner Frau erzählen ... Frauen brauchen nicht alles zu wissen ... Übrigens, hier ist Ihr Bild. Gefällt es Ihnen? Ein wenig merkwürdig vielleicht, aber das schadet nichts. Ich kann Ihnen ein Geschäft empfehlen, dort werden Sie einen passenden Rahmen finden. Nein, haben Sie keine Angst, dort bekomme ich keine Prozente ... Ein Freund von mir führt dieses Rahmengeschäft ...

Nun will ich beginnen. Sie haben auch das Gymnasium besucht? Ja? ... Desto besser. Ich bin in Genf in die Schule gegangen ... Wir hatten einen Lehrer, sein Bart war lang und grau, er gab uns pedantische Noten und trug sie mit kleinen Ziffern in ein Büchlein ein, manche mit

roter Tinte, manche mit schwarzer ...»Gunumai se anassa« ...»Ich knie vor dir, o Jungfrau...«
Anassa! Ist das Wort nicht schön? Die drei »A«, sie klingen so weiss ...Können Sie sich die
Szene vorstellen? Odysseus, mit Schlamm bedeckt, nackt, sicher war sein Gesicht voll Schram-
men und sein Bart verklebt und verwildert ...Im Schilf hat er sich versteckt, als er den Gesang
der Mädchen hörte, die zum kleinen Bach herniederstiegen, um Wäsche zu waschen. Und die
Jüngste, sehr schlank war sie, und sicher trug sie einen weissen Chiton, an ein kleines, schmales
Segelboot musste sie erinnern, Nausikaa, Anassa – die Jungfrau. Er hatte sie erkannt, sogleich,
der göttliche Dulder Odysseus ...Ja, wissen Sie, damals waren die Dulder noch göttlich. Es gab
nicht viele, die das weinrote Meer befuhren und Schiffbruch erlitten, und darum...

Gewiss, auch ich trage einen Bart, einen kurzen schwarzen Bart, gelockt, und ich finde, er
steht mir gut ...Sie müssen mir meine Eitelkeit zugute halten ...Ich besitze nur wenig, und
auf etwas muss der Mensch doch stolz sein dürfen, ich bin stolz auf meinen kurzen, gelockten
Bart. Gefällt er dir auch, Berthe, mein Kind? Trinken Sie, mein Herr, Sie sind heute zu Gast
bei Odysseus, und Sie werden es erzählen dürfen in Ihrer Heimat, dass Sie ihn getroffen haben in einer Bar, angetan mit Smoking und Pumps, ihn, der einmal besungen worden ist in
der Menschheit Jugend von einem blinden Sänger – aber der jetzt nicht einmal einen Reporter
finden wird, der ihm einige Zeilen widmet in einer Tageszeitung...

Verlassen wir den pompösen Stil, er wird Sie ermüden ...Ich habe nicht vor Troja gekämpft,
ich bin nur vor Verdun verwundet worden. Sehr jung war ich damals. Kaum achtzehn Jahre. Aber ich war begeistert und habe mich anwerben lassen ...Und dann habe ich mich nicht
mehr zurechtgefunden. So liess ich mir von einem Freunde ein kleines Segelboot kaufen und
beschloss, damit den Atlantik zu überqueren ...Jawohl, ich war der erste, der diesen Gedanken
hatte, Alain Gerbaut ist nur ein kleiner Nachahmer ...Und an diesem, ich gestehe es, etwas
verrückten Plan war jener Lehrer schuld, der mit uns den Homer gelesen hat, sein Bart war
lang und grau – sicher hat er nie Sehnsucht gehabt nach dem weinfarbenen Meer ...Der Atlantik
ist nicht weinfarben, nicht einmal, wenn ihn die untergehende Sonne bescheint ...Ich gebe zu,
es war eine Verrücktheit, mich in einem einsamen Boot aufs Wasser hinauszuwagen, ich, der
ich das Segeln auf dem Genfersee erlernt hatte. Gewiss, ein wenig hatte ich geübt, Proviant
hatte ich mitgenommen für zwei Monate ...Aber dann kam ein Sturm, er war schön, gewiss,
er war sehr schön – aber ich wurde schwach, bekam Fieber ...Ich will Ihnen nicht all meine
Leiden aufzählen, ich war nach Süden abgetrieben worden, und halb bewusstlos wurde ich an
eine Insel gespült. Graziosa hiess sie, wie ich später erfuhr, und sie gehört zu den Azoren. Dort
traf ich Nausikaa zum ersten Male, aber ich war noch kein Odysseus ...Ich war jung, sehr jung,
obwohl ich älter aussah – der Bart war mir gewachsen auf meiner verrückten Reise. Ich wurde
an Land gespült, mein kleines Segelboot ging in Brüche, ich lag im Sand und streckte sicher die
Zunge heraus wie ein durstiger Hund. Durst hatte ich, das kann ich Ihnen restlos bestätigen,
jawohl mein Herr, und der Durst war so stark, dass ich an nichts anderes denken konnte, als
an Wasser und wieder Wasser...

Finden Sie diesen Vouvray nicht ausgezeichnet? Auf Ihr Wohl, mein Herr, auf dein Wohl
Berthe, mein Kind ...Und vergessen Sie nicht, mein Herr, dass ich zehn Prozent von jeder
Flasche erhalte ...Wir wollen noch eine bestellen. Es dauert noch zwei Stunden, bis die Putzfrau
kommt, dann gehe ich am liebsten heim, jetzt steht der Nebel schon dick in den Strassen,
ich werde das erste Métro nehmen und heimfahren und schlafen. Heimfahren zu Nausikaa,
denn, um die Pointe vorwegzunehmen, später habe ich die zweite Nausikaa getroffen und sie
geheiratet – eben, weil ich keine Penelope daheim hatte und keinen göttlichen Schweinehirten...

Graziosa hiess die Insel, und der mich fand, war ein kleiner Plantagenbesitzer. Er hatte Reben
und Ananas, er exportierte brav und fleissig, er tyrannisierte die andern Bewohner der Insel – er
hatte sich das Exportmonopol gesichert ...Glauben Sie nicht auch, dass jener Vater der Nausikaa,
der König der Phäaken, etwas Ähnliches gewesen ist? König? Was waren damals schon Könige?
Grossbauern wahrscheinlich, schlau wie unsere Bauern ...Und sie trieben Handel, verkauften
ihre gemästeten Kälber, vielleicht exportierten sie Pferde und Wein nach Ithaka ...Sie hatten

Sklaven und Diener, sie hatten sicher auch Missernten, und ich bin überzeugt, es gab bei ihnen auch Krisenzeiten und eine soziale Frage ...Aber Homer erzählt uns leider nichts davon...

Der Bauer, der mich fand, der ungekrönte König der Insel, hatte nur eine Tochter. Sie war sechzehn Jahre alt, trug lange schwarze Zöpfe, und dazu waren ihre Augen blau ...Ich blieb auf der Insel zwei Monate, ich zeichnete Nausikaa, und Nausikaa liebte mich ...Nein, das ist keine Eitelkeit. Zeigen Sie mir ein junges, naives Mädchen, das sich nicht in einen weitgereisten Mann verliebt ...Viele sind nicht einmal so erpicht auf Tenöre, glauben Sie mir ...Giganten der Landstrasse und des Meeres sind ihnen manchmal lieber ...Mein Gott, eine alte Wahrheit! Junge Mädchen lieben die Liebe, und sie haben Sinn für Heldentum, auch wenn das Heldentum uns ein wenig abgeschmackt vorkommt. Schelten Sie sie darum nicht ...Berthe, mein Kind, du bist müde, der Rauch brennt dir in den Augen, lass deine Lider darüber fallen und lehn den Kopf an die kräftige Schulter des Herrn, der uns diesen Abend schenkt ...Aber bleib noch ein wenig bei uns. Ich brauche deine Gegenwart, und meine Worte klingen besser, wenn du auch flüchtig nur ihnen lauschest.

Ich hätte sie heiraten können, die kleine Nausikaa auf der Insel Graziosa, dann wäre ich der Nachfolger geworden des ungekrönten Königs, hätte das Exportmonopol geerbt ...aber wahrscheinlich wäre ich schon lange vorher in der fruchtbaren Erde der Insel begraben worden. Am Ende der ersten Woche schon, kaum erholt, musste ich einige portugiesische Jünglinge verboxen, und ich war froh, dass ich oft die Schule geschwänzt hatte, um boxen zu lernen. Ich hatte einen guten Schlag mit der linken Hand – der ist mir oft zustatten gekommen. Aber diese Portugiesen kamen gleich mit dem Messer – das war ungemütlich. Mein rechter Unterarm war gewöhnlich verbunden. So war ich froh, dass ich mich einmal auf einem Schiff des Königs von Graziosa verstecken konnte, das nach Vigo fuhr. Nausikaa weinte nicht, als ich Abschied nahm. Übrigens, ich weiss gar nicht mehr, wie sie in Wirklichkeit hiess...

Trinken wir noch eine Flasche? Bleiben Sie ruhig sitzen, sonst stören Sie Berthe, das arme Kind. Wissen Sie, dass dieses kleine Mädchen sehr tapfer ist und dazu noch »honnete«, wie wir hier sagen? Unglaublich, aber wahr. Die Stammgäste haben sie lieb. Man kann sprechen mit ihr, sie ist klug, das Kind, und es gibt immer noch Männer, die solche Eigenschaften zu schätzen wissen. Wenn manchmal ein Mann, ein Betrunkener meistens, allzu zudringlich wird, flüchtet das Kind zu mir. Ich habe auch hier schon boxen müssen, der Patron war wütend, fast hätte er mir sein Lokal verboten, aber dann hat er es sein lassen. Ich bin so etwas wie eine Attraktion, eine bescheidene natürlich. Und manchmal kann ich Betrunkene sogar ohne Uppercut beruhigen ...Das sind ganz wertvolle Kenntnisse, glauben Sie mir, in solch einer Umgebung...

Gunumai se anassa ...Ich knie vor dir, o Jungfrau, seist göttlich du oder sterblich ...Warum kann ich diese Hexameter nicht mehr vergessen? Neunundneunzig von Hundert lesen sie in der Griechischstunde, neunundneunzig vergessen sie, und beim Hundertsten klingen sie nach, ein Leben lang, bestimmen das Leben, biegen es ab. Mein Lehrer, sein Bart war lang und grau, nicht kurzgelockt wie der meinige, er trug kleine Ziffern in sein Büchlein ein, und mir gab er einmal eine sechs, das war die beste Note, weil ich die Stelle auswendig gelernt hatte, jene Stelle, die beginnt: Gunumai se anassa ...Anassa! Wieviel schöner ist das Wort als unseres: Jungfrau! Vierge, Virgo, die Worte der anderen Sprachen, sie sind alle dumpf, sie haben nicht das Königliche, den weissschreitenden Gang wie das alte griechische »Anassa«...

Damals bin ich glücklich in Vigo angekommen. Den Magen hatte ich mir ein wenig verdorben ...Zu viele Ananas, zuviel süsser Wein ...Was wieder ein Beweis ist, dass sogenannte Delikatessen eigentlich verflucht langweilig und ungesund sind, so für den täglichen Gebrauch. Wie Ihnen auch dieser exzellente Vouvray verleiden würde, müssten Sie ihn jeden Tag zum Mittag- und Abendessen trinken ...Wie Ihnen jede schöne Frau endgültig unerträglich wird, sobald Sie sie geheiratet haben ...Eine Ehe ...Wissen Sie, eine Ehe ist eine komplizierte Sache. Penelopen sind selten, aber Penelopen sind unersetzlich. Sie können stricken und nähen, sie können braten und einen Haushalt führen ...Sicher war Penelope nicht schön, und wenn die Freier so zudringlich wurden, so war es wohl nur, weil sie die Frau des Odysseus für eine reiche Witwe hielten. Aber Penelope hatte ihren Mann gern, solche Frauen sind immer treu, von einer guten, warmen Treue, sie wissen zu schweigen, sie sind anspruchslos, sie wollen nicht immer Romantik und Heldentum, sie sind zufrieden mit wenigem, und vor allem, sie haben Sinn für Humor. Nausikaa, so sehr ich sie verehrt habe in meiner Phantasie, Nausikaa, mein Herr, ist Romantikerin. Und bekannt dürfte es sein, dass Romantiker weiblichen oder männlichen Geschlechts keinen Sinn für Humor haben. Sie wollen Steigerung, sie wollen das Absolute – mein Gott, das Absolute! Als ob es so etwas gäbe im menschlichen Leben! Ich habe Nausikaa geheiratet – und ...

Nein, es ist keine Barphilosophie, die ich Ihnen hier auftische. Glauben Sie, ich hätte es einmal zustande gebracht, meine Frau zum Lachen zu bringen? Niemals. Und eine Frau, die nie lacht! ... Sie hat damals gemeint, sie heirate ein Ideal, einen göttlichen Dulder, und ich bin nur ein einfacher Mensch, der durch den Krieg einen kleinen Knacks bekommen hat, eine gewisse Wandersucht ... Ich bin ein harmloser Mensch, trotz all meinen scheinbar romantischen Erlebnissen ... Ich konnte gut erzählen, und ich erzählte ihr mein Leben, so, wie sie es wünschte, dargestellt zu hören ... Denn wir passen uns ja immer unwillkürlich unserem Zuhörer oder unserer Zuhörerin an. Und das ist ein Fehler, ein grosser Fehler ...

Ich habe ihr vom Amazonenstrom erzählt und von einem Ameisenvolk, das alle Gesetze der Strategie kannte, besser als die Indianer – gegen die Indianer konnten wir uns wehren, aber die Ameisen haben uns gezwungen, den Rückmarsch anzutreten ... Ich habe ihr erzählt von einem Flug über den Atlantik – natürlich misslang er, genau so wie meine Segelbootfahrt, ein anderer hat ihn dann ausgeführt – was wollen Sie, ich bin der Vorläufer, und Vorläufer sind die Sündenböcke der Erfolgreichen, sie nehmen das Pech auf sich, um es von den Erfolgreichen abzuwenden. Es gibt auf der Welt nur ein gewisses Quantum Pech, ist dieses verbraucht, so steht dem Erfolg nichts mehr im Wege. Zu bedauern sind die Pechvögel, aber sie sind notwendig. Gewöhnlich feiert man sie nach einigen hundert Jahren, aber was nützt es diesen armen Teufeln ...

Vor diesem Flug über den Atlantik habe ich etliches unternommen, das dürfen Sie mir glauben. Ich kenne das Riff, ich kenne Borneo, ich habe versucht, die Wüste zu durchqueren, auf einem kleinen Auto, das ich selbst entworfen hatte – Citroen hat mir dann meine Erfindung gestohlen, und er ist mit einer Kolonne bis Timbuktu gekommen ... Dann misslang mir der erste Flug, ich stürzte ins Wasser. Aber diesmal war keine Graziosa in der Nähe, ich war weit nach Norden abgetrieben worden, so nahm mich eine Fischerbarke auf. Wie ich das Geld aufgetrieben habe zu all diesen Unternehmungen? Ich weiss es heute selbst nicht mehr. Ich habe es immer gefunden. Freunde, die mir glaubten, Zeitungen, die Vertrauen hatten ... So durfte ich den Flug zum zweiten Male wagen ... Mit technischen Einzelheiten will ich Sie verschonen. Es kam wieder ein Sturm, der mich bedenklich an jenen Sturm erinnerte, der damals mein kleines Boot so schlecht behandelt und all mein Süsswasser ausgetrunken hatte ... Ich fiel wieder ins Meer, und ich hatte Glück im Pech. Denn es war an einer Stelle, die auf der Route der grossen Luxusdampfer lag. Und solch ein »schwimmendes Hotel«, wie man diese Schiffe in der blumenreichen Sprache der Zeitungen nennt, fischte mich halbverhungert auf. Ich war natürlich ein Held und wurde als solcher behandelt. Wenn Sie wüssten, wie langweilig Heldenverehrung für die Helden selber ist! Ich bin ein einfacher Mensch, und ich trinke gern einen guten Tropfen Wein, ich esse mit Behagen Chateaubriand aux pommes oder Hommard á l'américaine, und wenn ich mein ganzes Leben lang versucht habe, verrückte Sachen auszuführen, so war es ganz sicher nicht um der Sensation oder des Heldentums willen, sondern einfach, weil ich keine andere Möglichkeit fand, mein Leben zu fristen. Ich fristete buchstäblich mein Leben, indem ich es aufs Spiel setzte. Und ich versichere Ihnen, dass fünfundneunzig Prozent – übrigens sehen Sie an meiner Vorliebe für Prozentrechnungen, dass ich eigentlich ein missratener Kaufmann bin –, dass fünfundneunzig Prozent aller sogenannten Helden, als da sind: Rennfahrer, Flugkünstler, Forschungsreisende, Rekordschinder – Menschen sind, die Angst vor der Arbeitslosigkeit haben – die restlichen fünf Prozent, die wirklichen Helden, die um des Ruhmes willen sich anstrengen – sind Idioten. Ich gebe zu, auch bei uns, den Arbeitsuchenden, sind Spuren dieser Renommiersucht vorhanden, dieser Romantik ... Bei einem ist diese Sucht begründet in etwelchen Minderwertigkeitskomplexen, er will seinem Vater, der ihn verachtet hat, einmal zeigen, was er für ein Kerl ist, beim andern ist es etwas anderes ... Bei mir war der alte Homer schuld, der alte Homer und jener Lehrer, dessen Bart lang und grau war und der mich mit »Gunumai se anassa« vergiftet hat ...

Man träumt sich in eine Situation, man wünscht sich diese Situation herbei, mit allen Fasern, möchte ich sagen, wenn der Ausdruck nicht so verbraucht wäre. Aber er ist wirklich gut, insofern man ihn wörtlich nimmt: mit allen Fasern. Sie hören, ich schweife ab, nur um dem Zwang zu entfliehen, Ihnen meine traurige und groteske Geschichte zu erzählen. Traurig und grotesk ist sie nämlich, wie alles im Leben, und nur Dichter verstehen es, das Traurige und Groteske so zu komponieren, dass es schön wirkt und versöhnlich. Ich bin kein Dichter ...

Ich wurde also als Held gefeiert auf jenem Schiff. Es war ein grosses deutsches Schiff, es gab viele Passagiere darauf, und ein reicher Herr zahlte meine Überfahrt. Ich erhielt eine Luxuskabine ... Aber nicht das wollte ich Ihnen erzählen. Als ich aufgefischt wurde (ein Matrose war ins Wasser gesprungen, um einen Strick um mich zu schlingen, ich war so schwach, dass ich mich nicht hätte halten können – denken Sie, zwei Tage in einem Rettungsring, und das viele Salzwasser, das ich geschluckt hatte ...), als ich endlich an Bord gezogen wurde, sah ich wohl nicht viel anders aus als der göttliche Dulder Odysseus. Ich war fast nackt, meine Unterhosen waren zerfetzt, mein Hemd hatte keine Ärmel mehr, ich hatte das Bewusstsein verloren ... Als ich die Augen aufschlug, lag ich auf den harten Planken des Decks, und ein Matrose schien meine Arme für Brunnenschwengel zu halten. Er pumpte ununterbrochen. Es war heller Tag, eine ganz freundliche Sonne schien mir in die Augen, ich schloss sie halb, weil das Licht mich blendete. Da hörte ich Schritte, die näherkamen. Ganz deutlich das Klappern hoher Stöckelschuhe. Und als ich die Augen aufmachte, den Kopf zur Seite wandte, der Richtung zu, aus der die Schritte kamen – sah ich Nausikaa ... Sie trug ein kurzes weisses Kleid, einen Chiton, ihr Haar war blond und bedeckte gerade den Nacken, ihre Beine waren sehr gerade, sie trug keine Strümpfe, nur weisse Stöckelschuhe ... Diese Schuhe störten mich – Nausikaa hat sicher Sandalen getragen. Aber dies war auch das einzig Störende ... »Gunumai se anassa« flüsterte ich, und ich war wieder ein Gymnasiast und ein Romantiker. Denn Romantik ist eine Pubertätserscheinung, und es gibt Menschen, die ihr Leben lang nicht aus der Pubertät herauskommen ... Ich hatte gedacht, ich sei von dieser Kinderkrankheit endgültig kuriert, nach dem Erlebnis auf Graziosa ... Aber wer von uns wird jemals vollständig immun sein gegen gewisse Krankheiten?

Sie hiess Dora, und schon der Name hätte mich stutzig machen sollen. Sie pflegte mich, wie sicher Nausikaa den göttlichen Dulder gepflegt hatte. Und sie hielt mich für einen Heros, für einen Übermenschen, für einen Mann, auf alle Fälle, der Übermenschliches geleistet hatte. Und ich hatte den Flug doch nur gewagt (um ganz ehrlich zu sein), weil er mir alles in allem wohl eine halbe Million Dollar eingebracht hätte, und damit hätte ich meine Schulden zahlen können ... Aber versuchen Sie einmal zu widerstehen, wenn eine Frau Sie anbeten will ... Sie lassen es sich gefallen, sie zitieren Homer, plötzlich sind Sie in eine ganz literarische Situation verstrickt, und wenn eine Situation einmal literarisch wird, dann sind Sie rettungslos verloren ... Die Literatur macht es sich so einfach. Da gibt es wenig tägliche Sorgen, und wenn einer Schulden hat, gewinnt er das grosse Los oder begeht Selbstmord – zwei schöne, endgültige Lösungen, nach denen der Roman schliessen kann ...

Mein Roman läuft weiter, und es ist kein Roman mehr. Es ist alltägliche Wirklichkeit, und die ist schwerer zu formen. Jawohl ...

Und doch, beachten Sie einmal, wie klug das Leben im Grunde ist. Es hat mich gewarnt, es hat mir gezeigt, wie kitzlig im Grunde diese ganze Nausikaa-Situation war (entschuldigen Sie den Ausdruck). Das Leben, es hatte mich einmal an die Insel Graziosa gespült, hatte mir deutlich gesagt: Hier hast du das Glück, das du ersehnst, hier hast du die kleine Königstochter und den Vater, der König ist. Und zugleich hatte es mir eine Lektion erteilt – das Leben. Messerstiche, Eifersucht der Bevölkerung, so als wolle es sagen: Es ist aussichtslos, das Ganze, sobald man nicht eine Penelope daheim hat, die jede Nausikaaverführung neutralisiert. Ich hätte mich nach einer Penelope umtun sollen, aber ich war immer gehetzt. Das ist wohl meine Entschuldigung, bleibt wohl meine Entschuldigung ... Ein gescheiter Kerl war Odysseus. Er beugte vor.

»Nur keine Sentimentalitäten!« sagte er, und schlau wie er war, pries er den am glücklichsten –
makartatos exochon allon –, der durch die Gabe reicher Brautgeschenke Nausikaa in sein Haus
werde führen können ... Mit reichen Brautgeschenken ... Nausikaa war schon reich, aber ihr
Zukünftiger musste auch Geld haben. Und Odysseus war ein Schiffbrüchiger, der nicht einmal
ein Hemd hatte ... Das konnte nicht gut enden...

Auch ich war ein Schiffbrüchiger, auch ich hatte kein Hemd ... und Dora war reich. »Es
wird für uns beide langen«, sagte sie, »mein Vater hat Geld...« Er war nicht gerade reich, er war
wohlhabend, ein Weinhändler aus der Provence, der in Paris ein kleines Vermögen erworben
hatte und eine Schwedin geheiratet hatte – darum waren Doras Haare blond...

Ich bin von Nausikaa geheiratet worden ... Das ist ein trauriges Los. Ich werde nie mehr eine
Penelope finden. Sie werden es mir ersparen, Ihnen unsere Verlobungszeit zu schildern ... Ich
spielte meine Rolle gut, nur allzugut. Der Vater war dagegen, die Mutter war dafür ... In New
York haben wir uns trauen lassen ... Der Vater bezahlte meine Schulden. Dann sollte ich noch
einmal versuchen, den Ozean zu überqueren. Aber ich hatte genug und drückte mich. Das war
die erste Enttäuschung für Dora-Nausikaa .... Wir kehrten nach Frankreich zurück. Der Vater
verlor sein Geld in einem Schwindelunternehmen. Ich sollte Arbeit suchen...

Wissen Sie, solange man allein ist und einem Traum nachjagt, ist man fähig, etliche Verrückt-
heiten zu begehen – um Geld zu verdienen? Um Nausikaa zu finden? ... Aber wenn Sie einmal
mit Nausikaa verheiratet sind, ist der Traum zu Ende. Sie kann nicht einmal ein Beefsteak ordentlich braten! Und Nausikaa konnte Wäsche waschen. Ich gebe meine Smokinghemden in
eine Wäscherei. Der alte König säuft, die alte Königin ist recht lieb zu mir, sie braut mir jeden
Abend einen starken Kaffee, das kann sie ... Und Nausikaa? Nausikaa verwelkt und liest Alexandre Dumas, Victor Hugo und Musset. Den Grafen von Monte Christo hat sie schon dreimal
gelesen ... Und Blicke wirft sie mir zu! Verstehen Sie jetzt, dass ich lieber in einer Bar sitze und
Fremde abkonterfeie? So geht die Nacht herum ... Am Tage schlafe ich. Man kann mir daheim
nicht viel vorwerfen ... Ich bringe Geld, nicht viel, es langt gerade ... Und dann hab' ich ein paar
gute Kameraden, Flieger, die manchmal hierherkommen, und kleine Freundinnen, in allen Ehren natürlich, wie Berthe zum Beispiel – ich bin kein Schürzenjäger ... Man arrangiert sich sein
kleines Leben, es ist nicht mehr heroisch, es ist still geworden ... Die Menschen sind interessant,
besonders wenn sie sich zeichnen lassen oder wenn man beobachten kann, welche Mühe sie sich
geben, lustig zu sein, wenn sie sich einmal vorgenommen haben, sich zu amüsieren...

Berthe, mein Kind, wach auf. Dein Kopf war sicher den starken Schultern des Herrn ein
leichtes Gewicht. Aber nun will er heim ... Ich werde dich bis zum Métro begleiten, und wir
fahren zusammen bis Denfert-Rochereau. Dort muss ich umsteigen, und du fährst weiter.

Und Ihnen, mein Herr, danke ich für das freundliche Zuhören. Hier ist Ihr Porträt, es kostet
hundert Franken, was in der Währung Ihres Landes nur wenig macht. Und morgen werde ich
die zehn Prozent beim Wirt einziehen, die zehn Prozent, die ich von unseren geleerten Flaschen
zugute habe ... Die Putzfrau erscheint. Louis, der Herr will zahlen, er ist ein nobler Herr, du
wirst zufrieden sein, Louis...

Und dann, mein Herr, vergessen Sie nicht, Berthe ein kleines Geschenk zu machen. Sie hat
bei uns ausgeharrt – ein Mädchen hat an Ihrer Schulter geschlafen, diese Augenblicke werden
eine schöne Erinnerung für Sie sein, Sie werden an Paris nicht als an einen Ort des Lasters
denken ... Glauben Sie mir, die zarten Erinnerungen sind die schönsten...

Und Sie werden zurückkehren zu Ihrer Penelope. Denn dies sehe ich Ihnen an, Sie haben eine
Penelope gefunden. Halten Sie sie fest, auch wenn Sie sie manchmal langweilig finden, auch
wenn Sie sich sehnen nach Abwechslung, nach einer ... Nausikaa. Seien Sie dankbar, mein Herr,
dankbar dem Schicksal, dankbar dem Leben. Sie haben die Sicherheit – auch wenn es Ihnen
einmal schlecht geht – Jemand wird Ihnen zur Seite sein, der mit Ihnen steht und fällt ... Das
ist viel, mein Herr, glauben Sie mir das, und dies ist die »moralité« meiner Geschichte...

Denn, mein Herr, ich bin Moralist. Ich kenne mich ein wenig aus in den Menschen. Sie
traten so unternehmungslustig in dies Lokal. Sie wollten sich eine vergnügte Nacht leisten,
mein Herr, einen kleinen Seitensprung. Die Frau wird es nie erfahren, dachten Sie. Penelope

sitzt daheim und hütet Telemachos. Ich bin noch jung, dachten Sie, Abwechslung muss sein. Und Sie suchten mit den Augen nach einem hübschen Gesicht...

Nun, mein Herr, ich habe mich an Sie herangemacht. Ich habe Sie gezwungen, mir zu einem Porträt zu sitzen, ich habe Sie mit Berthe, dem Kinde, tanzen lassen, denn ich kenne Berthe, sie ist lieb und gut, sie kann reden, aber sie ist ungefährlich, wie jedes Mädchen, das daheim Kummer hat ... Und dann habe ich Sie festgehalten, die ganze lange Nacht ... Danke, Paul. Geben Sie Paul, dem Chasseur, auch ein Trinkgeld, er ist sechzehn Jahre alt und müde; siehst du, Paul, das ist ein nobler Herr, schlaf wohl, mein Junge ... Sagte ich Ihnen nicht, dass der Nebel dicht sein wird in den Strassen ... Wünschen Sie ein Taxi? ... Hole dem Herrn ein Taxi, Paul ... die ganze lange Nacht habe ich Sie festgehalten, mit meiner Erzählung von Nausikaa, und Sie haben gut zugehört ... Und glauben Sie, ich hätte dies getan, um hundert Franken für meine schlechte Zeichnung herauszuschinden? Weit gefehlt, mein Herr. Ich habe es getan, um Ihrer Penelope einen kleinen Dienst zu erweisen ... Sie sind kein Odysseus, Sie sind ein seriöser Herr, Sie sollen seriös bleiben ... Es klingt reichlich moralisch, ich weiss es. Aber glauben Sie, Ihre Frau hätte nichts gemerkt? Penelopen haben den Fehler, klug zu sein. Sie hätte es erraten, sie hätte nichts gesagt, aber sie hätte gelitten, mit einem kleinen Lächeln in den Mundwinkeln ... Sie sass den ganzen Abend neben Ihnen, haben Sie das nicht bemerkt? Ich habe sie gesehen, Ihre Penelope, sie hat grosse Augen, sie ist nicht schön, ihre Freundinnen behaupten, sie hätte Kuhaugen, und vergessen, dass Juno, die grosse Göttin, bei Homer immer die Kuhäugige heisst, was sicher ein Kompliment war ... Hier kommt Ihr Taxi, mein Herr, steigen Sie ein. Ich will dem Chauffeur noch sagen ... Hören Sie, Jean, überfordern Sie den Herrn nicht, er ist ein Freund von mir ... Wissen Sie, ich kenne alle Chauffeure hier in der Gegend...

Und nun schlafen Sie wohl, mein Herr, gehen Sie morgen Ihren Geschäften nach, bringen Sie Penelope das Bild, das ich von Ihnen gezeichnet habe ... Und grüssen Sie Madame sehr ehrfürchtig von einem, der auf Nausikaa hereingefallen ist...

Totenklage

Jetzt sind fünf Minuten vergangen, und niemand ist gekommen. Den Schuss hat also im Hause keiner gehört. So kann ich noch eine halbe Stunde bei dir sitzen und mit dir sprechen. Du hörst mich nicht mehr, und das ist gut so. Komm, ich will dir die blaue Pyjamajacke noch über der Brust schliessen, damit ich das kleine dunkle Loch nicht mehr sehen muss. Es hat fast gar nicht geblutet. Und der Browning, der aussieht wie ein Spielzeug, will ich dir in der Hand lassen. Wie hast du das zuwege gebracht, ihn mir noch aus der Hand zu nehmen? Ja, du warst immer geschickt.

Morgen werden sie dich finden, und ich werde schon weit weg sein. Niemand hat mich kommen sehen, ich habe gut achtgegeben, und es wird mich auch niemand aus dem Haus gehen sehen. Morgen ... morgen werde ich heiraten. Er ist ein guter Kerl und hat mich lieb. Ich werde ein Heim haben und Kinder und die sechs Jahre vergessen, die ich mit dir verloren habe. Weisst du, sechs Jahre sind eine lange Zeit für eine Frau. Schau, ich bin jetzt schon neunundzwanzig, und wie habe ich mich mit dir herumgequält! Du bist wahrhaftig nicht jemand, mit dem man Staat machen kann, du bist kein Mann, auf den eine Frau stolz sein kann. Du brauchst gar nicht so niederträchtig zu lächeln. Hast du eigentlich meine Briefe verbrannt? Bei deiner bekannten Unordnung ...

Ja, so anständig bist du gewesen ... Aber was ist das? Hast du das heut' abend geschrieben? Hast du denn gewusst? ...»Ich habe es satt. Ich mache Schluss. Da ich nichts besitze, ist auch ein Testament unnötig.« Und deine Unterschrift. Kurz und bündig, nicht sehr geschmackvoll. Warum nicht einige traurige Worte? Es hätte sich so schön in der Zeitung gemacht. So wird es nur zu lesen sein, ganz klein, unter »Unglücksfälle und Verbrechen«: »Gestern erschoss sich in seiner Wohnung ein gewisser N.N. Not wird wohl die Triebfeder dieser traurigen Tat gewesen sein.« Punkt. Schluss.

Und unter »Gesellschaftliches« wird es heissen »Die bekannte Geigenkünstlerin X.Y. hat sich heute mit Herrn Direktor Soundso vermählt. Die Trauung fand statt und so weiter, und so weiter«. Ja, so wird es sein, denn heutzutage muss ja alles in der Zeitung stehen. Und niemand wird wissen, dass wir sechs Jahre zusammen waren. Denn dich kennt niemand, und ich war immer so vorsichtig ... Die Einzimmerwohnung hier hab' ich dir doch gemietet, du hast doch von meinem Geld gelebt, sechs Jahre lang. Nicht ganz. Im Anfang hast du ja auch etwas verdient und hast mir geholfen, als es mir schlecht ging. Aber nachher ... Um gerecht zu sein, muss ich ja sagen, dass ich dir immer freiwillig geholfen habe, du hast mich nie angebettelt. Aber faul warst du! Mein Gott! Immer hast du schlafen wollen, und wenn du schlafen wolltest, durfte ich nicht einmal üben. Wozu taugen solche Menschen wie du? Warum gibt es die auf der Welt? Verkommene, nutzlose Existenzen, da haben die rechtschaffenen Leute ganz recht, die Leute, die du immer Spiessbürger nanntest. Was hast du schon geleistet? Ein paar Gedichte, die schlecht sind, ein paar Kritiken, die unreif waren, unreif wie du ... Es ist dir ganz recht geschehen ... und glaub nur nicht, dass ich dir nachtrauern werde, du ... du ... Schmarotzer ...

Die Männer, die richtigen Männer, die mitten im Leben stehen, die haben die Achseln über dich gezuckt. Und du bist ihnen aus dem Weg gegangen. Natürlich, du hast Furcht vor ihnen gehabt. Feig warst du. Nur mit Tieren, mit Kindern und alten Frauen, da fühltest du dich wohl. Weisst du noch, damals vor sechs Jahren? Ich hatte einen Hund. Der war sehr treu, er lief mir überall nach – aber kaum warst du im Haus, so wollte er nur bei dir sein. Hast du ihn verhext? Mit deinen Händen? Du hast so merkwürdige Hände, immer heiss und trocken. Ich habe deine Hände sehr lieb gehabt. Jetzt sind sie kalt, jetzt werden sie niemanden mehr streicheln, nie mehr den Hals eines Pferdes tätscheln – weisst du noch, das Pferd von unserem Milchfuhrmann, es kannte dich, es drehte immer den Kopf, wenn du vorbeigingst ... Und dann nahmst du die Hände aus den Taschen, zogst es an der Mähne und sprachst zu ihm, viel besser als zu einem Menschen. Mit Menschen hast du nie gut reden können – ausser mit mir. Und eigentlich hast du manchmal ganz klug geredet. Du hast sogar etwas verstanden von Musik, ja, ich muss es zugeben, das Violinkonzert von Mozart, ich hätte es nie so gespielt, wenn du es mir nicht erklärt hättest; du hast mir damals den Schlüssel gegeben: »Ein Totentanz«, hast du gesagt, »du musst es wie einen fröhlichen Totentanz spielen. Der Tod ist fröhlich, weisst du das nicht?« Ich hab' mir dann Mühe gegeben, und dann haben die Kritiker etwas von ganz persönlicher Interpretation geschrieben. Diese Schafsköpfe.

Ja, so hab' ich die Kritiker damals genannt. Und was hast du geantwortet? Du hast gesagt: »Ach, es sind auch nur arme Hunde. Warum sich über die Leute ärgern?« Für dich waren alle Leute arme Hunde. Ein bequemes Mittel, sich erhaben zu fühlen. Denn auf was hättest du dir etwas einbilden können? Auf nichts. Eine Null warst du ... Eine Null? ...

Doch nicht so ganz. Du hast allerlei gewusst. Weisst du noch, im Anfang hab' ich dich immer das wandelnde Konversationslexikon genannt. Die Bücher haben dich verdorben. Was hast du vom Leben gekannt? Du bist doch jedem Kampf aus dem Weg gegangen. Jedem Streit. Wir haben uns – ja wirklich –, wir haben uns nie gestritten. Bis heute abend, und da hast du den Streit vom Zaun gebrochen, du bist gemein geworden, bis ich die kleine Pistole genommen habe – sie ist losgegangen, und dann bist du aufs Bett gefallen. Und wie ich mich über dich gebeugt hab', hast du mir die Waffe ganz sanft aus der Hand genommen, hast gelächelt – und das Lächeln ist auf deinem Gesicht geblieben. War das alles vorbereitet? War das dein Hochzeitsgeschenk? Dein Tod? Damit ich Ruhe habe? Antworte doch! Schweig nicht so verstockt. Ich will dir die Augen zudrücken ...

Du hast brave Füsse gehabt. Ich habe immer gesagt, dass deine Füsse so brav aussehen. Richtige Kinderfüsse, im Ausdruck meine ich. Denn auch nackte Füsse können einen Ausdruck haben. Und einen lieben Rücken hast du gehabt. Ich hab' ihn gern gestreichelt. Es war warm bei dir, und ich habe immer so viel gefroren. Du warst ein guter Ofen ... Nun muss ich fast lachen, und eigentlich ist es doch traurig, dass du da so starr liegst, und deine Füsse sind streng und gerade aufgerichtet, gar nicht mehr wie früher ... Wach doch auf. Wir wollen ... ja, was wollen wir? Von neuem anfangen? Sechs Jahre sind eine lange Zeit im Leben einer Frau ... Und ich will Kinder haben, ich will einen Mann haben, ein Heim ... Kannst du mir das geben? Nein. Ich soll immer nur helfen. Und wenn du dann Geld hast, gehst du dich betrinken. Nein, wir wollen Schluss machen, ich hab' genug Geduld gehabt mit dir. Verstehst du? ... Ach, es hat ja keinen Sinn mehr.

Geduld? Hab' ich wirklich soviel Geduld mit dir gehabt? War ich nicht auch manchmal unausstehlich? Du hast mir nie etwas davon gesagt, du warst überhaupt meistens still. Zu still. Du hättest mehr reden sollen, mehr unter die Menschen sollen. Du hattest gute Anlagen. Aber immer hast du behauptet, das interessiere dich nicht. Was hat dich eigentlich interessiert?

Doch, das glaub' ich dir schon, dass du mich lieb gehabt hast. Du hast mir soviel komische Namen gegeben. Ich erinnere mich nicht an alle. Tiernamen waren es meistens. Nun, das ist eine alltägliche Sache, dass Verliebte sich »Täubchen« oder so ähnlich nennen. Warum hast du mich »Wolkenreh« getauft? Das hat doch keinen Sinn. Es klang schön, wenn du es sagtest, aber es war doch eine Kinderei. Wir waren immer kindisch zusammen. Haben wir manchmal auch ernst gesprochen? Ich glaube. Aber das hab' ich vergessen. Das Wolkenreh ... Seh' ich wirklich aus wie ein Reh? Ich bin doch eine robuste Frau, die weiss, was sie will, ich will hinauf kommen, nicht ewig unten vegetieren. Und darum heirate ich auch den Herrn Direktor, einen Mann, hörst du? Klärli nennt mich der Herr Direktor, und er wird mich immer Klärli nennen, später vielleicht »Mama« oder »Mutter«, wenn wir Kinder haben. Aber es wird ihm niemals einfallen, mich Wolkenreh zu nennen ...

Er wird freundlich zu mir sein, der Herr Direktor, gelassen leidenschaftlich, ein Mann im besten Alter, aber ich werde mich hüten müssen, vor ihm zu weinen ... Er hat mir schon mitgeteilt, dass er hysterische Weiber hasst. Ich werde mir das hinter die Ohren schreiben. Vor dir hab' ich weinen dürfen, dann hast du mir die Haare gestreichelt und womöglich Morgenstern zitiert:

> »Ich bin so dumm, du bist so dumm
> Wir wollen sterben gehen, kumm ...«

Du bist sterben gegangen. Und auch das Wolkenreh ist nun tot. Weisst du, wenn ich recht zufrieden war und wir nebeneinander gelegen sind (und draussen hat's geregnet, auf das Glasdach von unserem kleinen Atelier hat der Regen getrommelt), dann hab' ich gesungen, ganz leise, für dich. »Ja, kann das Wolkenreh denn auch singen?« hast du gefragt. Und dann hab' ich weiter gesungen. So wie ein kleines Kind, wenn es ganz zufrieden ist. Es war eine merkwürdige Zeit. Erinnerst du dich, dass unsere Schrift fast gleich geworden war? Es hatte keiner die des andern nachgemacht. Die beiden Schriften waren aufeinander zugekommen, wie wir selbst, damals. Und auch getanzt haben wir zusammen, ganz allein, im Atelier, die Gasflamme hat gebrannt. Dort steht ja auch mein altes Grammo. Hast du die Hawaiian-Platten immer noch so gern? Ich fand sie schrecklich süss, aber du mochtest sie, und es liess sich gut dazu tanzen. Du hast nie gewollt, dass ich die Küche mache. Immer hast du selber gekocht und abgewaschen. »Du ruinierst dir nur die Finger«, hast du gesagt. Du hast gut gekocht. Risotto besonders. Weisst du noch? Und den Boden hast du auch gefegt. Du warst eigentlich ein guter Kerl ... Du liegst so still. Nur deine Haare sind verstrubbelt, wie immer. Komm, ich will sie dir kämmen. Damit du nicht so unordentlich aussiehst, wenn sie dich morgen finden. Was werden sie mit dir machen? Sezieren werden sie dich und dann eingraben. Es wird wohl niemand zu deinem Begräbnis kommen. Und deine braven Füsse...

Wir wollen an anderes denken. Weisst du noch, der Sommer am See? Siehst du, damals hast du mich angelogen. Du hast gesagt, du könnest glänzend schwimmen, und dann hast du nicht einmal Wasser treten können. So einer warst du. Und ich bin doch so gern geschwommen, das Wasser war lau, du bist am Ufer gehockt und hast ein Feuer angezündet, um die Mücken zu vertreiben. Und hast mit unserem Hund gespielt. Und ich war eifersüchtig auf den Hund und hab' ihn weggeschenkt ... Du bist am Ufer gesessen und hast gehustet, wenn der Rauch dir in die Nase gefahren ist. Aber dazu hast du doch ununterbrochen Zigaretten geraucht. Und immer diese starken französischen. Beinahe hättest du mich angesteckt mit diesem Laster. Weisst du noch, eine Zeitlang habe ich viel geraucht, du hast es mir beigebracht. Und dann hab' ich es mir abgewöhnt.

Damals, das letzte Jahr am Konservatorium. Ich hatte kein Geld. Da bist du hingegangen und hast auf einem Bau geschafft, als Handlanger. Wir waren sehr sparsam. Und dann hab' ich die Erbschaft gemacht. Ich muss sagen, du hast mir eigentlich immer geholfen, wenn es nötig war. Und schliesslich, ist Geld denn eine so wichtige Sache? Ich weiss, es ist dir damals nicht leicht geworden, wieder so einfache Handarbeit zu verrichten, aber du hast es doch getan, eigentlich für mich.

Komisch siehst du aus, wie du da liegst, mit deinem eingefrorenen Lächeln. Du hast auch im Schlaf manchmal so gelächelt. Ja. Dann hab' ich mich immer geärgert. Denn ich hab' gedacht, du lachst mich aus. Du warst doch ein komischer Kerl. Weisst du noch, damals, als ich den Rappel hatte und mich in diesen Idioten, diesen Arzt, verliebt hatte und es dir erzählte? Da hast du auch gelächelt. Und das hat mich so wütend gemacht, dass ich hingegangen bin und dich mit ihm betrogen habe. Und habe dir auch das erzählt. Du hast nicht einmal geweint damals, aber ich hab' geheult, weil ich immer denken musste, dass ich etwas Schönes zerstört hatte. Denn der Mensch, der Arzt, war ja ganz unmöglich, ungeschickt, eingebildet. Ich hab' ihn nicht mehr sehen können, nachher. Du hast mich dann trösten müssen, und weisst du, was du gesagt hast? »Das scheint mein Schicksal zu sein«, hast du gesagt, »zuerst probieren die Frauen mich zu betrügen, wie man so sagt, und dann muss ich auch noch trösten.« Und dann hast du gesagt, dass gar nichts kaputt sei, im Gegenteil, wir würden jetzt noch näher beieinander sein. Und das war richtig. Dann kam diese schöne, reife Zeit; wie lang hat sie gedauert? Ein Jahr? Ich hatte Erfolg. Du hast nie in ein Konzert kommen wollen. Aber daheim hast du mich immer korrigiert. Und du verstandest, weiss Gott, etwas von der Sache. Solche Menschen wie du, was tun die eigentlich auf dieser Welt? Schau, du musst mir verzeihen. Ich hab' so viel Bürgerliches noch in mir. Ich hätte dich gern geheiratet. Aber du hast nie gewollt. Es war dir zu kompliziert. Zu bürgerlich.

Ja, das Jahr. Es war schon merkwürdig. Wir hatten nicht nur fast die gleiche Schrift, wir sprachen die gleiche Sprache. Eine stumme Sprache. Komisch, wir verstanden uns, nur mit den Augen. Weisst du noch, wie uns einmal der Impresario besucht hat, damals in Paris, ich sollte irgendwo auftreten, und er die Flucht ergriff, weil es ihm unheimlich wurde? Wir sprachen beide nichts, und er hatte wohl den Eindruck, dass er Gespenstern gegenüber sässe. Und es war doch nur ein Wolkenreh und ein Brüderlein.

Ich habe dich damals immer Brüderlein genannt. Wohl wegen dem Lied:

Brüderlein fein, musst nicht böse sein...

Sag mir doch, du hast doch alles erklären können, warum werd' ich so sentimental? Sind Erinnerungen denn immer sentimental? Oder verwechsle ich da wieder etwas? Ich bin doch nicht gefühlvoll, oder »voll Gefühl«, wie du immer sagtest. Ich seh' nur Bilder, und auf all diesen Bildern bewegst du dich, Brüderlein. Ich darf ja heute abend noch weinen, das letzte Mal, bei dir. Und morgen werd' ich eine grosse Dame, werde repräsentieren, am Arme meines Gemahls (du hättest gegrinst, wenn du das Wort gehört hättest, er wird nie lachen, wenn er sagen wird: Meine Gemahlin, siehst du, es kommt doch nur auf den Standpunkt an ...), wenn ich am Arme meines Gemahls die Gratulationen entgegennehmen werde.

Brüderlein, er hat kein Grammophon, der Herr Direktor, er hat nur ein Radio. Wenn sie nur keine Hawaiian-Platten übertragen, sonst garantiere ich für nichts ... Ich werde sagen, ich hab' den Schnupfen ... Wenn ich nämlich heulen muss. Und Morgenstern werd' ich nie mehr lesen.

Du hast's hinter dir, kleiner Junge, mein kleiner Junge. Weisst du, ich hab' dich oft so genannt, wenn du Angst gehabt hast. Du hast so oft Angst gehabt. Musst' ich dich da nicht schützen? Wie eine Mutter ihr Kind? Vielleicht werd' ich jetzt wirkliche kleine Kinder haben, nagelneue Kinder, wie du immer gesagt hast. Und hast immer so Angst gehabt, dass ich von dir ein Kind kriege. Dummer kleiner Junge.

Jetzt ist die halbe Stunde vorbei. Ich hab' gar nicht geweint. Du liegst so still. Du hast dich gedrückt. Auf eine originelle Manier, muss ich sagen. Indem du mich zur Mörderin gemacht hast. Mörderin? Ich hab' gar kein Schuldgefühl. Was wäre aus dir geworden ohne mich? Denn das hast du ja wohl begriffen, dass ich dir nicht mehr ausgeholfen hätte, als Frau Direktor. Und du hättest mich nicht erpresst. Dazu warst du doch zu anständig. Was wäre aus dir geworden? Sie hätten dich irgendwo versorgt. Jetzt hast du's besser.

Hör, Brüderlein, du musst wirklich nicht mehr böse sein. Du hast nur zweimal vor mir geweint, das erstemal, weisst du noch? weil du glücklich warst. Und dann vor einer Woche, als ich dir sagte, ich würde heiraten. Du hast nicht schön ausgesehen, wie du geweint hast. Wie ein kleiner Junge. Aber ich hab' dich nicht trösten können. Begreif doch, dass ich hab' hart bleiben müssen. Ich musste heraus aus dem Schmutz, du hättest mich immer tiefer gezogen, in deine Faulheit, deine Bequemlichkeit, deine Gleichgültigkeit. Ich will leben, verstehst du?

Nein, du bist nicht böse, du lächelst ja. Du verstehst eben alles. Bist ein guter Kerl. Verzeih, dass ich dich Schmarotzer genannt habe. Das bist du ja eigentlich nicht. Und Seelenkrüppel hab' ich dich auch einmal genannt. Verzeih auch das böse Wort. Du warst es doch gar nicht. Du warst ein guter Kerl, ich hab' viel von dir gelernt. Bist du zufrieden? Was ich gelernt hab'? Vielleicht, mich selbst nicht mehr so wichtig zu nehmen. Meine Geige ... Nun ja, die Frau Direktor wird manchmal, wenn sie Gäste hat, eins aufspielen. Und man wird diskret klatschen, flüstern: »Schad um das blendende Talent...« Brüderlein, gelt, du verzeihst mir?

Ich hör' dich sagen: »Wolkenreh, es war ein Dienst auf Gegenseitigkeit. Du hast mir die Mühe genommen, mich umzubringen, ich hab' dir einen Ballast abgenommen. Wir sehen uns wieder, Wolkenreh. Glaub mir's.«

Du warst nie gläubig. Aber du hast doch manchmal von einer andern Welt gesprochen. Es wird anders dort sein, Brüderlein, als hier, hoffen wir es, weniger gemein ... Nun werd' ich dir niemals mehr in die Ohren blasen, und du wurdest immer so böse, wenn ich's tat. Lebwohl, das Wolkenreh geht.

Lebwohl, Brüderlein, mein kleiner Junge, mein Kind...